# Lady Balmoral

MARTIN MERZ

# Lady Balmoral

**Empire und Belle Époque
an der französischen Riviera**

**Bibliografische Information der Deutschen Nationalbibliothek:**
Die Deutsche Nationalbibliothek verzeichnet diese Publikation
in der Deutschen Nationalbibliografie; detaillierte bibliografische
Daten sind im Internet über https://portal.dnb.de/ abrufbar.

© 2022 Martin Merz
Satz, Umschlaggestaltung, Herstellung und Verlag:
BoD – Books on Demand, Norderstedt

ISBN: 978-3-7568-7552-8

# Inhalt

# Der Duft der Macchie

Eine alte Frau, in Schwarz gekleidet, reiste im Frühjahr 1895 von England aus nach Südfrankreich. Sie fuhr auf Erholung und zum Vergnügen für einige Wochen.

Auf dem Weg von Windsor nach London hatten ihr die Menschen freundlich und mit einer Vertrautheit zugewunken, als ob sie zur eigenen Familie gehörte. In gewisser Weise war es auch so. Sie freute sich, die dichten Nebelschwaden, die über der Themse waberten, für eine Weile hinter sich zu lassen, wie der alte Lord Brougham, wenn er nach Cannes aufbrach. Sie war entschlossen, die kommenden Wochen zu genießen und sich nur so weit wie nötig mit den Geschäften zu befassen. Die Luft würde leichter sein als in England und noch nicht zu heiß zu dieser Zeit. Sie würde weniger Kopfschmerzen haben.

Die Yacht Victoria & Albert legte wie gewohnt in Portsmouth ab und nahm Kurs Richtung Cherbourg, zum Schutz begleitet von Torpedobooten. Nach sechsstündiger Überfahrt erreichten die Passagiere das französische Festland.

Am Kai erwartete sie der Spezialbeauftragte der Regierung. Victoria begrüßte ihn munter und mit aufrichtiger Freude: »Toujours fidèle au poste, mon bon Paoli?«

Mit diesem unscheinbaren Satz blieben die bodenlangen Röcke, die hochgeschlossenen Kragen, die schamhaft versteckten Knöchel auf der Insel zurück. Paoli genoss schon seit vielen Jahren das Vertrauen und die Sympathie der Königin. Mit ihrer persönlichen Sicherheit betraut, würde er nicht von ihrer Seite weichen, solange sie in Frankreich war. Er hatte seine Leute, die sich diskret um die Monarchin kümmerten, aber er würde auch selbst in ihrer Kutsche Platz nehmen und hinter ihrem Esels-karren herlaufen. Die Mitglieder ihres Gefolges begrüß-ten Monsieur Paoli herzlich und freuten sich über seine Begleitung. Zwischen ihm und einigen, die schon seit vielen Jahren mit der Königin reisten, Henry Ponsonby, Dr. Reid und Arthur Bigge, hatten sich Freundschaften entwickelt.

Nachdem das Schiff festgemacht war, wurde aus der bis dahin schläfrigen königlichen Entourage geschäftiges Durcheinander. Zelte mussten aufgebaut, das Abend-essen vorbereitet und das Gepäck von der Yacht in den bereitstehenden Zug verladen werden. Der Spezialzug der Queen bestand aus zwei Lokomotiven, den persön-lichen Waggons in der Mitte des Zuges, in dem sich der Salon und der Schlafwagen der Königin befanden, den Gepäckwagen für Koffer und Taschen, einem Waggon für die indischen Bediensteten und weiteren Waggons für das übrige Dienstpersonal und andere Begleitung. Dieser Zug wurde mit allem Nötigen beladen, um sie am nächsten Morgen Richtung Süden zu fahren.

Defilees, Salutationen, Begrüßungen, eine Kapelle spielte »God Save the Queen«. Victoria war formgerecht auf französischem Boden empfangen worden.

Die Königin nahm sich Zeit für eine Unterhaltung mit Paoli. Man hatte den beiden einen kleinen Tisch mit Stühlen aufgebaut und servierte Tee und Gebäck. Der Gesandte sagte: »Ich hoffe, dass die Überfahrt angenehm und nicht zu unruhig war, Eure Majestät.«

Victoria antwortete: »Ja, das Wetter hatte ein Einsehen mit uns, Gott sei Dank ist niemand seekrank geworden. Wobei, wie Sie ja wissen, ich in dieser Hinsicht nicht so empfindlich bin. Als Oberhaupt einer seefahrenden Nation ist man ja nachgerade verpflichtet, seine Liebe zum Meer zu beweisen.«

Paoli scherzte: »Ja, ich vermute, dass das der Grund ist, warum Ihre Majestät nie den kürzeren Weg von Dover nach Calais nehmen.«

Die Queen genierte sich nicht, ihn direkt und ohne Einleitung das zu fragen, was sie mehr interessierte: »Welche Neuigkeiten gibt es denn aus Paris zu berichten, mein lieber Paoli? Und wichtiger noch, wie stehen wir zurzeit im Kurs?«

Victoria verfügte über ein engmaschiges Netz familiärer Bindungen in allen Königshäusern Europas und war dadurch oft besser informiert als ihre eigene Regierung mit seinem Apparat aus Militär, Diplomatie und Geheimdiensten. Frankreich allerdings hatte sich seiner Monarchie entledigt, und so war sie hier auf andere Kanäle angewiesen. Mit einem liebenswürdigen Lächeln antwortete Paoli: »Oh, selbstverständlich stehen Sie auch weiterhin in allerhöchstem Ansehen in Paris und ganz Frankreich, Eure Majestät.«

Victoria schloss aus dem unbefangenen Tonfall Paolis, dass nichts Beunruhigendes vorgefallen war, und antwortete: »Vielen Dank, mein Lieber, das freut mich natürlich.«

Paoli fuhr fort: »Nun, wie Eure Majestät wahrscheinlich schon wissen, wurde im Januar in der Nationalversammlung ein neuer Präsident gewählt, Monsieur Félix Faure, als Nachfolger von Monsieur Casimir-Periers.«

Darauf erwiderte Victoria: »Ja, man hat mir davon berichtet, ich hatte leider nicht das Vergnügen, Monsieur Casimir-Periers begegnet zu sein. Wie lange war er im Amt?«

Paoli antwortete: »Leider nur etwas mehr als ein halbes Jahr, Eure Majestät.«

Sie konnte sich bei dem französischen Gesandten kleine Scherze erlauben und sagte: »Sie sind ja nicht sehr langlebig, Ihre republikanischen Staatsoberhäupter. Wollen wir hoffen, dass Monsieur Faure sich länger hält und mir irgendwann die Ehre eines Besuchs zuteil werden lässt.«

Paoli beeilte sich, ihr zuzustimmen: »Ja, das hoffen wir alle, Eure Majestät. Oder wollen Sie lieber als Madame Comtesse angeredet werden?« Auf ihren Reisen nach Europa nannte sie sich Gräfin Balmoral, denn obwohl jedes ihrer Gepäckstücke unübersehbar mit dem Schriftzug »Queen of England« gekennzeichnet war, hatte es für sie den Vorzug, vom ermüdenden Zeremoniell des diplomatischen Protokolls befreit zu sein. Ohne auf seine

Frage einzugehen, fügte sie an: »Mir ist zugetragen worden, dass es zu einigen kleineren Problemen in Siam gekommen sein soll.«

Sie machte eine Pause, die Paoli, der nichts von den Vorfällen gehört hatte, sogleich nutzte, um abzuwehren: »Aber Eure Majestät, das sind Dinge, die sich leider beinahe jeden Tag ereignen, das sollte jedoch für Eure Majestät nicht der geringste Grund zur Beunruhigung sein. Sie sind doch, glaube ich, zur Erholung hier?«

Die Queen lachte herzlich zurück: »Da haben Sie allerdings vollkommen recht, Paoli.«

Er fragte: »Wie lange ist es her, dass Eure Majestät uns das letzte Mal mit ihrer Gegenwart beehrt haben?«

Victoria antwortete, ohne zu zögern: »Vor drei Jahren war ich in Hyères, aber wie Sie sich vielleicht erinnern, war dieser Besuch von schlimmen Verlusten überschattet. Unser geliebter Eddy hatte uns kurz vorher verlassen und dann, als ob es damit nicht genug gewesen wäre, erreichte uns direkt vor der Abreise nach Hyères die Nachricht vom Tod meines Schwiegersohns, dem Großherzog Ludwig in Darmstadt, woraufhin wir die Abreise wegen der Trauerfeierlichkeiten um zwei Tage verschieben mussten.« Um nicht der düsteren Stimmung noch mehr Raum zu geben, setzte sie hinzu: »Diesmal komme ich, Gottlob, ohne beschwerliche Nachrichten, und ich hoffe inständig, dass es so bleibt.«

Die geänderte Tonlage der Königin erlaubte es Paoli, fortzufahren: »Und nun geht es also zum ersten Mal nach Nizza für Eure Majestät?«

Victoria stellte ihm eine Gegenfrage: »Mein lieber

Paoli, glauben Sie denn, dass ich die richtige Wahl getroffen habe?«

Er antwortete: »Nachdem Sie bereits in früheren Jahren in Menton, Grasse und Cannes waren, gibt es, wenn ich das so sagen darf, keinen Grund mehr, Nizza die Ehre Ihres Besuchs vorzuenthalten. Und wenn Sie mich das noch hinzufügen lassen, dann glaube ich, dass es eine gute Wahl ist. Ich bin sicher, Eure Majestät werden den Karneval lieben. Die Blumenschlacht in Nizza ist viel größer als die in Grasse und die Promenade des Anglais vornehmer als alles, was Sie aus Menton oder Hyères kennen und«, fügte er nach einer Kunstpause mit einem bedeutsamen Lächeln hinzu: »Es gibt kein Casino wie in Monte-Carlo.«

Victoria sagte: »Ja, auf all das freue ich mich schon sehr. Allerdings, lieber Paoli, gestatten Sie mir die Bemerkung, die Fête du Citron in Menton ist wirklich ebenfalls ein großartiger Spaß. Aber ich gebe Ihnen recht, dass all die anderen, die man sehen möchte, eher in der Nähe von Nizza sind, während Menton doch etwas abseits liegt. Wissen Sie, mein Freund, dies ist das erste Mal, dass ich keiner Empfehlung oder Einladung gefolgt bin wie sonst immer. Da möchte man sicher sein, die richtige Entscheidung getroffen zu haben.«

Am nächsten Morgen begrüßte Victoria zunächst persönlich den Lokführer. Hinter der Fassade der Freundlichkeit steckte ihre Sorge um Unfälle, die sich leider schon ereignet hatten. Sie war beruhigt, als sie ihn ausgeschlafen und wohlauf vorfand. Dann bestieg sie, wie gewohnt, als Letzte den Zug. Beim Öffnen der Tür klappte die Treppe mit den vergoldeten Haltegriffen automatisch herunter und Beatrice half ihr in den Wagen, in dem sie, umgeben von allem erdenklichen Komfort, zusammen die nächsten dreißig Stunden verbringen würden.

Schon kurz nachdem sie losgefahren waren, fiel sie immer wieder in einen leichten Schlaf, wie dies bei älteren Menschen häufig der Fall ist, während sich der königliche Spezialzug pfeifend und schnaubend seinen Weg durch das ländliche Frankreich bahnte. Sie sah Alberts Gesicht, vom Rauch halb eingehüllt, er hatte vor Begeisterung seine Hände triumphierend in die Luft geworfen. Wo war das noch gewesen? Sie konnte ihn nicht verstehen, es war ein stummes Bild, obwohl sein Mund ganz offensichtlich Worte formte, aber der Lärm der Dampflok war zu groß. Was für eine ruhige und komfortable Art des Reisens dies doch war und welch ein Fortschritt gegenüber einer Kutschfahrt. Sie liebte Zugfahrten. So wie Albert. Was hatte ihre Mutter gelitten, als sie sich im achten Monat schwanger mit ihr in einer ungefederten Kutsche auf den Weg von Amorbach nach London machen musste. Die arme Victoire hatte gebangt, ob sie es rechtzeitig und gesund über den Kanal schaffen würden, der eigene Mann und Vater des Kindes auf dem Bock der Kutsche, weil für einen Fahrer kein Geld da war, und im Fond Frau von Siebold, die Hebamme.

Louis-Philippe hatte sie vor Jahrzehnten eingeladen, Frankreich zu entdecken. Victorias Vater, der Herzog von Kent, hatte ihm einst irgendwo in den Weiten Kanadas mit einem kleinen Kredit aus einer Notlage geholfen, und Louis-Philippe wollte sich dankbar zeigen, nachdem er zum König gekrönt worden war, das Persönliche und das Staatsmännische nach französischer Art leichthin verbindend. So war der Anfang von Victorias und Alberts Bekanntschaft mit dem Land gemacht. Sie waren beide noch jung, und Victoria war von Beginn an erfreut, entzückt, amüsiert. Die Franzosen schienen ihr so zivilisiert und zuvorkommend. Sie erwiderten ihre Begeisterung und verstärkten sie noch. Auch Albert hatte diese Reisen geliebt. Die Liebe zu Frankreich erlosch auch nicht, nachdem Louis Napoléon ihren ersten Gastgeber ins englische Exil vertrieben hatte. Albert und Victoria gewannen auch ihn und seine Frau lieb. Die französische Geschichte fand aber immer noch keine Ruhe, und so wurden später Napoléon und Eugénie aus dem Land gejagt wie ihr Vorgänger. Auch sie suchten und fanden Zuflucht in England. Ab da hatten sich die Verhältnisse in Frankreich grundlegend geändert, und Victoria konnte sich lange nicht an die neue Französische Republik gewöhnen. Es dauerte seine Zeit, bis sich ihr Misstrauen und ihre Vorbehalte legten.

Für die Mahlzeiten, den Tee und die königliche Morgentoilette hielt der Zug an. Die meiste Zeit unterhielt sie sich mit Beatrice, ihrer jüngsten Tochter und unverzichtbaren Begleiterin auf Reisen, mit der sie sich auch denselben Schlafwagen teilte. Die Prinzessin von Battenberg hatte sich am Ende dem Willen ihrer Mutter beugen müssen. Sie tat, was diese von ihr erwartete, und fügte sich in die Aufgabe der Gesellschafterin und Sekretärin, so wie Prinzessin Helena es aus freien Stücken tat. Victoria hatte diese Rolle von Anfang an für Beatrice vorgesehen und nur ein paar kurze Windungen des Lebens hatten der Prinzessin von Battenberg zeitweise vorgegaukelt, dass das Schicksal etwas anderes mit ihr vorhaben könnte.

Zur Einstimmung auf die bevorstehenden Tage redeten sie über die geplanten und unverhofften Begegnungen, das Wetter und die Natur, die Victoria so liebte. All die wichtigen Banalitäten der nächsten Wochen, auf die sie sich freute. »Und, hast Du vor, ein bisschen zu malen oder zu zeichnen?«, wandte sich Victoria an ihre Tochter.

»Oh ja, das werde ich wohl, wenn du mir denn die Zeit lässt, Mutter«, erwiderte Beatrice leicht ironisch.

»Es wird dich nicht wundern, aber, worauf ich übrigens bestehe, ist, dass du uns gelegentlich am Klavier vorspielst. Du weißt, dass du auch den anderen damit immer viel Freude machst. Und bevor ich es vergesse, habe bitte ein Auge auf die kleine Helena«, fügte Victoria hinzu, obwohl sie wusste, dass sich ihre Tochter bei diesen Reisen immer um ihre Nichte kümmerte.

Beatrice wechselte das Thema: »Wann werden wir Eugénie besuchen?« –

»Oh, bei der ersten Gelegenheit, die sich ergibt. Sie hat sich ja letztes Jahr dort unten am Cap-Martin einen hübschen kleinen Palast bauen lassen. Wie ich hörte, war sie es wohl leid, immer auf die österreichische Kaiserin und ihre Einladungen angewiesen zu sein. Bei ihrem Geschmack glaube ich, dass sie es sich dort schön eingerichtet hat. Wir werden es ja sehen«, erklärte Victoria.

»Wie geht es dem guten Jacquot, alles wohlauf?«, erkundigte sich Beatrice, wohlwissend, dass ihrer Mutter das sehr wichtig war.

»Aber ja, es geht ihm gut, meinem treuen kleinen Eselchen. Er sollte schon zusammen mit den Pferden und den Möbeln in Nizza angekommen sein. Ich müsste Ponsonby mal danach fragen«, antwortete Victoria.

Die Queen verfiel wieder in den angenehmen Zustand eines Dämmerschlafs, weil die immer gleichen grauen Wolkenbilder an ihrem Fenster vorbeizogen. Sie sah sich oberhalb von Grasse auf Jacquot reiten, durch steiniges Gelände hindurch, ein welliges, kleines Plateau. Man konnte von hier aus die gesamte Küste rund um Cannes und Nizza sehen. Die Ebene war nur karg bewachsen, fast wüstenartig, der Sonne so sehr ausgesetzt, dass sie den Impuls verspürte, schnell wieder in schattigere Gefilde zu flüchten. Es gab keine der schönen Blumen hier oben, die weiter unten in den Gärten und an der Küste überall ihren Verführungskünsten nachgingen. Aber es gab diese Büsche, diese unscheinbaren Gewächse, die sie vorher nie wahrgenommen hatte. Hier fielen sie ihr auf, weil es fast nichts anderes gab, nur den Wind, die Sonne und dieses Gewächs, dessen Namen sie erst später erfuhr. Und sie bemerkte den feinen, unaufdringlichen, aber sehr nachhaltigen Duft, den man erst wahrnahm, wenn man sich bewusst machte, dass auch im Unscheinbaren eine Schönheit liegen kann, die sich nur den aufmerksamen Sinnen eröffnet. Sie setzte sich plötzlich auf und seufzte, ohne eine Antwort von Beatrice zu erwarten, mehr zu sich selbst: »Tu te souviens de l'odeur du maquis? Une plante si discret, mais qui sent si bon!«

Die unter strenger römischer Beobachtung sich wähnende keltische Zunge nennt sie zurückhaltend Maquis, die italienische ruft sie nach ihrer Gewohnheit lauthals Macchia, die unentschlossene germanische Macchie. Es war dasselbe Gewächs, vielmehr die Organisation von Gewächsen, die sich gemeinsam gegen die Äxte verteidigten, um in ihrem Inneren die verschiedenen Lebensformen zu bewahren. Wie eine Legion mit ihren Schildern gegen feindliche Heere sich schützte, hatte sich die Macchia, um es mit dem Verursacher zu sagen, Dornen zugelegt, krallte sich flach an den Felsen, beugte sich unter dem Wind, bar menschlichen Nutzens, entsagte nicht ihrer Düfte. Die Macchia, wunderbare, undurchdringliche Macchia, Steineichen, Wacholder, Erdbeerbäume, Mastixsträucher, Alaternen, Heidekraut, Lorbeerbäume, Buchsbäume miteinander verwoben wie Haare. In ihrem stachlig luftigen Atrium von Immergrünen duckten sich die Baumartigen und entledigten sich des Laubes, den Dürren zu trotzen, da der reiche saftige Humus, der hier einst breitete, nun auf dem Boden des Meeres lag. Wenn im Frühjahr das Wasser die Steine netzte, trugen die Bewohner der Macchia ihre Blüten zur Schau, brachten auf dürrem Boden üppige Gärten hervor. Die Aromatischen traten hinaus, und jedem Strauch entströmten

Wohlgerüche flüchtiger Essenzen. Rosmarin, Thymian, Lavendel, Cistusrose, Myrte und Pistazie mischten ihre Düfte, das zarte Blau der Rosmarinblüte gesellte sich zum grellen Gelb des Ginsters, die helle Farbe des Ciströschens zum dunklen Violett der Lavandula. Das war der heimatliche Duft Korsikas, nach dem sich Bonaparte auf St. Helena sehnte, um nur das Gefühl des Seefahrers noch einmal zu kosten, der vom Meer kommend, schon von Weitem die Insel riechen konnte.

Nur in der Gegenwart ihrer Tochter gestattete sie sich manchmal diese Art kleiner, selbstvergessener Schwärmerei. Es war, als ob sie den Duft der Blumen, den azurblauen Himmel, die sanfte Brandung des Mittelmeeres durch den Gebrauch der Landessprache vorzeitig herbeisehnen könnte. Beatrice konnte sich in diesem Moment nicht in ihre Mutter hineinversetzen, etwas, wofür sie sonst immer ein Gespür hatte, und sagte: »Entschuldige bitte, aber ich verstehe nicht, wovon Du redest, Mutter.« Victoria war, ohne darüber nachzudenken, ins Französische verfallen, weil dies die Sprache war, in der sie während ihres Halbschlafs gedacht hatte. Diese war für Victoria der Schlüssel, der ihr Begegnungen ermöglichen würde, die in der Steifheit der englischen Öffentlichkeit und des englischen Hofes undenkbar waren. Ein paar Wochen in Sicherheit vor den immerzu hochgezogenen heimischen Augenbrauen wegen des Munshis oder wegen sonst was sein – das war es, was sie suchte. In Frankreich regte sich wegen einer kleinen Liaison keine Braue.

Das alles vollzog sich in einer männerlosen Gegenwart. Nicht, dass der Munshi kein Mann war. Aber er hatte für Victoria nicht dieselbe Bedeutung wie Albert oder John Brown. Das war etwas, das ihre Umgebung verkannte. Sie erfanden schäbige Namen für den Munshi, dichteten ihm eine Stellung an, die er nicht hatte. Sie verstanden nicht, was er ihr bedeutete. Er war für sie jemand, mit dem sie mühelos eine andere Welt betreten konnte, ohne dass sie sich zu etwas verpflichten musste. Ihr ewiges Schwarz half ihr dabei, dass sich ihr niemand mehr in den Weg stellen würde, kein Albert, kein Premierminister und kein Stallbursche. Niemand würde sie mehr Victoria nennen, das allerdings bedauerte sie manchmal.

Über Familienangelegenheiten, die unvermeidlich die Politik berührten, sprachen Victoria und ihre Tochter meist auf Deutsch. Diese Intimitäten waren nicht für fremde Ohren bestimmt und sollten zwischen ihr und der Prinzessin von Battenberg bleiben, und es gab immer Familiäres zu besprechen. »Wenn Du wüsstest, wie froh ich bin, dass Alix jetzt endlich ihren Mann gefunden hat. Das arme Ding hat so viel durchmachen müssen in ihrem kurzen Leben. So früh die Eltern zu verlieren und dann der Tod von Frittie und May …«, sagte Victoria, ohne den Satz zu vollenden.

»Aber ich dachte, du hattest deine Vorbehalte gegen den Zaren, warst gar nicht so begeistert, die kleine Sunny an Russland zu verlieren?«, wandte Beatrice ein.

»Ja, wohl wahr, meine Liebe, ich hatte Bedenken und habe sie immer noch, ich habe einfach Angst, was ihr dort zustoßen könnte. Russland ist groß und weit und grausam. Aber weißt du, am Ende habe ich zugestimmt, weil es schließlich Alix ist, die glücklich werden muss, und ich habe das Gefühl, sie liebt ihren Nikolaus wirklich sehr«, entgegnete Victoria.

»Ich bin auch immer noch erstaunt, wie schnell das alles gegangen ist. Kaum waren sie verheiratet, da starb der alte Zar, und drei Wochen später werden ihr Mann und sie schon zum neuen Zarenpaar gekrönt, jetzt heißt sie offiziell Zarin Alexandra. Hätten sich ruhig etwas mehr Zeit lassen können«, versuchte Beatrice einen unpassenden Scherz.

»Was mich auch jetzt noch irritiert, ist, dass es der Kaiser gewesen sein soll, der sie überredet hat, zur orthodoxen Kirche überzutreten. Das ist ihr wirklich schwergefallen, so, wie sie an ihrem Glauben hängt. Der Kaiser, der Zar, man kann ihnen allen am Ende nicht trauen.«

Beatrice sagte: »Aber nein, Mutter, da kann ich dich beruhigen, es war Elisabeth, die Großherzogin von Russland, ihre ältere Schwester, die sie überzeugt hat, nicht nur zu konvertieren, sondern auch sein zweites Angebot anzunehmen. Alix und Nikolaus hatten sich auf Elisabeths und Sergeis Hochzeit zum ersten Mal getroffen.«

Victoria sagte: »In jedem Fall ist das Schicksal von Alix besiegelt, und wir werden alle versuchen, das Beste daraus zu machen.«


Was hatte sie gerade an die Riviera geführt und nicht nach Biarritz an den Atlantik, der bei Gladstone so hoch im Kurs stand? Wäre er die Vorliebe von Melbourne oder

Disraeli gewesen, hätte das etwas geändert? Melbourne hatte sie als blutjunge und unerfahrene Königin, die sich nackt und ohne Verbündete vor eine Meute höfischer Raubtiere geworfen sah, beschützt und dann Schritt für Schritt dafür gesorgt, dass sie das Zepter in die Hand bekam. Seit diesen Tagen hatten die großen Dinge für sie keine Schrecken mehr. Disraeli hatte sie gegen einigen Widerstand zur Kaiserin von Indien gekrönt. Gladstone dagegen hatte Gordon auf dem Gewissen. Er hatte die Niederlage gegen den Mahdi im Sudan zugelassen und der Barbarei zum Triumph verholfen. Alles, wofür sie stand, Ordnung, Zivilisation, Fortschritt, am Boden. Eine Demütigung für die britische Armee und auch, ja, für sie. Warum nicht Cannes oder Monte-Carlo? Bertie hatte ihr vielleicht Angst gemacht, weil er sich den hedonistischen Verlockungen als nicht gewachsen erwiesen hatte. Nicht, dass sie für sich etwas befürchtete, aber wollte sie wirklich an diese Zeiten erinnert werden? Selbst der Munshi zeigte sich in seinem Notizbuch angewidert vom Sodom Monte-Carlo, und so hielt auch sie sich fern.

Es waren die besten und die schlechtesten Zeiten, da hatte Dickens schon Recht. Dank des technischen Fortschritts konnte von der anderen Seite des Atlantiks in der New York Times über jeden ihrer Schritte berichtet werden. War es gut, war es schlecht, war es Weisheit oder Idiotie? War es der Versuch, sie zu kontrollieren? Als sie aus dem Zug stieg, war ihr das herzlich egal. Wichtig waren jetzt andere Dinge, um die sie sich kümmern musste.

Das Empfangskomitee in Nizza ignorierte offenbar die Tatsache, dass hier nur die Gräfin Balmoral anreiste. Bataillone waren aufmarschiert, die Alpenjäger mit Klarinetten, Artillerie zu Pferd und wieder spielte ein Orchester »God Save the Queen«. Die Menge winkte mit Taschentüchern, und die Menschen applaudierten begeistert. General Gebhart wirkte nervös bei seiner Rede. Der kleinen, gebeugten alten Frau gefiel das wohl, auch wenn sie für den einfachen Gruß eines Bahnhofsvorstehers oder den Blumenstrauß eines Bauernmädchens empfänglicher gewesen wäre als für solche offiziellen Ehrungen.

Mit Cimiez, dem nordöstlich vom Zentrum auf einem Berg gelegenen Stadtteil von Nizza, hatte sie sich für den Ort entschieden, an dem schon die römischen Prokonsuln residiert hatten und der den grandiosesten Ausblick über die Stadt und die Baie des Anges bot. Dabei interessierte sie sich mehr für die Naturschönheiten als die Vergangenheit des Ortes. Auch das hatte Albert ihr mit seinem ganzen Ernst vermittelt. Niemand, der über ihnen logieren oder den Blick auf ein Meer verderben konnte, das einen gänzlich anderen Anblick bot als das englische. Die majestätisch schneebedeckten Berge der Seealpen als schmückende Krone im Hintergrund. Sie hatte ein Faible für Juwelen und einen Sinn für Schönheit.

Sie kam mit ihrem Gefolge aus ungefähr fünfzig Personen im Grand Hotel Cimiez an. Dass es wegen der Logis noch harter Budgetverhandlungen bedurfte, kümmerte die Königin nicht. Sie konnte sich darauf verlassen, dass Sir Henry Ponsonby in seiner Rolle als königlicher Finanzsekretär dies diskret und erfolgreich erledigte. So war sie es von ihm seit vielen Jahren gewohnt, und dass seine Tante Lord Melbourne einst ins Unglück gestürzt hatte, war nie zum Thema geworden. Die elektrische Tram hoch auf den Berg, den Pferdegespanne nur mühsam erklommen, war erst zwei Tage vor der Ankunft der Queen von der Stadtverwaltung fertiggestellt worden. Ebenso war noch bis zuletzt hektisch an der Verbesserung der Abwasserkanäle, der Straßenbeleuchtung, dem Hotel und dem dazugehörigen Garten gearbeitet worden. Die normalen Hotelgäste, fast ausschließlich Briten, wurden ausquartiert. Trotzdem mussten ein paar Leute ihres Trosses im Hotel Vitali untergebracht werden, einem Annex des Grand Hotels, der durch einen Park von jenem getrennt war. Darunter waren auch der Munshi und die anderen indischen Bediensteten, denen ein eigener Bereich innerhalb des Vitali zugeteilt wurde. Und das war nun die Angelegenheit, die als eine der ersten zu erledigen war. Es musste alles so arrangiert werden, dass der Munshi keinen Grund zur Klage hatte. Die Reise im Vorjahr nach Florenz hatte einige Fingerzeige gegeben. Der Munshi musste angemessen in der Berichterstattung vorkommen, sowohl in ausländischen als auch in inländischen Zeitungen. Seine Stellung war die eines Sekretärs und Hindulehrers der Queen, nicht die eines ordinären indischen Bediensteten, der ihr in ihre Kutsche half. Vielmehr waren ihm diese untergeordnet.

Das alles besprach die Queen nochmals mit Ponsonby und Dossé, dem Direktor für ihre Kontinentalreisen. Die kleinen, unerledigten Dinge waren es, die sich am Ende zu großem Unbehagen ausweiteten.

Die Riviera war ihre Entdeckung gewesen, jedenfalls war Albert ihr kein Führer mehr dabei. Wie oft hatte sie hier schon um geliebte Menschen getrauert. Ihr Sohn Leopold war in Cannes gestorben, ihre Elizabeth Reynolds in Grasse und Albert Victor hatte sie in Hyères betrauert. Bertie dagegen führte sich zeitweise wie der König der Riviera auf. Ihr Stand und ihre innere Haltung erforderten es bei jeder seiner Eskapaden, ihre Missbilligung zu dokumentieren. Der Prinz von Wales logierte auch nie in derselben Stadt wie seine Mutter, mit der einen Ausnahme vor drei Jahren in Hyères, als er um seinen Sohn trauerte und sie um ihren Enkel.

Sie hatte hier stets auch bei bitteren Anlässen Ablenkung und Trost gefunden, ganz anders als in Balmoral, das untrennbar mit Albert und John Brown verbunden bleiben würde. Allein machte es sie eher depressiv, zumal im harschen, abgeschiedenen schottischen Winter, wo selbst ihr Gefolge vor Langeweile starb. Auch das Gras von Osborne war ihr nicht mehr das Allheilmittel gegen alle Arten von Krankheiten, sie konnte sich nicht mehr darin wälzen, wie sie es als Kind getan hatte. Die Ärzte rieten überwiegend von der Riviera ab und empfahlen stattdessen Davos. Aber deswegen war sie ja gerade nicht hier. Sie war nicht krank und musste von keiner Tuberkulose genesen. Sie war zum Vergnügen hier. Am nächsten Morgen würde sie sich mit ihrem Eselskarren durch den Hanbury Garten fahren lassen, wenn ihr danach war. Sie würde ihre Nase in exotische Blüten versenken und dann tief einatmen. Und später am Nachmittag würde sie in ihrem Landauer eine Spazierfahrt in die Berge machen und den Blick immer wieder über das tiefblaue Meer schweifen lassen. Sie würde dort mit wildfremden Menschen ein paar Gläser roten Bellet trinken, von einem der Anbaugebiete im Norden Nizzas. Keine Fürsten, keine Herzöge. Nur unter einfachen Leuten würde sie die einfachen Dinge so genießen können, wie sie es vorhatte. Vielleicht würde sie ein paar Maler treffen. Sie würde ihnen ein wenig zusehen und fachmännische Bemerkungen austauschen, auch wenn sie selbst das Malen aufgegeben hatte und nur noch selten zeichnete. Sie würde nicht erwähnen, wer sie war oder dass Alberts Weltausstellung dabei geholfen hatte, die Tubenfarben zu verbreiten, und so die Freiluftmalerei erst möglich gemacht hatte. Renoir hatte sogar behauptet, dass es nur mit Schweinsblasen keinen Cézanne, keinen Monet, keinen Pissarro und keinen Impressionismus gegeben hätte. Und wo fanden Maler ein schöneres Betätigungsfeld als hier am Meer und in den Bergen der Riviera, wo sie ihnen nun zusehen konnte. Abends würde sie den Tag noch einmal an sich vorüberziehen lassen und das ein oder andere Geschehnis oder den ein oder anderen Gedanken in ihrem Journal festhalten.

## Leiningen und Meiningen

Am Ende war der Weg frei für Prinz Leopold von Sachsen-Coburg. Der Prinz hatte klare Ziele, war tatkräftig und selbstbewusst. Er war fest entschlossen, sich mit der zukünftigen Königin von England zu vermählen. Woher aber kam dieser Prinz, und woher nahm er die Überzeugung, seine wahrlich abenteuerlichen Absichten in die Tat umsetzen zu können? Er verfügte weder über das Netzwerk noch die Herkunft, solch anmaßende Ambitionen zu rechtfertigen. Das Fürstentum, aus dem er stammte, hatte nur ein paar Zehntausend Einwohner und war durch die napoleonischen Kriege gründlich verwüstet worden, der Hunger grassierte jahrelang. Der Optimismus des Prinzen schien vom Korsen inspiriert zu sein.

Wie war es ihm gelungen, den englischen Prinzregenten davon zu überzeugen, ihm seine einzige Tochter zur Frau zu geben, obwohl der Prinz von Wales ihn im Grunde nicht mochte? Der Brite fand den Sachsen-Coburger irritierend einschmeichelnd und verspottete ihn wegen seiner Vorsicht und Unentschlossenheit als Marquis Peu-a-peu. Auch andere Stimmen am englischen Hof konnten ihre Abneigung gegen ihn nicht verbergen, hielten ihn für langweilig, rechthaberisch und zimperlich und deuteten seine Attitüden als die eines rückwärtsgewandten Patriziers. Es waren wohl die unerschütterliche Zielstrebigkeit und Beharrlichkeit, die Umtriebigkeit vor allem, die es ihm erlaubte, wie bei der Fabel vom Hasen und

Igel, immer zur rechten Zeit am rechten Ort zu sein, während die Gegenseite sich noch fragte, welches Stück denn eigentlich gespielt wurde. Seine Manieren waren tadellos, er hatte einen unbestreitbaren Charme und eine schwer zu fassende feminine Seite, die ihm das Entree bei Frauen aller Couleur erleichterte.

Geleitet von seinem politischen Instinkt, umging Leopold den Regenten während der letzten Etappe der Durchführung des Plans, weil er richtigerweise annahm, dass der Prinz von Wales ihm nicht mehr nützen, sondern allenfalls noch schaden könnte. Es gelang ihm trotz seiner jungen Jahre, gestandene englische Minister zu beeindrucken, und er freundete sich mit dem am besten geeigneten Onkel der Prinzessin an, dem Herzog von Kent, den er als geheimen Boten zu ihr nutzen konnte. Sein im Wissen um vorangegangene Enttäuschungen klug eingesetzter Charme war auf eine empfängliche junge Frau getroffen, die sich ohne große Gegenwehr ergab und ihm so einen spektakulären Coup erlaubte. Die Prinzessin erklärte ihrer Umgebung kurzerhand, dass er, Leopold, für ihr Glück vonnöten und somit eine Verbindung unumgänglich sei. Im Januar 1816 reiste Leopold zur Verlobung nach England, die Hochzeit mit Prinzessin Charlotte fand im Mai desselben Jahres statt. Der Charakter der beiden Eheleute stand in merkwürdigem Gegensatz zueinander. Dieser 26-jährige Prinz aus kleinem deutschem Haus hatte sich beim Kampf in Waterloo ausgezeichnet und anschließend auf dem Wiener Kongress bemerkenswertes diplomatisches Geschick bewiesen. Mit diesen Referenzen ging er an die Zähmung einer Widerspenstigen. Förmlich im Auftritt, überlegt im Reden, vorsichtig im Handeln beherrschte er bald das wilde, ungestüme, großzügige Geschöpf an seiner Seite. Er fand vieles an ihr, das er nicht gutheißen konnte. Sie stellte bohrende Nachfragen, sie stampfte mit den Füßen, sie brüllte vor Lachen, sie hatte sehr wenig von jener Selbstbeherrschung, die besonders von Prinzessinnen verlangt wird. Kurz, ihre Manieren waren abscheulich. Er dagegen rühmte sich in dieser Hinsicht, eine hervorragende Schule durchlaufen zu haben, und machte es sich zur Aufgabe, aus dem Wildfang eine echte Prinzessin zu machen. Die Auseinandersetzungen zwischen ihnen liefen oft nach demselben Muster ab. Sie baute sich vor ihm auf, die Hände entschlossen in die Seiten gestemmt, angetan nur mit ihrem reizenden Petticoat, das Gesicht vor Erregung gerötet, die Augen funkelnd, und verkündete, dass sie bereit sei, alles zu tun, was er von ihr verlangte: »Wenn du es willst, werde ich es tun.« Seine ruhige Antwort darauf war stets, dass alles, worum er sie bitte, in ihrem eigenen Interesse und zu ihrem eigenen Guten sei. Baron Stockmar, ein Vertrauter des Paares, notierte in sein Tagebuch, dass Leopold seiner Frau der beste Ehemann der Welt sei und sich die Größe der Liebe Charlottes zu ihrem Mann nur noch mit der Größe der englischen Schulden vergleichen ließe. Das junge Paar erwartete Nachwuchs und richtete sich in froher Hoffnung im Claremont House ein.

*

Der Herzog von Kent setzte sich zu Madame Saint Laurent an den Frühstückstisch. Er überließ ihr, wie es seiner Gewohnheit entsprach, den Morning Chronicle und bearbeitete zunächst seine Korrespondenz. Edward, Herzog von Kent, war der vierte Sohn von Georg. Er war ein großer und kräftiger Mann mit buschigen Augenbrauen. Sein Schädel war oben kahl, aber das verbliebene Haar an den Seiten sorgfältig gekämmt und glänzend schwarz gefärbt. Seine Kleidung war gepflegt und seine ganze Erscheinung war akkurat. Er hatte sein frühes Leben in der Armee in Gibraltar, in Kanada und in Westindien verbracht und war unter dem Einfluss der militärischen Ausbildung zu einem Zuchtmeister geworden. Als er zuletzt nach Gibraltar geschickt wurde, um die Ordnung in einer meuternden Garnison wiederherzustellen, wurde er mit dem Vorwurf unangemessener Strenge abberufen. Abrupt und lange vor der Zeit war seine aktive Karriere schon mit Mitte dreißig beendet. Einen Sadisten hatte man ihn seinerzeit geschimpft. Er aber war überzeugt, nur seine Pflicht getan zu haben. Wie sonst sollte man Aufständische zur Räson bringen als mit harter Hand? Ja, er war wohl mit Strenge vorgegangen, aber ohne das Gefühl, sich schuldig gemacht zu haben oder eine unbotmäßige persönliche Befriedigung dabei empfunden zu haben.

Fast alle Briefe hatten diesmal nur ein Thema: Prinzessin Charlottes plötzlichen Tod, an einem kalten, abweisenden Novembertag des Jahres 1817 aus dem Leben gerissen. Einerseits, wie der Herzog sich schamhaft eingestehen musste, empfand er es als eine nicht unwillkommene Ablenkung von seiner finanziellen Misere, die sonst häufig in bedrückender Weise auf seiner Korrespondenz lastete. Andererseits handelte es sich zweifellos um eine Tragödie nationalen Ausmaßes, die auch ihn erschütterte und, so viel war klar, Konsequenzen für ihn selbst haben konnte. Alle hatten damit gerechnet, dass der verrückte Alte bald, tot oder nicht, abtreten und Charlotte den Thron hätte besteigen sollen. Die Nachfolgefrage, bis dahin zur Zufriedenheit aller Beteiligten geregelt, war nun wieder bedrohlich offen, und es war nicht abzusehen, was noch alles daraus hervorgehen könnte. Konnte es sein, dass von den fünfzehn Kindern, von den neun Söhnen Georgs, keiner einen rechtmäßigen Thronfolger hervorgebracht hatte? Mit welchen Krankheiten war man im Haus Hannover geschlagen? Alles Nichtsnutze, Tagediebe, Kinderlose, Umnachtete wie Georg selbst? Sein Bruder, der Herzog von Clarence, war eifrig genug gewesen, beinahe jedes Jahr ein Kind zu zeugen, an die zehn mussten es wohl sein, allein es waren alles Bastarde. Was zum Teufel war mit den Herzögen von York, Cumberland, Sussex oder Cambridge? Der Herzog von Cumberland war der am meisten verhasste von allen, von ausgesprochen hässlichem Äußeren, cholerisch, rachsüchtig und einem Intimleben nachgehend, das selbst für die Verhältnisse dieses Hofes als unaussprechlich extrem und skandalös galt. Manche behaupteten sogar, er habe seinen eigenen Diener ermordet. Das äußere Ansehen dieses Hauses entsprach seiner inneren Verfassung.

Besonders zu bedauern war der arme Leopold, der von der fürchterlichen Fratze des Todes aus den schönsten Träumen im Kindbett gerissen worden war. Das Mitleid gänzlich versagen konnte man auch dem Vater Charlottes nicht, dem Prinzen von Wales, der als ältester Sohn in der Rolle des Prinzregenten schon seit 1811 für seinen darniederliegenden Vater die Amtsgeschäfte führte. Dieser einzige glückliche Schuss, der ihm in seinem Leben gelungen war, vom Schicksal erbarmungslos ausgelöscht! Es war allgemein schwer vorstellbar, dass es dem Prinzregenten noch mal gelingen könnte, eine Familie zu gründen. Die erste Ehe für ungültig erklärt, die zweite nur geschlossen, um mithilfe einer erhöhten Apanage den persönlichen Ruin abzuwenden, um dann direkt nach der Geburt Charlottes eilig, aber erfolglos die Annullierung anzustreben. Schulden, Spielsucht, Untreue und Fettsucht standen dem entgegen. Für die Zeugung eines legitimen Thronfolgers kam er mithin nicht mehr in Betracht, aber, immerhin, er besorgte auch weiterhin vorläufig die Geschäfte.

Da plötzlich wurde Madame Saint Laurent blass, ihr Hals begann bedrohlich zu zucken, sie rang nach Fassung. Der Herzog war beunruhigt, ließ ihr aber die Zeit, bis sie sich wieder gefangen hatte. Madame Saint Laurent deutete stumm auf einen Artikel in der Zeitung. Es wurde spekuliert, dass er, der Herzog von Kent, womöglich bald heiraten würde. Zwei Kandidatinnen wurden genannt, die Prinzessin von Baden und die Prinzessin von Sachsen-Coburg. Die Letztere war ihm zum ersten

Mal vor Jahren von ihrem Bruder Prinz Leopold vorgestellt worden. Der Herzog von Kent hielt sie für die bessere Wahl, nicht zuletzt, weil sich der Prinz großer Beliebtheit in der britischen Öffentlichkeit erfreute. Im Falle des Falles gedachte der Herzog von Kent, daraus seinen Vorteil zu ziehen. Gott bewahre, er hatte wahrlich keine Ambitionen, er wollte nur, dass alles so bliebe, wie es war. Sein Bruder, der Herzog von Clarence, mochte als Älterer, so er denn wollte, als vor ihm Berechtigter sich um die Angelegenheit kümmern. Mochte sich jener in ein solches Abenteuer stürzen, Gott mochte ihm beistehen. Er wünschte ihm alles Glück dazu und würde dem jedenfalls nicht im Wege stehen. So dachte er oder gab vor, so zu denken.

Wenn der Herzog von Clarence jedoch bis Ostern, das im Übrigen dieses Mal sehr früh im Jahr war – nur wenige Wochen waren es noch bis zum 22. März – keine Schritte in Richtung Thronfolge unternähme, dann wäre der Herzog von Kent zum Handeln gezwungen, denn es war offensichtlich, dass angesichts des geistigen und körperlichen Zustands Georgs und der miserablen Reputation des gesamten Hauses Eile geboten war. Dann würde er die 27 Jahre, die er mit Madame Saint Laurent zusammenwar, vergessen und beiseiteschieben. Ihm bliebe dann keine andere Wahl. Er würde dem Ruf der Pflicht zum Dienst an seiner Nation gehorchen, eine Prinzessin heiraten und einen Thronfolger hervorbringen, auch jetzt mit 50 Jahren noch. Die Verbindung mit Madame würde dem nicht im Wege stehen. Allerdings würde er dafür sorgen, dass Madame das ihr zustehende Auskommen erhielte. Ein paar Diener und eine Kutsche wären das Mindeste, was ihr zustünde, treu, wie sie ihm ihr Leben lang gewesen war. Klug und mit Augenmaß hatte sie seinen Haushalt geführt, und wenn die Umstände es erforderten, hatte sie sich klaglos einem verringerten Budget angepasst.

*

Dank der erfolgreichen Vermittlung durch Prinz Leopold, der sich nach dem Tod seiner geliebten Charlotte unverzüglich auf neue Ziele hin ausgerichtet hatte, ehelichte schließlich der Herzog von Kent am 29. Mai 1818 die Schwester von Prinz Leopold, die Prinzessin von Sachsen-Coburg-Saalfeld, verwitwete Fürstin von Leiningen in Coburg. Am 11. Juli 1818 wurde eine Doppelhochzeit im Kew Palace gefeiert. Hier wurde die Ehe zwischen dem Herzog von Kent und der Fürstin von Leiningen nochmals nach anglikanischem Recht vollzogen, und der Herzog von Clarence nahm Adelheid von Sachsen-Meiningen zur Frau. Das hochheilige Bemühen um Georgs Nachfolge war in Gang gesetzt. Allerdings wurden die finanziellen Erwartungen der Brüder enttäuscht. Obwohl die englische Regierung bereit war, angesichts der staatstragenden Bemühungen die Apanagen für beide auf ein stattliches Maß anzuheben, legte das House of Commons sein Veto ein. Ein deutlicher Fingerzeig auf die Rolle der Monarchie aus Sicht des englischen Parlaments.

Ob der Herzog seinen Tristram Shandy kannte? Es schien jedenfalls so, als ob er dessen Mahnungen Rechnung getragen hatte, was beim Mischen der Säfte zu bedenken war. Am Ende rettete der Herzog von Kent, mehr schlecht als recht entlohnt und immer noch tief verschuldet, die Monarchie anstelle seines älteren Bruders, der weniger glücklich agierte, und leitete das Ende der ungeliebten und unglückseligen Herrschaft der Georgs ein. Acht Monate nach der Geburt des Kindes starb der Herzog. Die Witwe konnte sich die Annahme der Erbschaft nicht leisten. Madame Saint Laurent zog sich zu Verwandten in Paris zurück und starb wenige Jahre später.

Als Charlotte Heidenreich von Siebold im Mai 1819 der Herzogin von Kent bei der Entbindung zur Seite stand, konnte sie noch nicht wissen, dass nur drei Monate später auf Schloss Rosenau bei Coburg auch Victorias geliebter Albert die ersten Schreie in ihren Armen tun sollte. Deutsche Handreichungen für das Haus Hannover. So kam das Mädchen Alexandrina Victoria von Kent ins Leben. Absichtsvoll, pflichtgemäß und doch auch zufällig. Als es das Licht der Welt erblickte, kümmerte es sich nicht darum, dass es nur an fünfter Position der Thronfolge stand. Man mochte sich ausmalen, wie vieler Wendungen und Zwischenspiele es noch bedurfte, bis die Dinge ihren planmäßigen Lauf nahmen.

# Bataille des Fleurs

Wie gewöhnlich stand die Queen gegen acht Uhr morgens auf. Schon vor dem Frühstück stand die Sichtung der ersten Korrespondenz an. Es war die übliche Mischung aus Kabinettsbriefen, Ministerialberichten und offiziellen Dokumenten, die ihre Unterschrift erforderten. Um neun Uhr wurden Essen und Tee serviert. Sie las alle Schreiben mit akribischer Sorgfalt. Zu einigen Fragen tauschte sie mit ihrer Regierung verschlüsselte Telegramme aus, um sich zu versichern, dass sie alle Fakten zur Sache kannte. Anders als an manchen Tagen hatten heute die italienischen Sänger unter ihrem Fenster – Paoli hatte sie mit gutmütigem Humor Garten-Carusos genannt – keine Gelegenheit, ihre Aufmerksamkeit und ein paar Francs zu ergattern.

Es schien so, als ob die liberale Regierung Rosebery nach nur einem Jahr an der Macht schon wieder zerbrechen würde. Sie war als englische Monarchin zur strengen Neutralität verpflichtet, hatte aber natürlich insgeheim ihre Vorlieben und Abneigungen, und ihr war durchaus an einem Wechsel gelegen, obwohl Rosebery zwei Vorzüge gegenüber Gladstone bot: Er war ihr persönlich sympathisch, und, wichtiger noch, er war nicht Gladstone. Letzterer hatte sich im vergangenen Jahr nach vier Amtszeiten als Premierminister endlich zur Ruhe gesetzt, und die Queen hatte Rosebery umgehend mit der Bildung einer neuen Regierung beauftragt und dabei dessen Mitbewerber Harcourt, den sie nicht mochte und dem sie nicht vertraute, zu Roseberys Gunsten umstandslos übergangen. Aber schon der Anfang der Zusammenarbeit mit ihm war ein Schock. Der erste Redenentwurf, den er ihr vorlegte und den sie zum Regierungsantritt halten sollte, las sich wie eine Wiedergeburt Gladstones. Er wollte die Abschaffung der walisischen und schottischen Kirche vollenden wie ein treuer Erfüllungsgehilfe und dann – der Gipfel! – Irland mit der dritten Auflage der Home Rule Bill noch weitergehende Rechte zur Selbstregierung zugestehen und das, obwohl er ihr das Gegenteil versprochen hatte! Als ob dieses ganze Wahngebilde Gladstones nicht schon genug Tumulte verursacht hatte. Sie hatte sich dann zwar noch mit ihm auf einen Kompromiss geeinigt, aber das Vertrauen in seine Politik war erschüttert.

Nun berichtete Rosebery ihr zudem von den sehr unerfreulichen Umständen, unter denen Gladstone sich bemühte, aus dem Ruhestand heraus Unterstützung für die Armenier zu organisieren. Er hatte jahrzehntelang in jedem Kleinstaat im Osmanischen Reich britische Konsulate eröffnen lassen, und Armenien sollte nach seiner Vorstellung als einer dieser Kleinstaaten, aus dem Osmanischen Reich herausgelöst, als Pufferstaat gegen eine weitere russische Expansion dienen. Alle seine Versuche, britische Interessen, Ordnung und Stabilität in der Region durchzusetzen, hatten zum Gegenteil geführt, und das Resultat war, dass nun die Türken dieses grauenhafte Gemetzel an den Armeniern begonnen hatten. Es war eine gänzlich verfahrene Situation, und wenn man keine kriegerische Konfrontation mit dem Osmanischen Reich und womöglich noch mit Russland riskieren wollte, musste man sich dort heraushalten, darüber war sich die Queen mit Rosebery einig.

Die Lage im Sudan hatte sich dagegen zugunsten der Briten verbessert. Von Kitchener hörte man, dass Rudolf Slatin, der nach mehr als einem Jahrzehnt Gefangenschaft aus dem Reich der Mahdisten hatte fliehen können, in den Rang eines Obersten der ägyptischen Armee befördert und mit dem Titel eines Paschas ausgezeichnet werden sollte. Er hatte den britischen und ägyptischen Behörden in Kairo wertvolle und ob begangener Grausamkeiten gleichzeitig erschütternde Informationen aus dem innersten Machtbereich der Aufständischen liefern können.

Aus Peking wurde berichtet, dass sich der Krieg zwischen Japan und China, eine Auseinandersetzung, die seit Mitte des vergangenen Jahres um ihrer selbst willen geführt wurde und in die, nach dem Abschuss eines britischen Handelsschiffs durch japanische Tornados, um ein Haar auch Großbritannien hineingezogen worden wäre, dem Ende zuneigte. Schon brachten sich die üblichen Spieler in Position, um ihre Einflusssphäre in einem geschwächten China zu sichern oder auszubauen. Wie immer in diesen Zeiten und wie überall auf der Welt ging es für die Briten darum, Russen, Deutsche und andere Nationen, vor allem aber die Franzosen, einzuhegen, die sich von der Niederlage gegen Deutschland erholt hatten und unter dem neuen Außenminister wieder auf kolonialem Expansionskurs waren. Der Königin war nur allzu bewusst, wie heikel es für sie werden konnte, wenn sie hier in Frankreich Behaglichkeiten genoss, während draußen die Völker aufeinandertrafen.

Die beiden Sekretäre der Queen hatten alle Hände voll zu tun. Von den zahlreichen Bittstellerbriefen, die verschiedenste Angelegenheiten betrafen, beantwortete sie einige wenige selbst, die anderen überließ sie der Poststelle.

Gegen elf Uhr beendete sie die Morgenarbeit. Es war nun Zeit für Bewegung und frische Luft. Die Königin ließ sich einen Seidenmantel und ihren Stock bringen und setzte sich einen breiten Gartenhut gegen die Sonne auf. Dann ging sie, auf den Arm einer ihrer treuen Hindus gestützt, die Treppe hinunter. Dort wartete ihre kleine Kutsche mit ihrem Esel Jacquot. Dessen Aufgabe war es – jeder im Gefolge der Queen hatte einen klar definierten Tätigkeitsbereich –, die Königin durch die verschiedensten Gärten zu tragen. Bei ihren Ausritten am Vormittag war die Zeit bis zum Essen knapp und ließ keine längeren Touren zu. So blieb sie für gewöhnlich in der Nähe ihrer Residenz in Cimiez, einer ruhigen Gegend, die Paoli keinen Grund zur Sorge gab. Jacquot fügte sich den Launen seiner königlichen Herrin ohne Murren. Er blieb stehen, ging weiter, wartete wiederum, gerade wie es der Königin gefiel. Er ertrug es auch mit Gleichmut, wenn die Kinder von Beatrice ihre Streiche mit ihm spielten und an seinem Schwanz zogen oder übermütig in seine langen Ohren schrien. Wenn Jacquot seine Memoiren hätte schreiben können, hätten sie damit angefangen, wie er eines Tages von einem armen Bauernhof in Savoyen in die Ställe des Buckingham-Palastes gekommen war.

Wenn die Madame Comtesse de Balmoral aber nachmittags zu ihren großen Bergtouren aufbrach, wurde Paoli nicht müde, sie auf allgemeine Gefahren und darauf hinzuweisen, dass die Anarchisten gerade in Frankreich ihr Unwesen trieben. Er war einigermaßen erleichtert, wenn sie stattdessen Ausflüge in die Stadt machten, wie heute zur Eröffnung des Karnevals. Am frühen Nachmittag fand die erste Bataille des Fleurs der Saison auf der Promenade des Anglais statt. Victoria kannte diese Art von Blumenschlacht von ihrer früheren Reise nach Grasse und hatte schon da großen Gefallen daran gefunden. Man hatte eine Tribüne für die Queen und ihre Begleitung reserviert. So wie hier sah man sie in England nicht. Sie wurde von den Leuten enthusiastisch begrüßt und warf ein paar erste Blumensträuße mit großem Elan und kindlicher Freude in die Menge. Sie hatte sich extra vom Bürgermeister damit ausstatten lassen. Ist das die Königin des größten Imperiums der Geschichte? Sie, die von ihrer Umgebung gefürchtet wurde, weil sie immer noch aus der Haut fahren konnte, wenn bei Tisch zu laut gelacht wurde oder, was das Schlimmste war, dem Munshi nicht der gebührende Respekt gezollt wurde. Für Ponsonby war der Munshi so etwas Ähnliches wie ein Hund oder ein anderes Haustier. Wahrscheinlich dachten viele in ihrer Umgebung genauso oder schlimmer. Dr. Reid hatte schon in Florenz eine Liste aller Ungebührlichkeiten des Munshis aufgestellt, sozusagen als Munition für die Hinterhand.

Der Munshi war mit seiner eigenen Kutsche zur Blumenschlacht angereist, um sich nicht wieder dem Verdacht auszusetzen, er sei nur einer der indischen Bediensteten der Königin. So etwas sollten die Zeitungen nicht mehr schreiben. Es hatte ihn sehr erbost. Er wollte wie ein Fürst eigenen Rechts wahrgenommen werden und wusste sich der Unterstützung der Queen sicher. Was für ein Getue und Getuschel, was für eine schwer zu unterdrückende Wut, die man mit Händen greifen konnte in der Umgebung der Königin. Es raunte und zischte und klapperte wie bei einem bald überkochenden Topf, dessen Deckel anfängt, sich zu heben. Ein Gockel, bunt, grell und schon reichlich mit Orden behängt, beleidigten die Erscheinung und der Auftritt des Munshi jeden braven Diener der Königin. Wie er stolzierte, sich auf seiner imaginierten Bühne spreizte und alle Facetten der Großspurigkeit und Angeberei vorführte, war kaum zu ertragen. Ponsonby hatte erst im Januar einen Schlaganfall erlitten und hatte sich noch nicht wieder davon erholt. Welchen Anteil hatte der Munshi daran? Ponsonby hatte den Stallknecht Brown überlebt, aber dieser war zu viel für ihn. Er hatte schon Albert treu gedient und seine erste Tochter auf den Namen Alberta Victoria getauft, vielleicht auch, um die Königin milde zu stimmen, die es normalerweise nicht gern sah, wenn ihre Bediensteten heirateten, und schon gar nicht, wie in diesem Fall, ein Dienstmädchen ihres eigenen Haushalts. Ponsonby musste nach der Rückkehr aus Gesundheitsgründen von seinem Posten als Privatsekretär der Königin zurücktreten.

Victoria vergnügte sich derweil mit den jungen Offizieren, die ihr nun ihrerseits Blumenbouquets zuwarfen. Was für ein Spaß! Oh, der da drüben mit dem schönen Schnurrbart wird gleich – Beatrice, Helena, mehr Blumen! Die Prinzessinnen tun, was sie können, aber es ist immer zu langsam und zu wenig, mehr Blumen!!! Die jungen Männer gegenüber jauchzen und jubeln, sie ruft hurra, Treffer, wie bei einer Schneeballschlacht hin und her, seht nur! Sie wirft Blicke, die in einem Augenblick entscheiden, wer schneidig ist und wer nicht, wer ihr gefällt und wer nicht. In einem einzigen Blick zweier Menschen können sich ganze Romane begegnen und die Nuancen ihres Begehrens und ihrer Hoffnungen ausbreiten, sie weiß es, sie kennt es, sie liebt es! Da gegenüber, manche verbeugen sich, ziehen ihre Hüte, lächeln vornehm, andere zeigen blanke Zähne, jeder, was er hat, Entzücken, Hochstimmung, Arme zerteilen schwungvoll die Luft. Das Wippen im Rhythmus des Werfens und Fangens, des Bückens und Streckens, auf und ab, junge Leiber geschmeidiger als alte, der Wille zum Dehnen der Körper geeint, sinnloser Spaß verschlungen im Fluss des Karnevals. Der Zug im pulsierenden, fiebrigen Takt der Tribünen. Er beginnt mitzuschwingen, jetzt rekelt sich helle Haut, dunkle Haut, schlangenartig, verführerisch, lasziv, Kostüme schreien ihre lauten Farben hinaus, seht her auf mich, Hände sprechen miteinander, meint er mich, zeigen in alle Richtungen, meint er dich, lachende Gesichter, maskierte Gesichter, Memento mori, Bläser blasen, Trommler trommeln, singen, zum letzten Gericht, aufgerissene Hemden, offene Münder, duftende Blumen, Männerschweiß, die Hitze, den Leib von der Seele, das Blau des Rausches, Himmel und Meer im Taumel, oben und unten, das Blut steigt zu Kopf, es pocht, weiter, hochleben, hoch, hoch, hoch.

Die Jacoune, die Gemüsebäuerin, konnte heute nicht kommen, schickte nur ihr Lächeln aus den Bergen von St. Pierre de Feric hinunter. Wenn Alphonse Karr das hätte sehen können, der seine Blumen in Kanistern quer durch Europa verschickte, aber er lag nur einfach ruhig da im Herzen Nizzas, auf der Rue de la Liberté, kreuzte sich in der Mitte mit dem Boulevard Victor Hugo, und sah dem Treiben vom Musicien aus zu. Er sah zu, hatte seine Freude daran und grämte sich nicht, enteignet und vertrieben, seine Saat so schön aufgegangen, wo alles im Cours Saleya begann.

Es war entschieden eines von Victorias Lieblingsfestivals, wenn nicht ihr liebstes. Während der Stunde, die sie blieb, dachte sie keine Sekunde an den Munshi, nicht an Ponsonby oder sonst jemanden. Die Zeitungen schrieben später, dass es eines der besten Festivals der letzten Jahre war. Sie konnte sich sagen, dass sie einen guten

Anteil an dem Funkenschlag gehabt hatte. Es war eine der wahrhaft erfüllenden Erfahrungen für sie, bei der sie einen kleinen, aber kostbaren Erfolg nicht ihrer Stellung zuschreiben musste und bei der sie außerdem einen Höllenspaß gehabt hatte.

Dann ging es immer noch gut gelaunt wieder hoch auf den Berg in vertraute Umgebung zur Villa Liserb in Cimiez, wo zwei indische Gaukler sie schon erwarteten. Das Anwesen gehörte einem englischen Geschäftsmann, Mr. Cazalet, dessen Familie einst im Zuge der Hugenottenverfolgung nach England geflohen und dort zu einigem Wohlstand gekommen war. Sowohl Victoria als auch Beatrice fühlten sich hier ausgesprochen wohl, hatten sich schnell mit der freundlichen, unkomplizierten Familie angefreundet. In ihren ersten Gesprächen hatte sich herausgestellt, dass Victorias alter Premierminister Sir Robert Peel früher schon die Gastfreundschaft der Cazalets in Anspruch genommen hatte, als er eine Zeit lang in ihrem Landsitz Fairlawne in Kent untergekommen war. In dieser beinahe familiären Atmosphäre kam man schnell auf die Idee, dass die Villa Liserb eine bessere Umgebung für Beatrice und die Kinder als das Grand Hotel sei. Hier hatten sie einen schönen, großen Garten ganz für sich allein, in dem sie jeden Morgen ihre Großmutter erwarten konnten, die sich von ihrem Esel Jacquot nur einen kurzen Weg den Berg von ihrem Hotel hinunter tragen lassen musste, um mit ihren Enkeln Verstecken zu spielen oder mit großem Vergnügen zu erdulden, was sonst gerade an Späßen anstand. Die Queen beauftragte Ponsonby mit dem Umzug des Gepäcks der Prinzessin von Battenberg, und das ganze Unterfangen war schon am nächsten Vormittag abgeschlossen.

Die indischen Zauberkunststücke, eigentlich eher für die Kinder gedacht, kamen auch Victoria recht, war es doch genau die Art von wohltemperierter Veranstaltung, die es ihr erlaubte, nach der aufregenden Blumenschlacht am Nachmittag endgültig ihr gewohntes Maß an innerer Bewegung wiederzuerlangen. Die Queen ließ sich ihre Tricks vorführen und war amüsiert, jederzeit ein gutes Zeichen für sie selbst und ihre Umgebung. Seit sie Kaiserin von Indien war, fühlte sie sich für die Menschen dort verantwortlich und hatte beizeiten eine große Sympathie für alles Indische entwickelt. Bei ihrem goldenen Thronjubiläum hatten Prinzen und Maharadschas des Subkontinents Monate in London verbracht und waren mit all ihrem Hausrat und sogar ihren Pferden angereist. Was für ein Anblick, all die Farben der Kleider und bei den Frauen funkelnde Diamanten dazu. Der Koh-i-Noor war kein Stein des Anstoßes mehr. Es war ein Ereignis, wie es London seit der Weltausstellung nicht mehr gesehen hatte. Die indische Opulenz, die sich ungehemmt und unübersehbar in der Stadt entfaltete, hatte Victoria sehr fasziniert.

Der Munshi war so klug, die Gelegenheit zu nutzen, und arrangierte mit der Zustimmung einer behaglich gestimmten Königin einen Folgebesuch der beiden Gaukler in London. Wer wusste, wofür das noch mal gut sein könnte.

Die Queen war nun bereit, den offiziellen Teil des Tages ruhig und nur in Gegenwart der beiden Prinzessinnen Beatrice und Helena ausklingen zu lassen, indem sie das kalte Büffet, das jeden Abend ab 18 Uhr im Hotel für sie bereitstand, ignorierte und direkt zu einem angenehm gedehnten französischen Abendessen überging.

Unter dem Schein einer Lampe saß Victoria über ihren kleinen Sekretär aus Rosenholz gebeugt. Er war mit Fotografien und Papieren vollgestellt. Er begleitete sie ebenso beständig auf ihren Reisen wie das hohe, schmale Bett aus Mahagoni. Sie ließ auch diesen Tag nicht enden, ohne ihr Journal zu schreiben. Sie tat das seit einiger Zeit schon in Urdu, so wie der Munshi es sie lehrte. Sie machte sich Sorgen wegen Ponsonby. Er hatte sein Temperament nicht immer so im Griff, wie sie es eigentlich gewohnt war und auch erwartete, seine Nerven schienen angegriffen. Wie lange würde er sich halten? Beatrice dagegen war verlässlicher denn je und stets für sie da. Die Mutter von vier Kindern. Victoria hatte der Ehe nur unter der Bedingung zugestimmt, dass das Paar lebenslang bei ihr verbringen würde. Seitdem war es zu keinerlei Streit mehr gekommen.

# Eugénie

An einem Sonntag, nach einer knapper als sonst bemessenen Bearbeitung der Korrespondenz, die feiertags aber ohnehin etwas spärlicher ausfiel, wollte Victoria ihre alte Freundin Eugénie zum Mittagessen besuchen. Es waren fast 30 Kilometer bis zum Cap-Martin zu bewältigen, und es galt daher, zeitig aufzubrechen. Sie planten einen Zwischenstopp in Beaulieu für einen kleinen Imbiss und den Pferdewechsel ein. Paoli, der ein strammeres Tempo als Victoria und ihre Begleitung bevorzugte, ritt eine Stunde nach ihnen los und holte sie, ohne unterwegs zu halten, kurz vor dem Cap ein. Zusammen erreichte die Gruppe von Sonntagsausflüglern, unter ihnen die Prinzessinnen Beatrice und Helena, Oberst Carrington und Arthur Bigge, um die Mittagszeit die Westseite des Caps, das zwischen Monaco und Menton lag. Man konnte das Anwesen von der Landseite sehr leicht übersehen, so wie es sich unter dem Grün von Oliven- und Pinienbäumen verborgen an die Klippen schmiegte. Die Besitzerin wollte offenbar jeden Anstoß vermeiden, den sie bei zufälligen Passanten hätte erregen können. Wenn man sich allerdings vom Meer her näherte, was nur dem trittsicheren Wanderer, aber keiner Kutsche möglich war, so erblickte man einen Portikus im italienischen Stil und eine sich daran anschließende Terrasse mit Blick auf das Meer. Umschlossen war der Garten von wilder Pistazie, Rosmarin und Myrte, und in seinem Inneren wetteiferten exotische und einheimische Pflanzen um die olfaktorische Aufmerksamkeit der Besucher. Kamelien, Geranien und Rosen säumten den steilen Weg der Klippen hinunter zum Meer.

Schwarz gekleidet und auf ihren Stock mit goldener Krücke gestützt empfing Eugénie de Montijo, eingerahmt von ihrem Sekretär Herrn Piétri und ihrer Ehrendame Frau Lebrëton, die Queen und ihre Begleitung auf der unteren Treppe der Villa Cyrnos. Die Gastgeberin begrüßte ihre alte Freundin: »Ma chère amie Victoria, je suis très heureuse de vous voir. J'espère que vous allez bien.«

Victoria erwiderte mit einem kleinen Scherz, der allerdings viel Wahrheit in sich trug: »Chère Eugénie, regardez comme nous nous ressemblons, toutes les deux en noir, toutes les deux armées de nos cannes, c'est très amusant, n'est-ce pas?«

Eugénie fragte: »Cela fait combien de temps que nous ne nous sommes pas vues?«, worauf Victoria antwortete: »Trop longtemps, ma chère, mais maintenant je suis là!«

Beatrice, die besser auf den Beinen als die beiden alten Frauen war, sprang enthusiastisch auf Eugénie zu und begrüßte die Patentante ihrer Tochter Victoria Eugénie mit herzlichen französischen Küsschen, links und rechts. Dann entdeckte Eugénie Arthur Bigge, der sich seinem Stand gemäß zurückhielt, obwohl auch er eine enge Beziehung zur früheren Kaiserin Frankreichs hatte. Er war der Kamerad ihres Sohns im Zulukrieg gewesen, in dem Louis gefallen war. Bigge hatte sie damals über die Umstände seines Todes unterrichtet. Später hatte er sie auf der gefährlichen Reise nach Afrika begleitet, weil Eugénie unbedingt den Ort sehen wollte, an dem ihr Sohn gestorben war. Eugénie begrüßte auch ihn: »Monsieur Bigge, quel plaisir de vous revoir! Apparemment, ma chère amie Victoria a suivi mon conseil et vous a pris à son service.«

Arthur Bigge antwortete: »Oui, Sa Majesté l'a fait! Je suis heureux qu'elle m'ait emmené faire ce voyage et qu'elle m'ait donné le plaisir de la revoir après tant de temps.«

Mit einer gutmütigen Neckerei bat Eugénie schließlich die Gesellschaft in ihr Haus: »Pourquoi, chère Victoria, ne venez vous que maintenant et non pas en décembre sur la Côte d'Azur? Que faites-vous toujours à Windsor ou à Balmoral pendant ces longues et froides journées d'hiver?«

María Eugenia Ignacia Agustina de Palafox Portocarrero de Guzmán y Kirkpatrick, ehemalige Gattin Napoléons III., letzte Kaiserin Frankreichs und seit fast einem Vierteljahrhundert verwitwet, war bei ihrem eigenen Volk längst nicht so beliebt wie Victoria. Die dritte Republik besah die Versäumnisse der zweiten Kaiserzeit und nahm, in der festen Absicht, einen endgültigen Schlussstrich unter die Monarchie und seine Repräsentanten zu ziehen, die Irritation, gleichzeitig ausländische Monarchen zu hofieren, gleichmütig hin. Gottlob für Eugénie hatten die republikanischen Schlussstriche mittlerweile nicht mehr die frühere guillotinenhafte Schärfe. Das Gerede um ihren Vater, einige glaubten an Lord Palmerston, andere sprachen von Lord Clarendon, hatte ihre Mutter seinerzeit gegenüber ihrem Schwiegersohn mit bewunderungswürdiger Klarheit ausgeräumt: »Mais, monsieur, les dates ne correspondent pas.« So wie Geschichte die legitime Lüge ist, auf die sich die Überlebenden verständigt haben, so war Eugénie als Tochter des Grafen von Montijo legitimiert.

Der französische Staat hatte Eugénie de Montijo einige Auflagen gemacht. Die Frist von zwanzig Jahren, in der sie keinen offiziellen Wohnsitz in Frankreich haben durfte, war nun abgelaufen. So hatte sie sich also endlich ein eigenes Anwesen bauen lassen können und war nicht länger von Sissi und anderen abhängig, ihr Logis zu bieten. Allerdings war ihr auch jetzt nicht erlaubt, mehr als acht Personen in ihrem Haushalt zu beschäftigen, inklusive Gärtner, Koch und Kutscher. Ein Inspektor der französischen Regierung kam jede Woche zu Besuch, um das Einhalten der Auflagen zu überprüfen. Von keiner Seite konnte man den kleinen Annex sehen, den sie für junge Besucher gebaut hatte, um die Beschränkungen ihres Haushalts zu mildern.

Wenn Victoria die französische Garde, die Paoli zu ihrem Schutz aufgeboten hatte, zu Besuchen Eugénies vor ihrem Hotel defilieren lassen wollte, wurde sie zuverlässig im letzten Moment durch Paoli gestoppt. Er wies sie dann auf die offensichtliche Unangemessenheit eines solchen Vorgangs in dieser nun entschiedenen Republik hin, und sie bedankte sich, dass er sie vor einer solchen Torheit bewahrt hatte, die ihr sicher eine schlechte Presse eingebracht hätte. Allerdings missachtete sie die französischen Empfindlichkeiten in dieser Hinsicht regelmäßig, vermutlich, weil sie die ostentative Geringschätzung ihrer alten Freundin nicht einfach hinzunehmen gedachte.

Das Mittagessen wurde im großen Esszimmer im Erdgeschoss serviert. Es war im algerischen Stil dekoriert und dem Anlass entsprechend mit den exquisitesten Blumen aus dem Garten geschmückt. Das Tischgespräch drehte sich um Themen, an denen auch britischer Puritanismus nichts aussetzen konnte, wie das Wetter, das wunderschöne Anwesen, seinen Garten und die kleinen amüsanten Geschehnisse, die Ausflüge wie dieser verlässlich hervorbrachten. Zum Beispiel belustigte sich Victoria über das angestrengte Gesicht Paolis, als er den Haupttross überholte. Haben Sie das auch gesehen, Sir Arthur? Beatrice schilderte eine Posse, die sich unterwegs beim Picknick ereignet hatte, in der ein plötzlich aus dem Gebüsch hervorgebrochener Pfau und ein unfreiwillig verrutschtes Toupet eine Hauptrolle gespielt hatten, und erntete damit allgemeine Heiterkeit. Wenn man das Treiben dieser Gesellschaft nur mit halber Aufmerksamkeit verfolgte, glich sie einer munteren Meute von Spatzen, bei denen es mal hier, mal dort zwitscherte, unterlegt nur von gelegentlichen, gedämpften Lachern, gefällig klappernden Tellern oder hellklingenden Gläsern, die allerdings behutsam genug gegeneinander gehoben wurden, um die erholsame Wirkung eines gleichbleibenden Geräuschpegels nicht zu gefährden. Die alte Queen fühlte sich ausgesprochen wohl in diesem Ambiente, in dem man sich jederzeit ein kleines Nickerchen gestatten konnte.

Nach dem Essen zerstreute sich die Gesellschaft in die verschiedenen Winkel des Anwesens. Beatrice hatte Zeichenstift und Block mitgebracht und versuchte sich an ein paar schönen Blüten, während Helena ihr dabei zusah. Bigge, Carrington und Paoli besprachen die Organisation der Rückfahrt. Die beiden alten Frauen verbrachten ihre Zeit allein auf der Loggia, die mit Fresken im Stil Pompejis dekoriert war, genossen die Wärme und blinzelten hinaus auf das Meer, in das die Nachmittagssonne sich allmählich hinabsenkte.

Paoli war naiv genug, zu glauben, dass die beiden Königinnen sich nicht über Politik unterhielten, er meinte sogar, sie hätten sich darüber ein Ehrenwort gegeben. Aber wie sollte das sein? Wenn sie sich nur daran erinnerten, wann und wie sie sich kennengelernt hatten, dann war das allein schon Politik. Dass Victoria und Albert im Spätsommer 1855 Napoléon und Eugénie anlässlich der Weltausstellung in Paris besucht hatten, war nicht selbstverständlich. Die Berater der Königin hatten tief in die Archive hinabsteigen müssen, um den letzten Besuch eines englischen Monarchen in Paris zu finden. Henry VI, der Kindkönig und Schlussakkord des Hauses Lancaster, hatte sich 1431 dortselbst zum König von Frankreich krönen lassen. Zu anderen Königshäusern Europas gab es genügend familiäre Beziehungen, die man als Anlass oder mindestens als Vorwand für einen Besuch hätte hernehmen können, aber zu dem französischen Paar, dem Obelisken gleich, den Ägypten Louis-Philippe zum Geschenk gemacht hatte und der nun da stand auf der Place de la Concorde, gerade, stolz, unzugänglich, gab es keine solchen Verbindungen. Immerhin kämpfte Großbritannien schon einige Jahre an der Seite Frankreichs auf der Krim, und man war einem gemeinsamen Sieg nahe. Es war aber schwer zu glauben, dass dies ein hinreichendes Motiv hätte sein können, denn Kriege wurden immer geführt, heute auf dieser, morgen auf jener Seite. Das Schlimmste hatte Victoria außerdem schon bei der vorangegangenen Visite Napoléons und Eugénies in England verhindert, als sie ihm ausreden konnte, sich persönlich auf die Krim zu begeben, sich an die Spitze der alliierten Truppen zu setzen und so den Krieg ein für alle Mal zu beenden. Sie machte ihm klar, dass sich die britische Armee nicht einfach einem fremden Feldherrn unterordnen würde, so groß sein Name auch sein mochte: »Tun Sie es nicht!«, hatte sie ihm zugerufen und ihn so vor einer sicheren Blamage und vielleicht vor Schlimmerem bewahrt, hatte man von ihm doch schon ein Raunen vernommen, dass es ihn gelüstete, seine Armee bis nach St. Petersburg marschieren zu lassen, ganz im Stile des Alten.

Napoléon hatte sich Frankreich im Namen und nach dem Vorbild seines berühmten Onkels unterworfen und sich zum Kaiser auf Lebenszeit ausrufen lassen. Eine unkonventionelle Karriere dieser Tage, wo Monarchien allerorten unter Druck standen und Parlamente sich ungern entmachten ließen, eine französische Karriere. Diesen zumindest außerhalb des eigenen Landes umstrittenen Mann, die milderen Stimmen nannten ihn

Emporkömmling, würde sie mit einem offiziellen Besuch als Staatsoberhaupt erheblich aufwerten. Ja, er hatte bei jedem Schritt das Volk befragt und war in seinem Vorwärtsdrang bestätigt worden. Nach englischem Verständnis war dies jedoch bestenfalls eine pubertäre Form von Politik, mit der man in England nur Stirnrunzeln oder, schlimmer noch, Amüsement hervorgerufen hätte. All dies wurde im Vorfeld des Staatsbesuchs erwogen. Auch auf persönlicher Ebene hätte Victoria vielleicht Vorbehalte hegen können, ihr alter Freund Louis-Philippe hatte in ihrem Land im Exil gelebt, und Victoria hatte seinerzeit nicht gezögert, ihm Claremont House zu überlassen, in dem davor ihr geliebter Onkel Leopold gelebt hatte, der ja schon beizeiten Louise von Orléans, die Tochter Louis-Philippes, geehelicht hatte. Solcher Art waren die Beziehungen der europäischen Königshäuser untereinander. Für Leopold war Napoléon zur Schlange im eigenen Bett geworden, als dieser es sich im Mobiliar seines Schwiegervaters gemütlich gemacht hatte, eine, vor der man sich fürchten musste. Victoria dagegen bestellte unbeeindruckt und ausdauernd die europäischen Felder, die französischen, Schlangen oder nicht, gehörten unbedingt dazu, auf dass auch diese ihre Früchte trügen. Sie wusste sehr gut, dass Louis-Philippe die Zügel bei seinem wilden Ritt nach Manchester Art entglitten waren. Konnte man ihm deswegen einen persönlichen Vorwurf oder seinen Nachfolger dafür verantwortlich machen? Sie hatte all das gesehen und für sich in England daraus ihre klugen Schlüsse gezogen. Eine solche Unordnung würde sie in ihrem Land niemals zulassen. Victoria hatte schon früh gelernt, die Politik nach außen hin von Familie und Freundschaft zu trennen, ohne den offensichtlichen wechselseitigen Nutzen zu vernachlässigen.

»Sais-tu ce que c'était, à l'époque, à Paris, en tant que nouvelle épouse et nouvelle impératrice des Français? Peux-tu l'imaginer? Je n'en ai jamais parlé, je ne te l'ai jamais demandé«, eröffnete Eugénie die Unterhaltung und ging in diesem intimen Rahmen, allein mit Victoria, zum Du über.

Victoria antwortete ihr: »Je me souviens surtout que la nouvelle de ta grossesse nous est parvenue juste avant notre départ pour Paris. Certains voulaient tout annuler par peur de déclencher une crise nationale s'il t'était arrivé quelque chose de grave, à toi ou à l'enfant. Mais, je savais par expérience qu'une petite fête a tendance à remonter le moral si on n'en fait pas trop, et ce n'était pas notre intention, n'est-ce pas? Et donc, Dieu merci, nous avons fait fi des réserves, et tout s'est bien passé. «

Hier fügt Eugénie schnell an, dass sie Victoria ewig zu großem Dank verpflichtet sei: »Qu'aurais-je fait sans ton aide et tes conseils? Tu avais déjà mis au monde huit enfants, alors que moi, j'avais fait deux fausses couches. Et tu m'as si bien conseillée avec ton docteur Lockhard que cette fois-ci, ça a marché. Je t'en serai éternellement reconnaissante. Mon cher Lou-Lou est né pendant que mon mari négociait la paix sur la guerre de Crimée, sous une bonne étoile. Je le vois encore jouer dans le jardin avec son train miniature, c'était une époque merveilleuse et pleine d'espoir. Mais toi et moi savons ce qui s'est passé ensuite. Tu nous as accordé l'asile en Angleterre, alors que Bismarck s'installait chez nous. J'aurais tellement aimé que Louis et Béatrice puissent former un couple, mais cela ne devait pas être le cas. Et qu'il est ensuite parti à la guerre des Zoulous et est tombé. Il s'était porté volontaire pour l'armée britannique. Il avait senti que nous avions une dette envers ton pays et envers toi, il voulait sans doute en payer sa part. Personne n'y pouvait rien, personne ne pouvait l'empêcher. Tu ne nous as toujours fait que du bien, le mal venait des autres. «

Victoria, nicht gewillt dieses Thema zu vertiefen, erinnerte sich noch sehr genau, dass sie beide, Eugénie und sie selbst, gegen den entschiedenen Widerstand ihres Premierministers Disraeli, darauf gedrungen hatten, Louis in die britische Armee aufzunehmen. Sie lenkte das Gespräch wieder zurück auf die erste Frage Eugénies: »Quant à l'autre sujet, je me souviens de quelques remarques dans les quotidiens anglais qui se moquaient du fait que ton mari s'était marié bien en dessous de son rang, à tel point que même les petits employés de la cour pensaient être au-dessus de toi. Les commentaires affichaient le sourire froid de leur dégoût et ils se délectaient ouvertement des humiliations qui vous avaient été infligées à tous les deux. J'en avais honte, tu peux me croire. «

Die Ex-Kaiserin, nun wieder mit Victoria auf sicherem Terrain, erklärte, was diese schon wusste, warum sie ihren Mann so geliebt hatte und wie unkonventionell er in vielem gewesen war: »Et ce que je ne comprends toujours pas, c'est que personne ne lui a jamais demandé son rang. Il n'était pas non plus issu d'une vieille famille noble. Tu sais probablement que peu de temps avant, il a failli épouser une autre personne de ta famille. Puis je l'ai rencontré à un bal et nous sommes immédiatement tombés amoureux. J'ai aimé le fait qu'il ait puisé tout ce qu'il était en lui-même, un self-made-man comme vous dites en Angleterre. J'ai essayé de l'égaler, sans jamais y parvenir. Mais il m'a courageusement défendu contre les lâches attaques qui ont suivi. Il s'est tenu debout et a dit ouvertement qu'il m'avait choisi de son plein gré et par amour, sans arrière-pensée ni calcul politique. C'était inouï et cette audace me donne encore le vertige. Puis sont arrivés Albert et toi. A partir de là, les voix laides se sont tues. Aujourd'hui encore, cela me semble être un miracle. «

Victoria nahm die rechte Hand ihrer Freundin in ihre beiden Hände, streichelte sie sanft und vertraute Eugénie ihr Geheimnis an: »Bonne Eugénie, je te révèle volontiers le secret que je n'ai partagé avec personne d'autre qu'Albert. Je ne l'ai pas non plus confié à mon journal, de sorte qu'après ma mort, personne n'aura à se soucier d'éliminer ce genre de motifs obscurs de la grande Victoria, afin que mon image reste aussi pure et rayonnante que mon peuple, ma famille et mes premiers ministres l'attendent de moi. Vous m'avez tous deux inspirés avec votre histoire. Ton mari avec ses manœuvres politiques à couper le souffle, qui auraient pu lui coûter la vie à tout moment, et toi avec ton courage et ta ténacité à t'affirmer envers et contre tout. Tu m'as fait penser à moi lorsque, toute jeune reine, j'ai dû me battre contre le système. A cette époque, je n'avais plus trouvé ce courage en moi, je le croyais perdu. Ton exemple m'a aidée à le retrouver en moi. C'est l'histoire, c'est ma veine romantique, irrationnelle, si tu veux. Celle que je ne peux pas me permettre de rendre publique. Mais je sais que je peux te faire confiance. «

Und dann versprach Victoria, ab nun jedes Jahr nach Nizza zu kommen: »Et aujourd'hui, tu ne peux pas imaginer à quel point j'ai aimé ce pays! Chère Eugénie, maintenant que tu as établi ta résidence d'hiver ici, je te promets de venir à Nice chaque année, si ma santé le permet et si une guerre n'éclate pas entre nos deux pays, ce que Dieu nous préserve.«

Auf der Rückfahrt nach Cimiez stiegen noch mal die Bilder und Erinnerungen von dem Besuch in Paris in der alten Monarchin auf. Es war eine Offenbarung für sie gewesen, all die wundervollen Paläste, all die freundlichen Menschen, sie war glücklich, bezaubert, amüsiert. Der Höhepunkt des Besuchs war ein atemberaubendes Spektakel im großen Saal in Versailles. In den Spiegeln tanzten die reflektierenden Lichter Tausender Fackeln, im Zentrum des Saals war ein Arc de Triomphe aufgebaut, auf dem sich die Wappen von Frankreich und England berührten. Und dann das Feuerwerk am Abendhimmel, das Windsor Castle aufscheinen ließ. Ein Heer von Musikanten spielte zum Tanz, und Napoléon kam mit weit geöffneten Armen auf sie zu, um mit ihr den Ball zu eröffnen. Die Eindrücke waren so vielfältig und überwältigend, dass sie zeitweise glaubte, die Besinnung zu verlieren.

Nachträglich hatte sie sich eingestehen müssen, dass Napoléon sie auf geradezu erotische Art verführt hatte. Dennoch oder vielleicht auch deswegen war ihr dieses Erlebnis immer in positiver Erinnerung geblieben, denn sie hatte ja eine Inszenierung erlebt, die kein Betrug war, sondern Schönheit, Harmonie und Wahrheit ausgestrahlt hatte. Sie hatte ihre Begeisterung gar nicht für sich behalten können und ihrem Onkel Leopold geschrieben: »Ich glaube, so etwas Wunderschönes wie Paris habe ich noch nie gesehen!« Auf der Rückreise hatte sie mit Betrübnis, die sie oft nach großen aufregenden Ereignissen überfiel, feststellen müssen, dass es weder in Windsor noch in London etwas Vergleichbares gab.

Sie hatte Eugénie an diesem Abend nicht die ganze Wahrheit eingestanden, denn seit jenem Treffen in Paris hatte sie die besondere Anziehungskraft verspürt, die Napoléon auf sie ausübte. Wann immer sie sich danach trafen, hatte sie sich selbst aber nie die unbestimmbare Mischung von Gefühlen erklären können, die sein unergründlicher Blick in ihr auslöste und der anders als Alberts Blick für sie immer mysteriös geblieben war, tief, abgründig, lasterhaft, anziehend. Innerlich dankte sie ihm dafür, dass er Nizza und die ganze Region an Frankreich angeschlossen hatte. Das Meer, die Berge, die Paläste wären in Italien ebenso schön gewesen, aber dort hätte sie die Möglichkeit vermisst, sich mit jedermann unterhalten zu können, wann und wie sie wollte. Das war es ja, was sie so liebte.

Vielleicht wäre sie ohne die Strenge ihres Amtes und seiner Pflichten dem französischen Charme ebenso hilflos verfallen wie Bertie. Er hatte gebeten und gebettelt, als er bei der Abreise aus Paris vor ihr stand, ganze 13 Jahre alt, ob er und seine Schwester nicht doch noch bleiben könnten. Aber sie war hart geblieben und hatte ihm beschieden, dass sein Vater und sie selbst nicht ohne sie, die Kinder, zurück nach England fahren konnten. Aber wieso denn nicht, da habt ihr doch noch sechs andere wie uns, und die wollen uns sowieso nicht zurück, hatte Bertie ein letztes Argument gegen seine Mutter versucht. Damals hatte sie ihm natürlich nicht nachgegeben, aber bei der ersten Gelegenheit kehrte Bertie zurück.

## Alice de Rothschild

Die Tage an der Riviera vergingen in einer Weise, dass man später nicht mehr wusste, wie sie genau vergangen waren. Das Wetter wechselte zwischen schönstem Sonnenschein und kräftigem Regen, zum Teil so heftig, dass selbst Victoria ihr Hotel nicht verlassen konnte. Das tat ihrer Laune allerdings keinen Abbruch. Dann wurden eben die abendlichen Konzerte auf den Tag vorgezogen und Beatrice spielte auf dem Klavier, die Queen ließ sich von ihrer Vorleserin aus Romanen vorlesen oder sie spielte mit den Enkelkindern. Diese Zeit ohne viel Bewegung zog sich in eine behagliche Länge, denn sie verging nicht wie im Flug, sondern mehr wie ein träger Fluss, aber sie verging weitgehend ungestört.

An einem Tag mit mittelprächtigem Wetter wurde entschieden, den Zoo zu besuchen. Die Kinder wurden vorher befragt und die Antwort war ein stürmisches: »Ja!!!« Queen Victoria hatte vernommen, dass ihr Cousin, Leopold II. von Belgien, als einer der ersten Besucher in einem Zoo hoch oben auf der Avenue Cap Croix begrüßt worden war, und diesen sehr gelobt hatte. Wie er davon erfahren hatte und warum er den Weg von unten am Westufer des Cap Ferrat, wo er ein sehr großes Anwesen hatte, auf sich genommen hatte, wusste sie nicht. Vielleicht wollte er einfach seiner Tochter Prinzessin Clementine eine Freude machen. Jedenfalls hatte er den kleinen Zoo, der sich gerade an seinem Löwennachwuchs erfreute, für die Qualität der Tiere und deren Haltung gelobt. Am nächsten Tag auf der Promenade des Anglais, wurden im Schatten der Hüte und Sonnenschirme Kommentare über den kleinen Zoo und den belgischen König ausgetauscht. Die Riviera war immer voller Gerüchte und Gerede, und so erfuhren auch Victoria und ihre Familie davon. Von ihrem Hotel aus war es nur ein kleines Stück Weg noch weiter hinauf den Berg zum Zoo der Lea D'Ascot. Sie besprach sich darüber mit Ponsonby und Paoli: »Meine Herren, uns ist zu Ohren gekommen, dass hier ganz in der Nähe ein reizender kleiner Zoo eröffnet worden ist. Die Kinder würden sich gern die Löwenbabys ansehen, die dort gerade eben geboren wurden. Würden Sie bitte die Lage sondieren und uns wissen lassen, wer der Besitzer ist und wie die Verhältnisse sind? Womöglich kann man ja hier oder da unterstützen, wenn das nötig sein sollte.«

Die Queen, bei ihren Ausritten wenig um ihre eigene Sicherheit besorgt, wollte bei Ausflügen mit der Familie und den Kindern die angezeigte Vorsicht walten lassen. Paoli, erfreut über so viel ungewohnte Kooperation der Queen in Sicherheitsfragen, antwortete: »Aber natürlich, Sie können sich voll und ganz auf mich verlassen, Eure Majestät, ich werde gleich ein paar meiner Männer hinaufschicken.« Bei seinen letzten Worten blickte er, um Bestätigung suchend, Richtung Ponsonby. Dieser nickte: »Ja, und bitte nehmen Sie Oberst Carrington und Dossé mit, die beiden werden Sie unterstützen.« Die Betreiberin des Zoos, Lea D'Ascot, sonst eine sehr selbstsichere Frau und wenig ängstlich, wurde bei der Ankündigung des Besuchs doch etwas bang, denn tatsächlich war sie mit der Eröffnung des Zoos ein Wagnis eingegangen, dessen Ausgang noch nicht gesichert war. Wenn bei diesem Besuch der Queen und ihrer Familie irgendetwas Unvorhergesehenes passieren sollte, könnte sie das mit einem Schlag ruinieren. Glücklicherweise wurden ihre Befürchtungen nicht bestätigt. Der Besuch wurde ein voller Erfolg. Die Kinder waren sehr glücklich, und Beatrice machte sogar ein paar Fotografien.

Der Monat März neigte sich dem Ende zu, und Victoria hatte sich entschieden, Alice de Rothschild in Grasse zu besuchen. Diese Idee war ihr schon länger durch den Kopf gegangen, und sie befand, dass nun die Zeit gekommen war, sie in die Tat umzusetzen. Sie teilte ihrer Tochter ihre Pläne mit: »Beatrice, wir werden morgen nach Grasse zu Alice de Rothschild fahren.«

Diese fragte etwas ungläubig: »Willst du wirklich diese Frau noch mal besuchen, die dich so behandelt hat?«

Victoria erwiderte: »Aber ja, das ist doch nun vier Jahre her, und ich habe es schon beinahe wieder vergessen und ihr jedenfalls lange verziehen.«

Beatrice fügte an: »Ja, aber ich meine, selbst wenn, was findest du an dieser Frau, dass du sie noch mal sehen willst? Findest du sie nicht auch ein wenig sonderbar, um nicht zu sagen, ein wenig verrückt?«

Victoria antwortete: »Ich will Dir nicht widersprechen, liebe Tochter, ja sie ist wohl sonderbar, aber dafür ist sie geistreich und eine interessante Person.«

Beatrice insistierte: »Ja, aber was zieht dich an ihr an, Mutter? Ich würde es nur gern verstehen.«

Und Victoria seufzte: »Ja, wenn ich das so genau wüsste, ich kann es dir gar nicht sagen. Aber ich habe mich entschieden. Morgen früh geht es los, bitte bereite dich darauf vor.«

Am nächsten Morgen saß Victoria noch beim Frühstück, als sie von Lady Churchill, geübt darin, schlechte Nachrichten zu überbringen, eine Depesche gereicht bekam. Sie war von Rosebery, ihrem Premierminister. Es drohte das einzutreten, was sie befürchtet hatte. Es gab Probleme in Siam und gleichzeitig in Afrika. Rosebery klang besorgt und berichtete, dass er nicht mehr ausschließen könne, dass es in Kürze zu ernsthaften Spannungen in Siam kommen könnte. Dieses Land war als Pufferzone zwischen dem von Frankreich besetzten Indochina und dem englischen Einflussgebiet in Burma konzipiert worden. Nun wurde Victoria berichtet, dass französische Truppen dort eingedrungen waren und britische Truppen bedrohten. Erst am Tag zuvor war im House of Commons von Sir Edward Grey, Staatssekretär im Außenministerium, wegen der Situation in Afrika eine starke Warnung in Richtung Frankreich ausgesprochen worden: »Der Einmarsch einer französischen Expedition mit geheimen Instruktionen in ein Gebiet Afrikas, auf das unsere Ansprüche so lange bekannt sind, wäre nicht nur ein unzusammenhängender und unerwarteter Akt, sondern es muss vielmehr der französischen Regierung vollkommen klar sein, dass es ein unfreundlicher Akt wäre, der auch von englischer Seite so behandelt würde.«

Victoria telegrafierte an Rosebery: »Ihr Telegramm ist sehr beunruhigend. Während ich darauf vertraue, dass sich die Regierung eine Haltung der Stärke gegen französische Eingriffe bewahrt, hoffe ich doch, dass eine Krise aus nationalen Gründen vermieden wird; auch aus persönlicher Sicht wäre es äußerst unangenehm, wenn Komplikationen mit einem Land aufträten, in dem ich momentan residiere und in dem ich mit ausgesuchter Höflichkeit und Aufmerksamkeit behandelt werde.« Damit war die Sache für Victoria zunächst erledigt, und Rosebery und seine Regierung waren am Zug. Am nächsten Morgen war eine Kabinettssitzung anberaumt, die hoffentlich zu einer Beruhigung der Lage führen würde.

So fuhren Victoria und ihre kleine Entourage mit dem Zug von Nizza nach Grasse hinauf und von dort weiter mit einer Kutsche.

Alice de Rothschild war keine der Frauen, die man der Belle Epoque zurechnen konnte. Dabei hätte sie von ihrem Namen und ihrem Vermögen her sicher dazu zählen können. Alleine, sie fügte der Schönheit dieser Epoche von sich aus nichts hinzu, nicht die Bilder einer Berthe Morisot, nicht das Spiel einer Sarah Bernhardt, nicht einmal die pittoreske Erscheinung der Frauen mit ihren Hüten und Schirmen auf den Promenaden der Riviera. Sie war äußerlich unscheinbar und legte auch keinen großen Wert darauf, dies mit den frauenüblichen Mitteln zu ändern. Sie lebte zurückgezogen, und was sie tat, konnte kaum jemand sehen, kaum jemand wissen, denn sie ließ die Welt daran keinen Anteil nehmen.

Die Faszination, die von ihr ausging, und der einzigartige Garten waren das, was Victoria nach Grasse geführt hatte. Die Dinge, die Alice de Rothschild der übrigen Welt weitgehend vorenthielt. Victoria würde nie in ihrem Leben vergessen, wie Alice ihre Beete mit einem entschlossenen Schrei verteidigen zu müssen glaubte, als sie, Victoria, aus Versehen darauf getreten war. Dieses scharf ausgestoßene Kommando war das einzige, das ihr je in dieser Form entgegengeschleudert worden war: »Raus da!« Nach einem kurzen Moment des Erschreckens war Victoria danach tief beeindruckt von der unvermuteten Energie und Entschlossenheit, die ihr in der Form dieser unscheinbaren kleinen Frau gegenüberstand.

Alice war in vielerlei Hinsicht das genaue Gegenteil von Victoria. Als Tochter einer englischen Mutter in Deutschland geboren, war sie kinderlos und unverheiratet. Obwohl auch sie wie viele andere aus Hochadel und Politik wegen des milden Winters über an die Côte d'Azur kam, hasste sie die, wie sie sie nannte, vulgäre Gesellschaft der Küste und hatte sich deswegen weit weg in Grasse angesiedelt. Victoria war eine der wenigen Gäste, die Alice neben der eigenen Familie empfing. Sie hatte bei Victorias Besuch vor vier Jahren extra den Weg, der zu ihrem Anwesen hinaufführte, bis auf die Spitze des Hügels verlängert und dort auch ein Teehaus bauen lassen, gefliest in den Rothschildfarben Blau und Gelb, damit Victoria auch das letzte Stück mit ihrer Kutsche zurücklegen konnte und dann, wie sie es gewohnt war, ihren Tee genießen konnte. Die Villa auf ihrem 135 Hektar großen Grundstück hatte sie in Villa Victoria umbenennen lassen.

Victoria fühlte sich Alice seltsam verbunden, denn bei allen offensichtlichen Gegensätzen gab es auch Gemeinsamkeiten. Beide stammten aus ursprünglich in Deutschland ansässigen Familien, die aus nur leicht differierenden Motiven der medizinisch zweifelhaften Gewohnheit anhingen, vorzugsweise Cousins und Cousinen zu heiraten, sich aber nichtsdestoweniger innerhalb weniger Generationen vor allem nach England, aber auch in andere europäische Länder ausbreiteten und sich so einigen Fortkommens rühmen konnten. Beide hatten einen ausgeprägten Willen und waren es gewohnt, diesen durchzusetzen. Sie waren finanziell unabhängig und an keine männlichen Anweisungen gebunden. Beide liebten die Natur. Alice beschäftigte mit bis zu hundert Gärtnern mehr Personal, als das Gefolge der Queen bei ihren Reisen umfasste, und gab in Summe eine halbe Million Pfund Sterling pro Jahr für die Pflege ihrer Gärten aus. Wenn sie in Cannes auf dem roten Teppich empfangen wurde, konnte man glauben, sie sei eine Kaiserin oder Königin. Sie hatte sich dort in Grasse auf einem der Dächer der Côte d'Azur ihr eigenes Reich geschaffen, das bis auf die notwendigen Gärtner, die sie gewöhnlich sehr schlecht behandelte, ein Reich ohne Menschen war, zu dem sie auch Hunden, Katzen und Kindern den Zugang verwehrte. Sie hatte den Garten so angelegt, dass er sich möglichst harmonisch in die natürliche Landschaft einfügte.

Sie hatte daher die meisten Olivenbäume stehen gelassen, hatte nur die störenden Hecken und Büsche entfernt und Yuccas, Kakteen, Agaven, Aloen, Bambus, Mimosen aller Arten und ganze Wälder aus Zitronen- und Orangenbäumen gepflanzt, sodass es in ihrem Garten während ihrer Winteraufenthalte ununterbrochen blühte und duftete.

Wer also zu Alice de Rothschild wollte wie Victoria jetzt, musste von Grasse kommend den Serpentinen folgen, die sich über mehr als drei Kilometer in schönem Schwung an dem Berg und dem Garten hochwanden und die dem Besucher hinter jeder Biegung eine neue Überraschung bescherten, ein Wasserfall hier, ein kleiner See dort, eine künstlich angelegte Grotte, Felder aus Lavendel, Rosmarin und Zitronengras, und mit jeder Kurve weitete sich das Panorama immer ein Stückchen weiter, bis man am Ende glauben mochte, ganz oben im Himmel angekommen zu sein. Hier thronte diese einsame Frau mit ihrem Garten über allem anderen und begrüßte ihre Freundin: »Liebe Victoria, ich freue mich sehr, dass Sie den langen Weg zu mir hier oben auf sich genommen haben.« Victoria erwiderte: »Und ich mich, dass Sie mich so freundlich empfangen in ihrem wunderbaren Blumenreich.« Victoria stieg bei ihren Worten, gestützt von Beatrice, aus ihrer Kutsche aus und fuhr fort: »Fast hätten wir absagen müssen, denn der kräftige Wind, der heute vom Land her weht, hat den Pferden schwer zu schaffen gemacht.« Lachend fügte sie hinzu: »Ich glaubte mich fast in meinem geliebten Schottland. Aber das Blau des Himmels hat mich sofort eines Besseren belehrt.« Alice antwortete: »Ja, das Wetter ist heute etwas stürmisch, umso mehr freut es mich, dass Sie unbeschadet angekommen sind. Liebe Victoria, Beatrice, darf ich Ihnen einen Tee servieren?« Victoria erwiderte: »Aber sicher, gern, wir sollten doch wohl ihr schönes Teehaus nicht ungenutzt lassen, Alice.« Nachdem man Platz genommen hatte, erkundigte sich Victoria zunächst nach Alices Bruder Ferdinand, auf dessen Anwesen Waddesdon Manor Victoria ihn und seine Schwester kennengelernt hatte. Dort hatten Ferdinand und später Alice in zehnjähriger Arbeit aus einem kahlen

Hügel irgendwo im Nichts Mittelenglands ein Schloss-
ensemble im Stil der Loireschlösser samt ausgedehnten
Gartenanlagen geschaffen. Während dieser Zeit hatte
Alice sich ihre Kenntnisse und ihre Leidenschaft für den
Gartenbau erworben. Victoria fuhr fort: »Ja, wissen Sie
Alice, der Wind schadet meinem Rheuma nicht, es ist
eher die Kälte, darum sind wir ja hier an der Riviera,
nicht wahr?« Alice antwortete: »Ja, da haben Sie vollkommen recht, mir geht es hier immer viel besser als im
kalten Deutschland oder England. Ich bin ja nun schon
wieder seit Oktober letzten Jahres hier, und es tut mir
wirklich gut.« Victoria seufzte: »Leider ist mir ein längerer Aufenthalt nicht vergönnt, die Geschäfte lassen einen
nicht in Ruhe, die gute Eugénie hat mich auch schon
damit geneckt. Aber erzählen Sie uns doch bitte, was
sie seit Oktober schon alles in ihrem herrlichen Garten
gemacht haben.« Dieser Einladung folgte Alice gern und
erzählte von ihrer Arbeit. Sie hatte wieder eine Menge
der wilden Macchie entfernen lassen müssen, die während ihrer Abwesenheit jedes Mal wucherte, und hatte
neben den jährlich anstehenden Neubepflanzungen mit
Gänseblümchen, Stiefmütterchen, Mauerblümchen,
Vergissmeinnicht, Tulpen und Narzissen auch neue
Rosensorten angepflanzt. Victoria fragte hier und da
manchmal nach, um den Fluss des Gesprächs in Gang
zu halten. Am Ende erneuerte sie ihr Angebot an Alice,
das sie auch schon bei ihrem letzten Besuch gemacht
hatte: »Liebe Alice, nur für den Fall, dass Ihnen hier
oben einmal langweilig werden sollte, Sie vielleicht ein
Konzert hören mögen oder Lust haben, eine Soirée mit

uns zu besuchen, lassen Sie es mich wissen. Ich würde mich freuen, das für Sie organisieren zu können.« Die Antwort von Alice fiel fast wortgleich wie vor vier Jahren aus: »Vielen Dank, liebe Victoria, ich weiß das sehr zu schätzen. Aber wie Sie sich vielleicht erinnern, haben mir die Ärzte den Aufenthalt in der Nähe von Wasser streng untersagt, die fiebrige Art meines Rheumas erlaubt mir das leider nicht.«

Jedes Jahr ließ Alice de Rothschild Tausende von Parmaveilchen unter den Olivenbäumen pflanzen, um die Landschaft in eine Art modernes, reales Arkadien zu verwandeln. Und, hätte die Welt nicht vielleicht wirklich so sein sollen? Wäre es nicht eine bessere, harmonischere Welt? Eine Natur im schönen Gleichgewicht mit sich selbst, die allenfalls ein paar naturwüchsige Hirten mit ihren Herden und ansonsten nur allerlei Arten von Pflanzen brauchte.

## Salisbury

Der Bürgermeister von Nizza hatte Victoria empfohlen, Monsieur Germain, Gründer einer Bank und Investor, zu empfangen, weil dieser ihr eine Menge von der Vergangenheit von Cimiez erzählen könne, und mit einem Augenzwinkern hatte er hinzugefügt, auch von der Zukunft. So erwartete sie ihn an diesem Tag in ihrem Hotel. Als Henri Germain eintrat, fiel ihr schon von Weitem auf, wie gut er aussah, in seinem strahlend weißen Anzug. Er trat näher heran und begrüßte die Queen mit einem eleganten Schwenk des Hutes, ganz im Stile eines französischen Galans. Er verbeugte sich und sagte: »Eure Majestät, es ist mir eine unendliche Ehre, von Ihnen empfangen zu werden.«

Die Queen fand sofort Gefallen an ihm und lachte: »Nun, danken Sie Monsieur Malaussène, ihrem Bürgermeister, der mir wärmstens empfohlen hat, Sie zu treffen. Aber, bitte, Monsieur, nehmen Sie doch Platz«, und die Königin wies ihm mit den Händen den Sessel ihr gegenüber zu.

Germain bedankte sich, setzte sich und fuhr fort: »Wissen Sie eigentlich, dass wir Nachbarn sind, Eure Majestät?«

Victoria antwortete: »Nein, davon hat Monsieur Malaussène nichts erwähnt. Was er mir sagte, ist, dass sie mir Interessantes über diesen schönen Ort erzählen könnten.«

Er lächelte: »Ja, ich hoffe, dass ich das kann. Wissen Sie, ich lebe in der Villa Orangini, etwas oberhalb Ihres Hotels in Cimiez. Wenn Sie ihr Weg einmal dorthin führen sollte, machen Sie mir bitte die Freude, Euch als meinen Gast zu betrachten, Eure Majestät.«

Sie fragte: »Etwa da, wo der kleine Zoo eröffnet wurde?«

Und er antwortete: »Ja, das ist ganz in der Nähe von mir.«

Sie sagte: »Bei unserem nächsten Besuch dort können Sie mit uns rechnen.«

Er fuhr fort: »Ich kann Ihnen sagen, Eure Majestät,

dass dieser Ort, an dem wir uns hier befinden, noch vor wenigen Jahrzehnten ganz anders aussah. Da gab es keine Villen, nur ein paar bescheidene kleine Häuser und viele Olivenbäume. Und das an einem Ort mit so einer Aussicht! Heute strebt die ganze Welt zum Meer, es kann ihnen gar nicht nah genug sein. Aber Eure Majestät und meine Wenigkeit, wir denken offenbar anders darüber.« Bei seiner letzten Bemerkung lächelte er. »Nun, deshalb habe ich vor ein paar Jahren mein persönliches Projekt Cimiez begonnen, habe die Olivenhaine aufgekauft und angefangen, ein paar Häuser zu bauen.«

Die Königin fragte: »Und haben nebenbei noch eine Bank gegründet, wie ich hörte?«

Diesmal lachte er mit lausbübischem Charme: »Ja, Eure Majestät, irgendwo musste das Geld ja herkommen.« Die Königin lachte herzlich mit.

»Jedenfalls ist es so, dass die Leute, die hier an die Riviera kamen, bis vor Kurzem noch gewohnt waren, Villen zu mieten und sich dort für den Winter einzurichten. Aber in den letzten Jahren hat sich der Trend gewandelt, und es sprießen mehr und mehr Hotels aus dem Boden. Ich selbst habe auch ein paar gebaut. Und, was glauben Sie, Eure Majestät, die Leute lieben die moderne Ausstattung, die schönen Bäder, das elektrische Licht, die Aufzüge! Einrichtungen, über die die meisten Villen, die ansonsten zweifellos sehr hübsch anzuschauen sind, nicht verfügen.«

Sie sagte: »Da haben sie recht, ich schätze diesen Komfort ganz genau so, wie Sie sagen. Es macht vieles leichter, man drückt einen Schalter, und das Licht geht an, man steigt in den Aufzug, statt sich über die Treppen zu quälen.«

Er schloss an: »Ganz genau, und so würde ich Ihnen gern ein kleines Projekt vorstellen, wenn Sie erlauben, Eure Majestät, mein Architekt, Monsieur Biasini, und ich würden Ihnen gern ein Modell des Hotels zu Ihren Ehren zeigen. Wir werden es Victoria Hotel nennen.«

Die Zeit ihres Aufenthalts an der Riviera begann, sich dem Ende zuzuneigen, und Victoria wollte es nicht versäumen, Lord Salisbury einen Besuch abzustatten.

Bismarck hatte ihn einst angesichts seiner Körpergröße als eine Latte verspottet, die wie Eisen aussehen wollte. Schon als Schulkind war er regelmäßig schikaniert und gehänselt worden. Er war kein Mann, der Wert auf seine Kleidung legte. Seine Mäntel waren wie für Gullivers Reisen geschnitten, seine Hosen ausgebeult, seine Hüte geschmacklos und manchmal sah er so aus, als hätte er in seiner Garderobe geschlafen. Für die Meinung anderer über ihn hatte er nur Verachtung übrig. Seine majestätische Korpulenz und breiten Schultern dagegen deuteten an, dass er bereit und fähig war, die Lasten eines Atlas zu tragen. Er hatte Schwierigkeiten, sich Namen zu merken, und litt unter Gesichtsblindheit. Lord Salisbury war lächerlich, imposant, voller skurriler Eigenarten und widersetzte sich jeder Einordnung.

Victoria und er kannten sich schon sehr lange. Er war Staatssekretär für indische Angelegenheiten gewesen, als ihr, während der zweiten Regierungszeit Disraelis, das Parlament den Titel einer Kaiserin von Indien zubilligte. Zu jener Zeit wandelte sich ihre anfängliche Skepsis über ihn in Vertrauen und Wertschätzung. Von den einem Staatsoberhaupt einer parlamentarischen Monarchie von Walter Bagehot zugestandenen Rechten, wie er sie in seinem Buch The English Constitution in fortan als verbindlich angesehener Form definiert hatte: »to be consulted, to encourage, to warn«, machte Victoria bei manchen ihrer Premierminister zum Teil ausgiebigen Gebrauch. Bei Salisbury war das nicht nötig. Seit sie ihn vor knapp zehn Jahren zum ersten Mal mit einer Regierungsbildung beauftragt hatte, war ein Verständnis zwischen ihnen entstanden, das auch die kurzen Zwischenspiele ihres gemeinsamen Gegenspielers Gladstone, die sich jetzt in ihrem letzten Stadium Rosebery nannten, nicht trüben konnten. Ihr goldenes Thronjubiläum hatte seinerzeit eine Welle der Begeisterung ausgelöst, die die Fantasien der Menschen mit Ideen beflügelt hatte, die Salisbury in den nächsten Jahren in konkrete Politik umsetzte.

Der Markgraf von Salisbury hatte sich auf den Anhöhen zwischen Villefranche und Beaulieu ein Stück Land gekauft und im Schutz von Oliven- und Karubenbäumen, Myrten und Steineichen ein Haus errichtet, das sich stilvoll in die Umgebung einfügte. Als die Queen ihn dort besuchte und den Salon betrat, scherzte sie: »Bitte, entschuldigen Sie, verehrter Lord Salisbury, dass ich den Anweisungen, die Ihre schöne Festung umgeben, nicht

Folge leisten konnte.« Kauzig, wie er war, hatte er rund um sein Grundstück Verbotsschilder aufstellen lassen.

Lord Salisbury antwortete: »Ich freue mich sehr über die Ehre, die Sie mir mit Ihrem Besuch erweisen, Eure Majestät!«

Dann begrüßte Victoria seine Frau Georgina und seine Tochter Lady Gwendolen, die sich zunächst vornehm im Hintergrund gehalten hatten und mit denen er, zur Belustigung der Nachbarn, die Gegend manchmal auf einem Dreirad erkundete. Von den elektrischen und chemischen Experimenten, die Salisbury nachging, drang nur gelegentlich etwas in die umstehenden Häuser, wurde dann aber umso entschiedener zum Gegenstand schadenfreudigen Getuschels.

Victoria erinnerte sich daran, dass Disraeli ihr einst nach einem Besuch bei Salisbury geschrieben hatte, dass er selten eine intelligentere und angenehmere junge Frau als Lady Gwendolen getroffen habe. Das war ihr im Gedächtnis geblieben, einerseits weil sie dem Urteil Disraelis immer vertraut hatte und andererseits weil sie sich von der romantischen Geschichte der Familie Salisbury angezogen fühlte. Sie versuchte, während der kurzen Begrüßung beim Blick in das Gesicht Lady Salisburys zu ergründen, ob sich das Glück noch darin widerspiegelte. Das Glück, einen Mann geheiratet zu haben, der sich gegen den Willen seines Vaters und seiner Familie über alle Konventionen hinweggesetzt hatte, um sie, die Liebe seines Lebens, zu heiraten, und sieben glücklich lebende Kinder mit ihm in die Welt gesetzt zu haben.

Victoria konnte nicht verhindern, daran zu denken, welches Glück es für sie bedeutet hätte, wenn Albert noch gelebt hätte.

Salisbury wandte sich an die Queen: »Wie wäre es mit einem kleinen Tee auf der Terrasse, Eure Majestät?«

Als sie hinaustraten, begab sich die Königin zunächst zur gemauerten Umrandung, um einen Blick auf das Panorama zu werfen: »Was für eine Aussicht Sie da haben! Lord Salisbury, wollen Sie etwa meinem Cimiez Konkurrenz machen? Der kleine Hafen von Villefranche sieht von hier oben noch viel reizender aus als von dort unten. Und das da, ist das etwa das Anwesen meines Cousins Leopold? Heute Vormittag habe ich einen Monsieur Germain kennengelernt, wissen Sie, er ist mit einem Architekten befreundet, einem Monsieur Biasini, der hier schon einige sehr geschmackvolle Gebäude errichtet hat. Wenn ich ihn richtig verstanden habe, gehört auch die Villa Leopolda des belgischen Königs dazu. Wissen Sie, Lord Salisbury, Leopold würde am liebsten das ganze Cap Ferrat kaufen, aber zu seinem Pech gibt es da die Rothschilds und ein paar andere Familien, die sich einfach weigern, zu verkaufen. Und anders als die kongolesischen Stammesfürsten, denen er Stück für Stück den Kongo abgekauft hat, können die Rothschilds lesen.« Sie hielten ein kleines Schwätzchen über dies und das, ehe sie sich auf die bequemen Sessel zurückzogen, auf denen sie von einem Sonnenschirm vor der Nachmittagshitze geschützt waren. Der Tee wurde serviert, und sie waren unter sich.

Die Königin kam zum eigentlichen Thema: »Rosebery hat eingestanden, sich über den Ausgang der nächsten Wahlen nicht sicher zu sein. Sie wissen, dass ich ihn sehr unterstützt und alles in meiner Macht Stehende getan habe, damit seine Regierung erfolgreich verläuft. Und das nicht nur, weil es meine Rolle verlangt. Nein, ich hatte auch persönlich stets ein gutes Verhältnis zu ihm. Ich habe sehr gut verstanden, dass er sich nach dem Tod seiner Frau zurückgezogen hat. Ich habe ihm damals geraten, sich in die Arbeit zu stürzen, was er auch getan hat. Ich kann mit seiner Politik sehr gut leben, wir sind, wenn man so will, Gleichgesinnte in den großen Linien, die im Übrigen ja auch die Ihren sind. Er hat die Regierung von Gladstone übernommen, nur wir wissen ja beide, dass er nicht Gladstone ist. Aber ich bezweifle zunehmend, dass er die Kraft hat, diese Politik umzusetzen. Besonders in den letzten Monaten wirkte er fahrig und nervös, und ich kann mich des Gedankens nicht erwehren, dass er überfordert ist mit dem Amt, das er nun innehat. Sie kennen die Situation in Afrika?«

Salisbury erwiderte: »Ja, sehr gut, und ich weiß, dass das Eure Majestät in eine unangenehme Lage bringt. Wir dürfen keinen Krieg mit Frankreich anfangen, nicht wegen Afrika, nicht wegen Südostasien. Sie kennen meinen Standpunkt, Eure Majestät, Kolonialpolitik ist keine Kriegspolitik, sondern Handelspolitik. Eine, für die wir kraftvoll eintreten werden, aber kein englisches Blut vergießen dürfen. Den Zulukrieg haben wir gewonnen, aber wir wissen seitdem auch um die Kosten. Mit Verlaub, im Hinblick auf Eure deutsche Herkunft und Verwandtschaft, Eure Majestät, aber Deutschland würde zu mächtig werden. Wenn wir uns in Kriegen mit anderen Kolonialmächten erschöpfen, würden sie in Berlin in aller Ruhe auf den Ausgang warten. Sie haben Bismarck erlebt, und Sie kennen den Kaiser. Sie wissen, dass beide gefährlich versessen darauf sind, in Afrika mitzumischen, und die deutsche Flotte unter Hochdruck ausbauen. Und Eure Majestät, lassen Sie sich bitte nicht täuschen: Dass die Deutschen uns vor ein paar Jahren riesige Gebiete in Uganda und Sansibar gegen eine kleine Insel in der Nordsee abgetreten haben, mindert ihre aktuellen Einflussnahmen nicht. Meine tiefste innere Überzeugung ist, dass wir die industrielle Produktion und die Landwirtschaft stärken müssen. Deutschland hat insbesondere auf dem ersten Gebiet massiv aufgeholt und wird zu einer immer ernsthafteren Bedrohung. Unsere Landwirtschaft ist im Niedergang, sodass ich befürchte, wir könnten unser eigenes Volk ohne Importe nicht mehr ernähren. Aber Sie wissen, Eure Majestät, dass wir nur in der Koalition mit den Liberalen Unionisten eine Chance haben, die Wahl zu gewinnen, und deren Dogma, das sie wie eine Monstranz vor sich hertragen und nicht opfern werden, ist der Freihandel. Also sage ich Ihnen als Realist, der ich bin, der Freihandel ist das, was wir uns in einer zukünftigen konservativen Regierung auf die Fahne schreiben und in der Folge auch konsequent durchsetzen werden, in Japan, in China, in Afrika. Wir müssen, wenn nötig – ich sage das mit aller mir möglichen Rücksichtnahme auf Eurer Majestät weibliche Empfindsamkeit – die Unwilligen auch mit wohldosierter Gewalt zu ihrem eigenen Glück zwingen.«

Victoria sagte: »Vielen Dank für Ihre Rücksichtnahme, Sie muten mir durchaus nicht zu viel zu, Lord Salisbury. Ich stimme Ihnen zu, dass eine Stärkung der Landwirtschaft wünschenswert wäre, aber darf ich Sie daran erinnern, dass Sir Robert Peel 1846, vor dem Hintergrund der Hungersnot in Irland, unter großen Anstrengungen und gegen die Mehrheit seiner eigenen Partei die Corn Laws abgeschafft hat? Eine Entscheidung, die seitdem nie wieder ernsthaft in Frage gestellt wurde. Ich fände es bemerkenswert, wenn wir die Diskussion um den Freihandel nach einem halben Jahrhundert ohne guten Grund wiedereröffneten.«

Salisbury ließ ihre Worte verhallen und fand, dass es angesichts dieser Belehrung an der Königin war, das Gespräch fortzuführen. Victoria aber war selbst in Gedanken und gab sich diesen für einen kurzen Moment hin, ehe sie den Gesprächsfaden wieder aufnahm.

Lord Melbourne stieg aus der Vergangenheit zu ihr empor. Salisbury hatte ihn gerufen, denn auch Melbourne war ein Skeptiker des Freihandels gewesen, auch er ein Pessimist, der glaubte, dass man alles besser beließe, wie es war, auch er intelligent und schwer zu ergründen. Sie hatte gar nicht genug von ihm bekommen können. Sie hatten sich morgens, mittags und abends gesehen. Wenn sie zu ihm aufsah, hing sie wie gebannt an seinen Lippen und las in seinen Augen. Er war so edel, so gut, sah so hinreißend aus. Wenn er auch nur einmal nicht zu ihren

Treffen kommen konnte, was äußerst selten war, verfiel sie je nachdem in Depression, Raserei oder Melancholie, sie glaubte, diesen Zustand nicht aushalten zu können. Sie frühstückten zusammen, sie ritten zusammen aus, sie spielten Karten, sie taten alles, was Verliebte tun, außer dem, was nur die Ehe gestattete. Sogar sich selbst verschwieg sie seinen ganzen Namen und nannte ihn bei sich Lord M., damit dadurch ihr beider köstliches Geheimnis bewahrt bliebe, denn sie war nicht bereit, dieses mit irgendjemandem zu teilen. Sie erinnerte sich daran, dass Melbourne den Reform Act immer tief verachtet und für falsch gehalten hatte. Er hatte damals fast genauso geredet wie Salisbury jetzt über den Freihandel, und doch war der Reform Act später zu der zentralen Grundlage seiner Regierung geworden. Melbourne wie Salisbury waren konservativ, aristokratisch, und im Grunde glaubten beide nicht an die Demokratie. Sie hatte später Oliver Twist gelesen und den Autor geschätzt, obwohl dieser sie nicht gemocht hatte. Aber Melbourne hatte ihren jungen, empfänglichen Ohren eingeflüstert, dass Erziehung bestenfalls sinnlos sei, die der Fabrikarbeiter und ihrer Kinder sogar gefährlich und am besten überließe man sie ihrem Schicksal. Obwohl sie ahnte, dass Melbournes Pessimismus aus den Enttäuschungen seines privaten Lebens entstanden war, senkte sich ein Bodensatz in ihre Seele ab, den selbst Albert, der viel Mühe und Schweiß investiert hatte, sie zu einer besseren Regentin zu machen, nicht gänzlich tilgen konnte. Dazu gehörte auch Melbournes lebensrettende Erkenntnis, die für Victoria zur inneren Einstellung und

zum Leitfaden ihres Handels geworden war, dass nämlich alles, worauf man hoffen dürfe, sei, weiterzumachen.

»Aber lassen Sie mich Ihnen noch eine Frage stellen,
Lord Salisbury. Wie sollten wir denn in Afrika Ihrer
Meinung nach vorgehen?«

Und Salisbury antwortete: »Oh, wir werden diesen
Kontinent, soweit es irgend geht, unter unsere Kontrolle bringen, denn wenn wir es nicht tun, werden es
die anderen tun. Wir werden die Infrastruktur errichten,
die wir ohnehin brauchen, Straßen, Schulen, Kranken-
häuser, wir werden lokale Verwaltungsstrukturen aufbauen und als Folge wird Ordnung und Stabilität zum
Wohle aller einkehren. An Indien sieht man, dass es
konsequent und maßvoll durchgeführt zu Erfolg führt
und die Zustimmung der Bevölkerung gewinnt, weil
es den allgemeinen Wohlstand fördert. Euer Majestät
Premierminister der Kapkolonie, Rhodes, verfolgt eine
interessante Vision mit seiner roten Linie eines Eisen-
bahnnetzes von Kairo bis zum Kap, vielleicht kann er
Rothschild dazu bewegen, sich finanziell zu engagieren.
Ich sage, ja, wir werden auch Schienen verlegen, wo wir
die Gelegenheit haben und die Notwendigkeit besteht,
allerdings müssen wir unsere Möglichkeiten realistisch
einschätzen. Die Konkurrenz zwingt uns, unsere Prioritäten sehr sorgfältig abzuwägen. Wir können den Sand-
und Kamelhandel in der Sahara den Franzosen überlassen, überhaupt den ganzen Maghreb, daran haben wir
kein Interesse. Die Franzosen sind Gott sei Dank sehr
einseitig auf ihr Prestige fixiert. Eure Majestät wissen,

dass ich rational vorgehe und dass Fragen der Reputation oder des Ansehens mich nicht daran hindern, die notwendigen Dinge zu tun. Wir sollten in Afrika die wichtigen Rohstoffe im Auge behalten, Kupfer, Baumwolle, Kautschuk, Diamanten, Gold. Und die Handelswege und Häfen, die wir brauchen, um den afrikanischen Kontinent mit Asien und Amerika zu verbinden. Der Suezkanal spielt dabei eine zentrale Rolle. Wir müssen unsere Kontrolle über Ägypten sichern und jeden Aufruhr im Sudan, der uns gefährlich werden könnte, im Keim ersticken. Eure Majestät, in dem Zusammenhang möchte ich darauf hinweisen, dass ich nicht von einer Rache für Gordon rede.«

Victoria sagte nach einer kurzen Pause: »Ich glaube, wir müssen uns darauf einstellen, dass die aktuelle Regierung abdankt. Obwohl ich die Antwort zu kennen glaube, ist es meine Pflicht, Sie zu fragen, ob Sie im Falle eines Wahlsieges bereitstünden, die Regierung zu bilden.« –
»Ja, das wäre ich allerdings, Eure Majestät«, antwortete Salisbury.

Die Queen fuhr fort: »Lord Salisbury, die Frage, wie Sie es mit der walisischen und schottischen Kirche halten wollen, werde ich nicht stellen, weil ich in dieser Frage darauf vertraue, dass Sie nach Ihrem eigenen Grundsatz verfahren, so wenig wie möglich zu ändern, wenn es nicht notwendig ist. Aber ich würde gern etwas anderes wissen, über das ich mit Rosebery auch glaubte, Einverständnis erzielt zu haben, was dann zu unerfreulichen

Missverständnissen geführt hat. Was dürfte die Königin von einem dritten Kabinett Salisbury beim Thema Home Rule Bill erwarten?«

Der dritte Markgraf von Salisbury antwortete: »Ich darf Eure Majestät daran erinnern, dass der Vater des ersten Grafen von Salisbury, der Queen Elizabeth vierzig Jahre treu als Berater gedient hat, das Ziel britischer Politik formuliert hat, das für mich heute noch gilt, und das, ich erlaube mir, das anzufügen, sich niemals ändern wird: die protestantische Einheit britischer Inseln geschützt von einer starken Flotte. Lord Burghley hätte Irland niemals aufgegeben, und ich werde es ebenso wenig tun.«

Victoria wartete einen Moment, ehe sie entgegnete: »Und wissen Sie, wie lächerlich ich es finde, wenn Leute kommen und mir etwas anderes weismachen wollen?«

Die Queen deutete an, dass sie aufbrechen wollte, und verlangte nach ihrem Gehstock. Vorher vergaß sie nicht, eine Einladung auszusprechen: »Mein lieber Lord, wenn es Ihre Termine erlauben, möchte ich Sie gern zu einer kleinen Veranstaltung am 13. April bei mir in Cimiez einladen. Wir haben etwas vorbereitet, um in größerem Kreis den Geburtstag der Prinzessin von Battenberg zu feiern. Ich würde mich freuen, wenn Sie es einrichten könnten. Ich werde Ihnen die Details zukommen lassen.«

Die diesjährige Reise an die Riviera endete für die Queen wie die im Vorjahr aus Florenz kommende. Sie zog mit ihrem Tross weiter nach Darmstadt, sie nahm den Spezialzug von Nizza aus. In der deutschen Provinz, weit weg von Berlin, versammelte sich stets viel royales Familienvolk rund um das Haus von Hessen und bei Rhein, vergnügte sich abseits von großer Politik und feierte regelmäßig die allerschönsten Hochzeiten.

# Afrikas Schatten

Das Meer war an diesem Morgen im März 1896 rau und aufgewühlt, als die Victoria & Albert von Portsmouth aus in See stach. Die Queen hatte nichts an ihren Reiseplänen geändert, trotz allem. Sie konnte sich nicht gegen die Bilder wehren, die in ihr wüteten wie die unheimlichen Schwestern, zu frisch war die Erinnerung. Vor wenigen Wochen erst, im Januar, hatte Beatrice hier im Hafen von Portsmouth den toten Körper Likos in Empfang genommen. Die HMS Blenheim hatte ihn von den Kanarischen Inseln herübergebracht, konserviert in Rum. Begraben hatten sie ihn an einem kalten Tag Anfang Februar, gegenüber von Portsmouth an dem Ort, an dem sie zehn Jahre vorher getraut worden waren, der St. Mildred's Church in Whippingham auf der Isle of Wight. Auf demselben Friedhof lag auch seit wenigen Wochen Sir Henry Ponsonby. Beatrice hatte ihren Liko Anfang Dezember weinend zu den Klängen von Auld Lang Syne verabschiedet, als er in Aldershot Station in den Zug stieg, und nun würde er für immer von ihr gehen. In dem Moment, als der Sarg langsam in die Erde gelassen wurde, konnte Beatrice nicht mehr an sich halten, und ihr Schluchzen wurde zu schreiendem Wehklagen über den Tod ihres Mannes. Die Kinder folgten dem Beispiel der Mutter augenblicklich, um den Verlust des Vaters zu beklagen.

Victoria hatte seine Bitte, an der Expedition teilzunehmen, zunächst abgelehnt. Sie war auch nicht sicher, warum dieser Krieg hatte geführt werden müssen, nachdem die Ashanti ihre Unterwerfung unter die englische Krone erklärt hatten. Sie wurde in diesem Fall nicht von den Politikern gehört, Salisbury, inzwischen seit letztem Sommer Premierminister, hatte gar nicht mit ihr darüber gesprochen. Er hätte sich winden müssen, ihr zu erklären, dass sie es zu Recht Expedition nannten, denn das Risiko für die eigenen Truppen war gering und die Wahrscheinlichkeit, den Widerstand der Ashanti mithilfe der neuen Maxim-Geschütze, die wegen der schnellen Schussfolge mit Wasser gekühlt werden mussten, endgültig zu brechen, hoch. Die Queen hatte gebetet, dass er ja wieder gesund zurückkommen möge. Es war genau das eingetreten, was sie befürchtet hatte. Afrika, dieser wilde, dunkle Kontinent mit Gefahren, die überall lauerten! Es war die Malaria, die Liko befallen hatte, bevor der erste Schuss gefallen war.

Das Schiff ächzte unter schweren Wellen. Victoria rief nach Dr. Reid. Er gab ihr ein Glas Wasser und eine beruhigende Medizin. Sie wurde nicht seekrank, sie wollte sich nicht auch noch ergeben, das hätte nichts besser gemacht. Dr. Reid konnte kaum einen Moment innehalten, schon musste er zum nächsten Patienten. Sie rief ihn trotzdem noch zwei Mal, und wäre es nur gewesen, um diese unerträglich Überfahrt etwas kürzer erscheinen zu lassen.

Victoria und Beatrice hatten nach dem Begräbnis entschieden, dass es das Beste für sie und die Kinder war, wenn sie schon jetzt zur Villa Liserb und nicht erst zusammen mit der Königin im März fahren würden. Victoria war überzeugt, dass die Ablenkung ihnen guttun würde, und so verzichtete sie schweren Herzens auf die Begleitung ihrer Tochter bei ihrer Reise durch Frankreich. Zu alledem kam noch, dass der Munshi sich auf den Weg nach Indien begeben hatte, um seine schwer erkrankte Schwiegermutter von England in ihre Heimat zurückzubringen. Und so war die Queen gezwungen, sich ohne zwei ihrer liebsten Begleiterinnen auf die Reise in den Süden zu machen.

Das Erste, was der Queen auf dem Weg hoch nach Cimiez begegnete, war das Grand Hotel Regina Excelsior, nicht das Victoria Hotel, das sie erwartet und mit Monsieur Germain besprochen hatte. Die Queen wandte sich an Arthur Bigge und bat ihn, zu klären, was da vor sich gegangen war. Bigge war als Nachfolger von Sir Henry Ponsonby von der Königin zu ihrem Privatsekretär ernannt worden, nachdem jener im Frühjahr erkrankt und im November des Vorjahres verstorben war. Die Rolle als Finanzsekretär, die Ponsonby ebenfalls innegehabt hatte, wollte die Queen aber offenbar nicht an den Oberst Arthur Bigge vergeben. Stattdessen ernannte sie den blassen Fleetwood Edwards, dessen größte Auszeichnung es wohl war, dass er enge Beziehungen zur Familie Ponsonby gepflegt hatte. Ansonsten hatte er außer der Weigerung, mit dem Munshi Tee zu trinken, und einem toten Zebra kein weiteres Aufsehen erregt.

Ein gewisser Antonin Raynaud aus Paris hatte sich anstelle des netten Monsieur Germain die Mehrheit an der Baugesellschaft gesichert und den Namen des Hotels und die Pläne mit seinem Architekten Biasini geändert. Monsieur Raynaud hatte etwas größer als Monsieur Germain geplant. Victoria war im ersten Moment schockiert und dann verärgert, denn dieser Koloss, der sich in Umrissen klar abzeichnete, war noch längst nicht bezugsfertig und würde ihr die Sicht auf das Meer und die Bucht von ihrem Hotel aus nehmen. Der Baulärm war von Weitem zu hören.

Am Grand Hotel wurde die Queen von Beatrice und ihren vier vaterlosen Kindern empfangen. Die Tochter trug jetzt schwarz wie ihre Mutter. Blumen wurden überreicht, Hände geschüttelt und nach einer verhaltenen Begrüßung zogen sich die beiden Frauen in einen privaten Salon der Queen zurück. Victoria fragte: »Beatrice, liebstes Kind, wie geht es dir und den Kindern?«

Die Tochter antwortete: »Danke, es geht uns schon wieder ganz gut. Es war eine gute Idee, hierherzukommen. Es hat nur einen Tag gedauert, bis die Kinder schon wieder ganz andere Dinge im Kopf hatten. Die Cazalets haben uns so nett empfangen und umsorgt, als gehörten wir zur Familie.«

Victoria sagte: »Du kannst dir nicht vorstellen, wie glücklich mich das macht. Ich hatte mir Vorwürfe gemacht, dass ich am Ende meine Zustimmung zu dieser unglückseligen Expedition gegeben habe.«

Beatrice antwortete: »Aber nein, es war ganz und gar nicht deine Schuld. Er hatte es unbedingt gewollt, er hatte so gelitten, untätig in England zu sitzen, der schlimmste Feind der Prinzen ist die Langeweile, wie du weißt. Ich glaube, Gott hat es so gewollt.« –

»Armer Liko, er war mir so ans Herz gewachsen, fast so wie du«, sagte Victoria. Beatrice liefen plötzlich ein paar Tränen die Wangen hinunter: »Da ist noch etwas, was ich dich wissen lassen möchte, liebe Mutter, etwas ist geschehen, was mich sehr, sehr tief verletzt hat. Louise, meine eigene Schwester, deine Tochter, hat mir kalt und ruhig ins Gesicht gesagt, dass sie die Vertraute von Liko war und nicht ich! Mutter, warum tut sie mir das an, will sie mich zerstören?«

Victoria war überrascht und nahm Beatrice in die Arme: »Da habe ich wohl noch ein Problem mehr, als ich dachte. Ich werde mit Louise reden, das werde ich ihr nicht erlauben, mein Baby so zu verletzen.«


Die Königin war schon Anfang Januar durch das aufgewühlt worden, was sich am Kap abspielte, und bat Salisbury zu sich nach Cimiez zum Gespräch. Die Königin empfing ihn mit sorgenvollem Ton: »Lord Salisbury, ich muss Ihnen sagen, dass die Angelegenheit im Transvaal mich sehr beunruhigt. Nicht nur das, was sich dort abgespielt hat, sondern vor allem auch, was daraus gemacht worden ist und noch gemacht werden könnte. Aus diesem Grund, Sie wissen es, habe ich meinem Enkel, dem Kaiser, geschrieben.«

Und Salisbury antwortete: »Ja, ich bedanke mich ausdrücklich für Euer Majestät Unterstützung, ich glaube, es hat zur Beruhigung der Lage beigetragen.«

Die Königin fuhr fort: »Ich habe eine Antwort erhalten, die mich einerseits beruhigt, mir aber andererseits Anlass zur Sorge gibt. Der Kaiser hat mir versichert, dass es nicht seine Absicht war, uns herauszufordern. Aber die Begründung für sein Telegramm ist keineswegs überzeugend. Er redet von den deutschen Investitionen im Transvaal, die er schützen müsse, als wollte er gemeinsame Interessen andeuten. Das zeigt mir, dass die Dinge nicht ausgestanden sind.«

Salisbury fügte an: »Man könnte auf die Idee kommen, dass der Kaiser uns in seine Allianz mit Österreich und Italien drängen möchte. Aber, Eure Majestät, ich halte unsere Isolation für die weit geringere Gefahr, als die in einer unheilvollen Koalition in Kriege hineingezogen zu werden, die nicht die unseren sind.«

Die Königin warf ein: »Ich kann mir nicht helfen, Lord Salisbury, aber ich habe das Gefühl, dass Isolation keine gute Sache ist.«

Salisbury antwortete nicht auf diese Gefühlsäußerung der Königin, die nach einer Pause fragte: »Lord Salisbury, was ich weiß, ist, dass Disraeli den Transvaal für uns erobert hat, nur damit Gladstone ihn später wieder verlor und wir uns nun offenbar in einer schwierigen Lage befinden, was den Rechtsstatus dieses Gebietes angeht. Was ich aber nicht weiß und gern von Ihnen erfahren würde, ist, wie es zu dem Überfall von Jameson kommen konnte?«

Lord Salisbury antwortete: »Nun, wir wissen ja mittlerweile, dass Jameson das Instrument eines mächtigeren Mannes war, nämlich Rhodes, dem damaligen Premierminister der Kapkolonie. Vordergründig ging es um die Buren und deren Präsident Kruger, der kaum eine Provokation gegen uns auslässt und die Mehrheit der Nichtburen in seinem Land nach Kräften drangsaliert. Rhodes glaubte offenbar, dass die Nichtburen den Überfall zum Anlass für einen allgemeinen Aufstand gegen Kruger nutzen und das Regime stürzen würden, eine kolossale Fehleinschätzung. Die Art und die Anzahl der Geldgeber im Hintergrund lassen allerdings kaum Zweifel über die anderen Motive aufkommen, die kollektive Gier nach Gold, Diamanten, Macht. Noch wichtiger als die Einzelheiten dieses amateurhaften Unterfangens sind für uns die längerfristigen Realitäten und die sind so, dass die Buren uns bis heute nicht verziehen haben, dass wir ihnen ihre schwarzen Sklaven genommen und die gleichen Rechte wie den weißen Buren gegeben haben. Sie hassen uns für unsere Werte und Überzeugungen, die nicht zuletzt, lassen Sie mich das sagen, Eure Majestät, vom Prinzgemahl so bewunderungswürdig klar vertreten wurden. Dieser Hass wird allzu leicht zum Hebel für andere Mächte, und es ist diese Mischung, die mich fürchten lässt, dass, wie Sie selbst sagen, der Konflikt noch nicht an sein Ende gekommen ist. Nur, der Überfall, für den Jameson sich hat einspannen lassen, bleibt Unrecht und musste bestraft werden. Wir mussten ihn in England vor ein Gericht stellen und zur Rechenschaft ziehen, und wir mussten Rhodes als Premierminister abberufen und von einem Untersuchungsausschuss befragen lassen.«

Die Queen erwiderte: »Dafür hatten und haben Sie meine volle Unterstützung, Lord Salisbury«, sie fügte nach einer Pause an: »Vor meiner Abreise aus England hatte ich ein interessantes Gespräch mit dem Kolonialminister Mr. Chamberlain. Er hat mir seine Sicht auf den Transvaal erläutert, und wie er mir verriet, hat er Jameson heimlich in London getroffen. Chamberlains Urteil über Dr. Jameson ist äußerst positiv, er nannte ihn einen exzellenten und fähigen Mann. Und die Buren seien grausam und überheblich.«

Salisbury erwiderte: »Es ist wahr, dass Präsident Kruger und die Buren einen für englisches Empfinden seltsamen Regierungsstil pflegen. Seine 30.000 Buren sehen sich 60.000 Uitlanders gegenüber, wie sie die Ausländer nennen, und dennoch werden Letzteren Steuern und Verbote auferlegt, die Erstere nicht zu tragen haben.«

Die Queen ergänzte: »Lord Salisbury, ich hatte den Eindruck, dass der Kolonialminister einige Sympathie für die Jamesonaffäre hat, so wie auch ich Cecil Rhodes mag, und ich gebe Ihnen noch zu bedenken, dass Graf Fife, der mit meiner Enkelin Louise verheiratet ist, der Präsident von Rhodes' Südafrikafirma ist. Chamberlain gab seiner Hoffnung Ausdruck, dass das Gericht es bei einer milden Strafe für Dr. Jameson belassen möge.«

Salisbury antwortete: »Das ist eben Teil des Problems, Eure Majestät, dass sich hier zu viele Interessen vermischen, und deswegen war es unerlässlich, dem Recht nach außen hin Genüge zu verschaffen.«

Die Queen schloss sich an: »Ja, ich stimme Ihnen vollkommen zu. Kann ich noch etwas in dieser Sache tun?«

Und Salisbury antwortete: »Ja, möglicherweise schon. Der Prinz von Wales hat sich hier und da mit seiner Einschätzung zum Telegramm seines Neffen geäußert.«

Victoria fiel ein: »Ja, seine Meinung dazu hat er mir auch persönlich übermittelt.«

Salisbury fuhr fort: »In der Sache hat der Prinz von Wales natürlich recht, wenn er feststellt, dass der Transvaal unter der Hoheit Euer Majestät steht und somit der Überfall – anders als vom Kaiser behauptet – kein Angriff auf einen souveränen Staat war. Aber eine Aussage des Prinzen von Wales kann – von den Falschen weitergetragen – natürlich erheblichen Schaden verursachen. Wenn Eure Majestät ihn diesbezüglich noch einmal auf seine Verantwortung aufmerksam machen könnte, so wäre das sicher der Sache dienlich.«

Die Königin antwortete: »Der Prinz von Wales ist zurzeit auch an der Riviera, und es wird sich eine Gelegenheit finden, um noch einmal mit ihm darüber zu sprechen. Ich denke aber, in einer Sache werde ich ihm nachgeben. Die Hohenzollern des Kaisers wird vorläufig nicht mehr in Cowes einlaufen.«

Salisbury ließ die Worte der Königin verklingen, ehe er die Sprache auf ein anderes Thema brachte: »Was die Ashantiexpedition und den Tod des Prinzen von Battenberg angeht, möchte ich Eurer Majestät nochmals mein allertiefstes Mitgefühl ausdrücken.«

Victoria schloss an: »Vielen Dank, Lord Salisbury, ich weiß, dass Sie alles getan haben, um seine Sicherheit zu gewährleisten, aber gegen das Fieber ist man machtlos. Ich habe zufällig mit Pfarrer Taylor Smith letzten

Sonntag nach der Messe in Cimiez gesprochen, er hat übrigens eine wunderbare Predigt gehalten, und er sagte mir, dass er froh sei, dass der bösartige König Prempeh und seine furchtbare Mutter entfernt worden seien. Was genau meinte er mit entfernt, und was ist dort geschehen, Lord Salisbury?«

Salisbury antwortete: »Es ist richtig, dass wir König Prempeh auf die Seychellen verbracht haben, zusammen mit seiner Familie. Ob seine Mutter dabei war, kann ich nicht mit Sicherheit sagen. Wir haben ihn und noch weitere Ashantiführer einen Friedensvertrag unterschreiben lassen. Ich glaube, dass wir damit den Menschenopfern, dem Sklavenhandel und anderen barbarischen Praktiken ein Ende bereitet haben. Das Gebiet steht jetzt unter unserem Schutz, und die meisten Stämme sind uns dafür dankbar.«

## Aspremont

Es war kein Regen zu erwarten an diesem leicht bewölkten Tag Ende März, und die Königin befand, dass es eine gute Gelegenheit war, um nach Aspremont hochzufahren. Sie ließ alles für ein Picknick vorbereiten und besprach mit Paoli die Vorkehrungen für die Sicherheit. Victoria wollte so wenig Personal wie möglich mitnehmen, um nur mit Beatrice allein einen schönen Tag verbringen zu können. Ihre Tochter hatte sich nach dem Tod ihres Mannes tapfer gehalten, viel besser als sie selbst nach Alberts Ableben. Die Unfreundlichkeit ihrer

Schwester Louise war unterdessen zur Befriedigung von Beatrice geklärt worden. Die Königin sagte: »Beatrice, meine Liebe, wenn du magst, nimm Staffel und Leinwand mit, heute ist ein sehr interessantes Licht. Wenn die Sonne scheint, kommen die Farben gar nicht richtig zur Geltung.« Beatrice folgte der Empfehlung ihrer Mutter, denn sie fand, dass sie recht hatte. Sie hatte auch selbst den Drang verspürt, wieder zu malen, nachdem sie bislang in diesen Wochen an der Riviera nur ein paar Zeichnungen angefertigt hatte. Es war eine tüchtige Kletterei für die Pferde. Unterwegs trafen sie eine Bäuerin, die mit ihren kleinen Kindern auf einem Feld arbeitete. Als sie sahen, wie sich die Königin in ihrer Kutsche näherte, schickte die Bäuerin eine ihrer kleinen Töchter zum Landauer der Queen, die zu einer kurzen Begrüßung von Weitem angehalten hatte, und das Mädchen überreichte Victoria einen einfachen Strauß Feldblumen. Die Königin beugte sich aus der Kutsche zu dem Mädchen hinunter, nahm die Blumen entgegen und bedankte sich: »Elles sont magnifiques, merci beaucoup, les filles.« Sie wies den schottischen Gillie an, dem Kind etwas zu geben. Das Mädchen erschrak zuerst, als es die behaarten Männerbeine in seinem Rock sah, fasste sich aber ein Herz, griff mit der Geschicklichkeit eines Taschendiebs den Geldschein und sprang vergnügt zu seiner Mutter zurück, glücklich darüber, den Auftrag so gut ausgeführt zu haben.

Die königliche Gruppe gelangte zu einer Anhöhe, die ihnen geeignet für eine Rast erschien. Sie suchten sich eine Stelle, an dem sie Tisch und Stühle ebenerdig aufstellen konnten und die eine gute Aussicht auf die Bucht von Nizza bot. Beatrice richtete die Staffelei so aus, dass sie im Vordergrund ein paar Felsen hatte, um Nizza vor dem Hintergrund des Meeres und der Wolken malen zu können, die von einer leichten Brise Seewind bewegt wurden. Victoria seufzte: »Willy ist beharrlich dabei, seine Großmutter zu ärgern, weißt du. Bertie war so aufgebracht, und ich kann ihn verstehen.«

Beatrice schaute abwechselnd auf die Leinwand und sofort wieder hinaus aufs Meer und fragte: »Wieso, was hat er denn gesagt, ich meine Bertie?«

Victoria fuhr fort: »Er hat mich angefahren, was der Kaiser sich bei seinem Telegramm gedacht habe, so, als ob ich dafür verantwortlich wäre. Oder glaubt er, ich sei in der Lage, Willy so zur Ordnung zu rufen wie damals in Osborne? Ich sehe ihn noch vor mir, den trotzigen kleinen Jungen. Ich musste meine Anordnung mehrfach wiederholen, ehe er sich fügte. Und jetzt ist er erwachsen, hat sein Heer, seine Marine, seine Yacht Hohenzollern, die größer als die Victoria & Albert ist. Bertie war ehrlich erbost, auch weil er Willy immer noch nicht sein Benehmen vom letzten Jahr verziehen hat. Willy hatte sich mit Salisbury gestritten, mich hatte er warten lassen und den Prinzen von Wales einen Lackaffen genannt. Diese Wortwahl ähnelt so sehr den Kraftausdrücken von Bismarck, ich finde es abstoßend und vulgär, und es ängstigt mich.«

Beatrice sah zwischen zwei Pinselstrichen kurz zu ihrer Mutter und fragte: »Und was nun?«

Victoria antwortete: »Ich werde ihn vorerst nicht mehr empfangen, nicht in Osborne, nicht in Balmoral, nirgendwo auf englischem Boden, und ich werde ihn auch nicht zu meinem Jubiläum nächstes Jahr einladen. Das habe ich schon entschieden.«

Beatrice antwortete: »Gut so, Mutter!« Victoria fragte: »Weißt du, dass ich Franz Joseph und Sisi neulich zum ersten Mal zusammen empfangen habe? Ich fand es bemerkenswert, dass sie zu Fuß vom Bahnhof zu uns nach Cimiez gelaufen sind. Das Kommen der beiden hat mich wirklich sehr gefreut. Sie sind bezaubernde Persönlichkeiten, und man kann sich mit ihnen wundervoll unterhalten.«

Beatrice fragte: »Bevor ich es vergesse, worüber hast du eigentlich mit Franz Joseph so laut gelacht? Ich war, glaube ich, gerade im Gespräch mit Sisi.«

Victoria antwortete: »Oh, das muss gewesen sein, als mir Franz Joseph erzählte, wie sie letztes Jahr im Februar, wir kamen ja erst im März an, Mr. und Mrs. Gladstone in ihrem Hotel trafen und einen großen Bogen um sie gemacht haben. Gladstone war ja nie zimperlich mit Österreich-Ungarn. Ich habe ihm dann geantwortet: Wissen Sie, an Ihrer Stelle hätte ich das Gleiche gemacht, und du kannst dir vorstellen, wie wir uns beide köstlich amüsiert haben.«

Beatrice lachte auch: »Ja, jetzt verstehe ich.«

Und Victoria erwiderte: »Wie war dein Eindruck von den beiden?«

Die Tochter wurde nachdenklich: »Ich finde, sie hat an Schönheit verloren, was ich sehr bedauere und was traurig ist. Sie hat noch ihre schlanke Figur, aber ihr Gesicht hat sich verändert.«

Victoria erwiderte: »Das habe ich auch bemerkt. Es ist nicht gut, wenn man den eigenen Mann im Stich lässt. Es steht mir zwar nicht zu, aber sie scheint mehr Zeit ohne ihn zu verbringen als mit ihm. Man sieht sie bei Veranstaltungen in Budapest, in Irland beim Jagen, sie ist ja eine hervorragende Reiterin, und hier sieht man sie natürlich auch. Eugènie sagte, dass sie sich nicht mehr so oft treffen wie früher. Sie findet Sisi auch verändert. Ich sehe, dass Österreich-Ungarn im Niedergang ist, und ich will natürlich nicht sagen, dass es ihre Schuld ist, aber gerade in solchen Zeiten muss man an der Seite des eigenen Mannes stehen und nicht nur dem Vergnügen hinterherlaufen. Seine einzige Leidenschaft scheint dagegen das Essen geworden zu sein, armer Franz Joseph.«

Beatrice drehte sich ganz zu ihrer Mutter und sagte: »Ja, du hast recht, aber denk nur an das, was die beiden erleben mussten, der einzige Sohn bringt sich um. Was wäre in unserer Familie geschehen?«

Victoria sagte: »Bitte, so etwas möchte ich mir nicht vorstellen. Es ist das Schlimmste, was Eltern passieren kann, das ist wahr.« Nach einer Pause fügte sie an: »Franz Joseph hätte die Heirat mit Stephanie von Belgien nicht erzwingen sollen. Du weißt, dass ich bei manchen Verbindungen in unserer Familie mein Veto eingelegt oder Bedingungen gestellt habe, aber jemandem eine Chance zu verwehren, ist etwas anderes, als ihn zu einem möglichen Unglück zu zwingen. Alles in allem ist Franz Joseph aber ein guter, zuverlässiger Mann, dem man trauen kann, einer der Letzten seiner Art von diesem Rang. Bei nächster Gelegenheit werde ich ihm das Du anbieten. Die Zeitungen haben später allerdings etwas übertrieben, was die Bedeutung des Treffens anging. Diese Welt können wir alten Monarchen nun nicht mehr retten.«

Das Essen war mittlerweile serviert und Victoria sagte: »Komm, Beatrice, leiste mir bitte Gesellschaft.«

Doch Beatrice antwortete: »Mutter, ich habe überhaupt keinen Appetit und würde lieber noch weitermalen.«

Die Königin lenkte ein: »Nun denn, ich habe Hunger und werde wohl ohne dich auskommen müssen.«

Nach einigen Minuten des Schweigens hielt Beatrice mit dem Malen inne und fragte: »Mutter, darf ich dir eine sehr persönliche Frage stellen? Was hast du nach Vaters Tod am meisten vermisst?«

Victoria legte das Besteck zur Seite, nahm vor ihrer Antwort noch einen Schluck Rotwein und antwortete: »Ich kann verstehen, dass du jetzt, wo Liko nicht mehr unter uns ist, diese Frage stellst. Mich hat das auch beschäftigt, ich habe sie damals noch nicht beantworten können. Aber jetzt kann ich sagen, und ich glaube, ich habe das schon einmal gesagt, kann mich aber nicht erinnern, ob du anwesend warst, aber offenbar ja nicht, sonst würdest du nicht fragen. Ich möchte dir gern eine ehrliche Antwort geben, aber ich glaube, hier und jetzt ist nicht der richtige Zeitpunkt dafür. Lass uns ein anderes Mal darüber sprechen.«

Beatrice beeilte sich, zu sagen: »Oh, ja natürlich, Mutter.«

Nachdem die Königin das Essen beendet hatte, fuhr sie mit einem anderen Thema fort: »Prinzessin Helena macht mir Sorgen.«

Beatrice erschrak: »Wie, was ist denn mit der kleinen Helena, ich dachte, es sei alles in Ordnung?«

Victoria ergänzte: »Nein, ich rede von deiner Schwester, meiner Tochter Helena, die kleine Helena hätte ich doch Thora genannt. Ich habe jetzt schon einige Male mit Dr. Reid über sie gesprochen. Weißt du, dass sie Opium zu sich nimmt?«

Beatrice antwortete: »Ich habe davon mal jemanden sprechen hören, mir aber nichts weiter dabei gedacht.«

Victoria führte aus: »Sie nimmt es nicht nur in Form von Laudanum, was sie für ihr Nervenleiden verschrieben bekommen hat. Dr. Reid hat mir bestätigt, dass es bei längerer Anwendung zu einer Abhängigkeit führen kann, und er war sich nicht sicher, ob die Krankheit von ihr nicht vorgetäuscht war. Du weißt, dass ich Dr. Reid großes Vertrauen entgegenbringe. Ich fürchte, etwas Schlimmes muss mit Helena passiert sein, sie scheint abhängig zu sein von diesem Opium und nimmt auch an heimlichen Zusammenkünften teil, wo es geraucht wird. Beatrice, es ist ein echtes Unglück, das deiner Schwester zugestoßen ist, aber bitte behalte es für dich und lass uns umso mehr auf Thora achtgeben, damit sie durch das Verhalten ihrer Mutter keinen Schaden erleidet.«

Beatrice beeilte sich, zu sagen: »Aber ja, natürlich, ich kümmere mich um Thora.«

Die Königin fügte hinzu: »Ich werde mit Dr. Reid über eine Therapie sprechen. Er hat mir schon ein paar Vorschläge gemacht, wie man eine solche Krankheit heilen kann.«

Nach einer Weile fragte Beatrice: »Ich habe gehört, Maria Fjodorowna hält sich mit ihren Kindern in La Turbie auf. Warum sind Alix und Nikolaus nicht auch mitgekommen? Hast du gehört, wie es ihr geht?«

Victoria antwortete: »Ich weiß nicht, warum die Kaiserin-Mutter dort ist, normalerweise sind sie eher in Finnland, in Dänemark oder der Krim unterwegs. Es scheint, als ob es eine geheime Absprache gibt, sich ab sofort hier an der Riviera zu treffen.«

Beatrice fügte hinzu: »Ja, die Schweden haben sich bei Bertie in Cannes einquartiert, die Österreicher in Menton und die Belgier auf dem Cap Ferrat.«

Die Königin fuhr fort: »Aber zu Alix kann ich nur sagen, dass es ihr im Augenblick nicht gut geht. Ihre Akzeptanz am russischen Hof leidet unter der Geringschätzung Maria Fjodorownas, die Alix nur als Deutsche sieht, die Dänin Dagmar, die den Deutschen immer noch Schleswig-Holstein nachträgt. Und ich höre, ein anderes Problem sei ihr schlechtes Französisch. Die Russen machen sich darüber lustig und ahmen sie nach. Ich habe ihr geraten, zu arbeiten und sich so einen guten Ruf aufzubauen. Im Mai sind die Feierlichkeiten zur Krönung von Nikolaus geplant, die man seinerzeit verschoben hatte, weil der plötzliche Tod des Zaren keine prunkvollen Zeremonien zuließ. Sie sollte sich in die Vorbereitungen einbringen und das Beste aus der Situation machen. Die Akzeptanz beim russischen Volk und am Hof werden sich dann schon einstellen.«

Beatrice wandte ein: »Ja, Mutter, wenn sie nur deine

Konstitution hätte, aber sie ist so zerbrechlich und schüchtern, dass ich mir Sorgen um sie mache.«

Victoria beschied ihrer Tochter: »Sich Kaiserin zu nennen, hat immer einen hohen Preis, den kann kein anderer für sie zahlen. Ich habe übrigens ein sehr interessantes Buch dabei. Du kannst also gern noch eine Weile malen.«

Beatrice fragte: »Wovon handelt es denn?«

Victoria antwortete: »Es ist von einem Mann namens Slatin. Er befand sich mehr als zehn Jahre in der Gefangenschaft islamistischer Fanatiker und konnte auf wundersame Weise fliehen. Das Buch heißt *Feuer und Schwert im Sudan*. Ich habe erst ein paar Seiten gelesen, aber es ist eine sehr abenteuerliche Geschichte. Wirklich erstaunlich finde ich, wie Herr Slatin, der sich zehn Jahre lang keinerlei Aufzeichnungen machen konnte, all die Namen der Menschen und Orte merken konnte. Es wimmelt nur so davon, wie in einem Ameisenhaufen. Dieses Land, der Sudan ist so ein dunkles, furchterregendes Land kann ich dir sagen. Ich glaube, nur der Kongo, wo sich Leopold herumtreibt, ist vielleicht noch dunkler. Herr Slatin war so freundlich, mir das Buch zu widmen, und Humor scheint er auch zu haben, er soll sein Pferd Plum Pudding genannt haben.«

Beatrice antwortete: »Oh, das klingt wirklich sehr aufregend. Wirst du eigentlich nächste Woche deinen belgischen Cousin empfangen?«

Victoria fragte zurück: »Ja, warum fragst du?«

Beatrice entgegnete: »Sei mir nicht böse, Mutter, aber ich mag ihn gar nicht. Ich glaube, ich werde nicht in der

Lage sein, ihn zu begrüßen, ich werde unpässlich sein an dem Tag.«

Victoria sagte: »Ich kann dich verstehen, sein Äußeres ist wirklich abstoßend. Diese absurd langen Fingernägel und seine Nase sind kein schöner Anblick. Aber seine Manieren sind gut, und er würde sich mir gegenüber nie so benehmen wie Willy.«

Beatrice erwiderte: »Weißt du, dass er für mich unerträglich riecht? Ich kann mir nicht helfen, so als verfaule irgendetwas in ihm.«

Victoria antwortete mit Strenge: »Beatrice, bitte, übertreibe nicht! Er ist der Sohn meines lieben Onkels Leopold, ein geschätztes Mitglied unserer Familie und du wirst ihn empfangen, zusammen mit mir.«

Beatrice zögerte mit ihrer Entgegnung: »Und dass er sich kleine Mädchen in seinem Bordell hält, stört dich nicht?«

Victoria holte tief Luft, als ob sie die Bergluft genieße: »Beatrice, liebe Tochter, es ist nicht schön, und ich heiße es nicht gut, weiß Gott nicht. Du weißt, wie ich, dass er nicht der einzige ist, nicht einmal mit Ausnahme unserer eigenen Familie in Windsor. Du weißt, von wem ich spreche. Soll ich sie alle ausstoßen? Vielleicht würde ich es als Gräfin Balmoral tun, doch in Wirkichkeit bin ich nun einmal die Königin des Vereinigten Königreichs. Aber ich verstehe deine Abneigung. Ich werde Leopold sagen, dass es dir nicht möglich ist, ihn zu empfangen.«

Beatrice sagte erleichtert: »Vielen Dank, liebe Mutter, mehr verlange ich nicht.« Die beiden Frauen schwiegen eine Weile.

Victoria überwand die Stille als erste: »Beatrice, magst du mir von einem Buch erzählen, das du im Augenblick liest?«

Beatrice sagte: »Ein Buch momentan nicht, aber neulich habe ich einen sehr interessanten Zeitungsartikel über die Beulenpest in China und Indien gelesen. Sie sagen, dass sich die Krankheit durch Handelsschiffe auch zu uns ausbreiten könne. Sie soll von Ratten und von Flöhen übertragen werden, kannst du dir das vorstellen, von etwas so Kleinem wie Flöhen?! Hast du schon einmal so etwas gehört?«

Victoria antwortete: »Liebe Güte, ich bin nicht sicher, ob ich davon hören möchte. Aber das erinnert mich an Dr. John Snow, einen sehr tüchtigen Arzt. Dabei war er der Sohn eines einfachen Bergarbeiters. Eine Karriere, die nur in unserem England möglich ist, jeder, der tüchtig arbeitet, kann etwas aus sich machen. Dr. Snow hat mir damals bei deiner Geburt Chloroform verabreicht, um die Wehen zu erleichtern, und es hat wunderbar funktioniert, genauso wie schon bei deinem Bruder Leopold. Er ging dabei ein hohes Risiko ein, ich aber natürlich auch, denn wer konnte schon wissen, dass das alles gut ausgehen würde. Und dann war es eine wissenschaftliche Sensation und ein Triumph für uns beide! Worauf ich eigentlich kommen wollte, ist, dass ein paar Jahre vorher in London die Cholera ausgebrochen war. Und es war Dr. Snow, der die Ursache herausgefunden und sie abgestellt hat. Niemand hat ihm damals geglaubt, dass die Krankheit durch winzig kleine Organismen ausgelöst wird, die man mit dem bloßen Auge gar nicht erkennen kann, noch viel kleiner als Flöhe. Er hat die Bestätigung seiner Vermutungen durch andere Wissenschaftler leider nicht mehr erlebt, weil er schon ein Jahr nach deiner Geburt mit Mitte vierzig viel zu früh gestorben ist. Manchmal bin ich alte törichte Frau geneigt, zu glauben, dass alle Männer mit dem Vornamen John dazu auserwählt sind, Großes zu leisten, oder dass sie jedenfalls großartig sind. Ich bin überzeugt, Dr. Snow hätte uns auch gegen die Beulenpest geholfen. Er war so gebildet und erfindungsreich, er war ein Genie!«

## Lord Melbourne

Henry William Lamb, zweiter Vicomte von Melbourne, hatte die Attitüden des Mannes von Welt, der alle Höhen und Tiefen des Lebens kannte, als er seine zweite Regierung anführte. Er stand in seinem 58. Lebensjahr und im dritten als Premierminister und war, anders als Dorian Gray, gealtert, ohne dabei seinen Charakter verkommen zu lassen. Er hatte edelgraue Schläfen und eine immer noch jugendlich geschwungene Stirnlocke und sich gesagt, dass es weiterzumachen gelte, um zu sehen, was noch komme.

Er hatte die Manieren, die Gewandtheit und den Charme derjenigen, die in Eton und Cambridge erzogen worden waren. Den Makel seiner außerehelichen Herkunft hatte er stets mit Standhaftigkeit bestritten und daran auch festgehalten, als er am Sterbebett seines leiblichen Vaters stand. Erste Anflüge von Melancholie hatten sich damals in sein Gemüt geschlichen.

Der unerwartete Tod seines älteren Bruders brachte ihm das Geld und den Titel, der ihm noch zu einer großen politischen Karriere fehlten. Der nächste Wahlerfolg der Whigs, denen er in der Tradition seiner Familie angehörte, brachte ihm bereits eine führende Rolle innerhalb seiner Partei. Als kurz danach Lord Grey als Premierminister zurücktrat, füllte er ohne Aufsehen den freigewordenen Posten. Es war seiner ruhigen und überlegten Art zuzuschreiben, dass seine Karriere nahezu widerstandslos verlaufen war. Sein Regierungsstil war sensibel, geschmeidig und menschlich, sodass daran wenig auszusetzen war.

Vielleicht blieben ihm die sonst üblichen Härten politischer Auseinandersetzungen deswegen erspart, weil jeder die Geschichte seiner Ehe kannte. Die Art und Tiefe der Demütigungen, die er durchlitten hatte, waren außergewöhnlich. Hier konnte man nichts leugnen wie bei der Vaterschaft. Hier war kein Platz für Schadenfreude, nicht vom Freund, nicht vom Feind. Es hatte eher den Anstrich einer griechischen Tragödie und handelte von der Verstrickung von Menschen in Geschehnisse, in denen sich Schuld und Schicksal nicht mehr klar voneinander trennen ließen, in denen es anfangs edle Regungen und Motive gab und später Wahn und Schall und Rauch. Seine Ehe hatte ein Schauspiel geboten, das man eher gebannt verfolgte, aber nicht verurteilte, ein

Drama, das von höheren Kräften bestimmt schien, die darin gewütet hatten.

Die Frau, die Henry William Lamb geehelicht hatte, Caroline Ponsonby, war eine sensible, gebildete Frau, die seinem Temperament und seinem Stand entsprach. Obwohl ihr erstes Treffen wie üblich von Verwandten arrangiert worden war, stellte es sich als einer der seltenen Glücksfälle heraus, bei dem die Arrangierten zueinanderfanden. Sie waren sich auf Anhieb sympathisch und voneinander eingenommen. Sie war mit 19 Jahren nicht zu jung, er mit 26 nicht zu alt, der Unterschied nicht zu groß. Sie heirateten und verlebten zwei glückliche Jahre. Ein Sohn kam zur Welt, geistig schwer behindert. Entgegen den Gepflogenheiten, solchen Nachwuchs in Anstalten unterzubringen, kümmerten sich die Eheleute abwechselnd um das Kind und pflegten es zu Hause. Sie machten das Beste aus der Situation. Zwei Jahre später gebar sie eine Tochter, die aber innerhalb von 24 Stunden starb. Und so starb die Hoffnung des Paares, und es machte keine Versuche mehr, die labile Konstitution von Caroline ließ es nicht zu. Henry William Lamb flüchtete sich in seine politischen Ambitionen, was sollte der Mann sonst tun, und sie pflegten weiter den behinderten Sohn. Es musste weitergehen, irgendwie. Aber die Eheleute verloren sich zunehmend, entfernten sich im Laufe der Jahre.

Konnte man es ihm als Schuld anrechnen oder ihr? Caroline Lamb traf den zwei Jahre jüngeren Lord Byron auf einer Gesellschaft in Holland House, sie verschmähte seine Aufmerksamkeit noch, prägte den Ausspruch, der später publik wurde, dass Lord Byron verrückt, böse und seine Gegenwart gefährlich sei. Bald darauf jedoch schrieb sie ihm einen Brief, in dem sie ihn anhimmelte. Lord Byron fing an, sie leidenschaftlich zu verfolgen. Lady Caroline und Lord Byron begannen, sich gegenseitig öffentlich zu verunglimpfen, trafen sich dabei aber heimlich, schworen sich Liebe und Treue. Es entspann sich ein Drama in der Öffentlichkeit. Henry William Lamb musste es ertragen, dass alle Einzelheiten des Schauspiels ausgebreitet wurden, er musste sich aufrecht halten, weiter zu seiner Frau stehen und den gemeinsamen Sohn pflegen. Er hoffte auf die Gelegenheit, wieder alles ins Lot bringen zu können, als Lord Byron sich öffentlich von Caro, wie er sie nannte, lossagte. Lord Melbourne fuhr mit einer völlig aufgelösten Caroline nach Irland. Sie fühlte sich entehrt und war verzweifelt. Sie hörte dennoch nicht auf, Lord Byron zu schreiben. Sie schrieben sich beide unentwegt auch während ihres Exils. Henry William Lamb musste alles mitansehen und mitanhören. Als sie nach England zurückgekehrt waren, suchte Caroline sofort wieder den Kontakt zu Lord Byron. Der aber erklärte ihr kühl, dass er keine Absichten hätte, die Beziehung wieder aufzunehmen. Sie wurde immer verzweifelter, ihre Versuche immer häufiger und kaum mehr verborgen, wieder mit ihrem früheren Liebhaber zusammenzukommen. Auf einem Ball zu Ehren des Herzogs von Wellington explodierte die Angelegenheit. Lord Byron beschimpfte sie vor der versammelten Gesellschaft, woraufhin sie ein Weinglas zerschmetterte und versuchte, sich die Pulsadern aufzuschneiden. Der Skandal war nun für alle sichtbar und Carolines mentale Gesundheit wurde infrage gestellt. Lord Byrons kalter Kommentar war, dass Lady Caroline wohl die Dolchszene aus Macbeth hätte nachstellen wollen. Henry William Lamb war dabei, er pflegte den gemeinsamen Sohn und hielt sich aufrecht und machte weiter.

Lady Carolines Besessenheit von Byron hörte nicht auf. Auch die Besessenheit Lord Byrons hörte nicht auf. Noch viele Jahre schrieben sie Gedichte im Stil des jeweils anderen. Sie schrieben übereinander und tauschten Botschaften in ihren Werken aus. Sie kamen nicht voneinander los. Henry William Lamb pflegte den gemeinsamen Sohn und entwickelte eine Liebe zu Büchern, er begann zu lesen, vor allem theologische Werke – eine Liebe, die ihn nicht mehr verlassen würde.

Es endete mit dem Tod Carolines. Henry William Lamb lebte noch, Lord Melbourne lebte noch und pflegte weiter den gemeinsamen Sohn und las. Er verfolgte ruhig und besonnen weiter seine Karriere, was blieb ihm sonst. Ein paar Jahre nach dem Tod Lady Carolines wurde er zum ersten Mal Premierminister, und jeder kannte seine Geschichte. Es gab nichts zu verheimlichen, der Sohn, den er so lange gepflegt, war tot.

Lord Melbourne stand in vorderster Front, hinter und neben sich seine Minister, Angehörige der königlichen

Familie, Generäle und Bischöfe aufgereiht vor einer kleinen zierlichen Gestalt, vorerst nur mit einer blauen Schärpe geschmückt, die quer über ihrer zarten Brust lag. Er sah ihre vor Aufregung geröteten Wangen, wie bei Caroline, als sie sich kennengelernt hatten. Es war, als sei sie aus dem Nichts aufgetaucht, niemand am Hof kannte sie. Sie war sorgsam versteckt und für diesen Moment von ihrer Mutter aufgehoben worden, der Herzogin von Kent, ihrer Lehrerin, der Baronin Lehzen und ihrem Onkel Leopold, dem König von Belgien. Sie wusste, dass es dieser Moment war, in dem sich alles änderte, als sie vor die Menge trat, hinaustreten musste, die Augen der Anwesenden nur auf sie gerichtet. Das las Lord Melbourne in ihrem Gesicht, und er freute sich auf das, was da kommen würde, er hatte sie vorher gesprochen und festes Zutrauen in sie gefasst. Er nutzte diesen Vorteil und war gewillt, ihn weiter auszubauen. Also trat er hinter ihren Thron, auf dem sie sich mittlerweile niedergelassen hatte, und flüsterte ihr die Namen der anwesenden Würdenträger vor, die sie noch nicht alle kennen konnte. Er sah, wie sich der kleine Körper groß machte, ganz gerade aufrichtete. Sie war der gespannte Bogen, der ganz lange und sorgsam auf das Ziel ausgerichtet worden war, um genau auf diesen Moment vorbereitet zu sein und zu treffen. Sie war seine Königin, und er war ihr Premierminister.

Am Ende der kurzen Zeremonie waren alle tief beeindruckt von der Klarheit, der Bestimmtheit und der Reife, mit der sie aufgetreten war, sie hatte die abgeschossenen

Pfeile, die als Test abgefeuert worden waren, schlagfertig pariert. Der Herzog von Wellington, Sir Robert Peel, selbst die dunklen Gestalten, wie der pockennarbige Herzog von Cumberland und der ätzende Greville, konnten sich ihrem Eindruck, ihrer Wirkung nicht entziehen. Die Krise der Monarchie war in diesem Moment beendet, das hatte jeder im Raum gespürt.

## Der Mahdi

Die Königin hatte Salisbury gebeten, eine Karte Afrikas zu ihrem Treffen mitzubringen. Victoria begrüßte ihn: »Lord Salisbury, vielen Dank, dass Sie den Weg von Ihrem Berg zu meinem auf sich genommen haben. Wie geht es Ihnen?«

Er antwortete: »Es geht mir gut, vielen Dank, Eure Majestät, ich habe Ihnen das gewünschte Material mitgebracht.«

Sie bemerkte, dass er ein großes Bündel unter dem Arm trug, und sagte: »Aber, bitte, legen Sie es dort auf dem Tisch ab, und setzen Sie sich doch.«

Er folgte der Aufforderung und war sich des Privilegs bewusst, das nicht jeder seiner Vorgänger genossen hatte.

Die Queen erklärte: »Heute würde ich mir gern mit Ihnen die Zeit nehmen, etwas ausführlicher als üblich über die Situation in Afrika und speziell im Sudan und Ägypten zu sprechen. Wissen Sie, ich habe das Buch von Slatin angefangen, aber um ehrlich zu sein, ich kann es nicht zu Ende lesen, meine Augen sind zu schwach geworden. Was ich gern wüsste, ist, wie das Land aussieht, das er so ausführlich beschreibt. Er erwähnt so viele Orte und Gegenden, die ich mir gern auf der Karte ansehen würde.«

Salisbury antwortete: »Ja, und ich habe für Eure Majestät nicht nur eine Karte des Sudans dabei, sondern auch von Ägypten und Afrika insgesamt, weil das alles in einen größeren Zusammenhang gehört.«

Die Königin sagte: »Nun, bevor wir uns gemeinsam über Karten beugen, Lord Salisbury, würde ich gern von Ihnen eine Zusammenfassung der Geschichte Slatins hören. Er berichtet ja aus seiner Sicht der Dinge, die unmöglich die gesamte Lage abbilden kann. Außerdem ist es wahrlich eine lange und anstrengende Lektüre.«

Der Premierminister stimmte der Königin zu: »Ja, das ist wohl wahr. Zuallererst lassen Sie mich feststellen, dass es sich um ein sehr großes Gebiet handelt, von dem wir reden und das sehr dünn besiedelt ist. Die Grenzen zu den umliegenden Ländern sind fließend und für die dort umherziehenden Kuh- und Kamelnomaden nicht existent. Man wird sich also zunächst einmal darauf verständigen müssen, was wir unter dem Land verstehen und wo wir die Grenzen ziehen wollen.« Er sah fragend in Richtung der Königin, ob er die Karten ausbreiten sollte. Sie ermunterte ihn stattdessen mit einer Handbewegung, seine Erzählung fortzusetzen. So setzte er fort: »Keine Feder und kein Bleistift hat die Geschichte des Sudan aufgezeichnet, bevor wir dort zum ersten Mal ankamen. Was wir vorher wussten, beschränkte sich auf das, was die Ägypter von Nubien und dem Königreich

Kusch erzählten. Aber man wird das alles als Schilderungen von außen begreifen müssen. Slatins Bericht ist der erste Lichtstrahl, der von innen geworfen die Dunkelheit erhellt. Sie werden sich vielleicht fragen, warum wir überhaupt dort sind, warum wir dort englisches Blut vergossen haben und es noch weiter tun. Das hat weniger mit dem Reichtum des Landes selbst zu tun, auch nicht mit seiner Geschichte oder seiner Bevölkerung. Es ist die Geografie.« Salisbury erhob sich aus seinem Sessel und sagte: »Dazu könnte es helfen, einen Blick auf die große Karte von ganz Afrika zu werfen.«

Die Queen erwiderte: »Bitte, Lord Salisbury, bevor wir das tun, erzählen Sie weiter.«

Und er fuhr fort: »Nun gut, also wenn man sich die Geografie Afrikas vergegenwärtigt, so gibt es eine einzige große Lebensader, die sich durch die Unwirtlichkeit der Sahara zieht, und das ist der Nil. Dieses blaue Band führt direkt bis zum Herzen Afrikas, da, wo der Sand in das Grün von Feldern übergeht und weiter südlich in Urwald mündet. Der Punkt, an dem diese Wege zusammenkommen, ist Khartum, die größte Stadt weit und breit und ein Handelsknotenpunkt, in den die meisten alten Routen aus dem fruchtbaren Teil Afrikas münden. Alle Reichtümer, über die der Sudan und Afrika verfügen, werden dort angeliefert und gehandelt, Kautschuk aus Darfur, Elfenbein aus der Provinz Äquatoria, Getreide aus Sennar, Straußenfedern aus Kordofan, exotische Tiere und Pflanzen, alles, was sich die Fantasie ausmalen kann. Diese Pfade nach Khartum wurden seit Jahrtausenden von den Einheimischen und den Ägyptern benutzt. Es gibt keine vergleichbaren Verkehrswege in Ost-West-Richtung, nach Norden, wie gesagt, nur Wüste und nach Süden undurchdringlichen Urwald. Die Franzosen versuchen gerade, aus dem Westen kommend, sich einen Weg ins Landesinnere zu bahnen. Das bekannte Abenteurertum, das wir gelassen verfolgen können. Wenn ihnen nichts anderes zustößt, werden sie wohl den verschiedenen Krankheiten und Fiebern anheimfallen.« Salisbury trank einen Schluck Wasser, um die Stimme geschmeidig zu halten, bevor er wieder ansetzte: »Wenn die Waren einmal in Khartum sind, ist es ein sehr planmäßiges Unterfangen, alles auf Schiffe zu verladen und bis zum Mittelmeer zu transportieren. Das, Eure Majestät, ist der Grund, warum wir dort sind und warum wir dort Ruhe und Sicherheit brauchen, neben dem früher bereits erwähnten Grund der strategischen Nähe zum Suezkanal. Was uns Sorge bereitet, ist der Umstand, dass der Khedive Abbas II. sich in letzter Zeit den einen oder anderen Affront gegen uns geleistet hat. Wenn wir die Befriedung im Sudan vorantreiben wollen, können wir nicht auf seine Loyalität bauen, und seine Unterstützung mit Truppen wird widerwillig erfolgen, wenn überhaupt. Er versucht, uns gegen das Osmanische Reich auszuspielen, wann immer sich die Gelegenheit bietet. Andererseits ist er nicht in der Lage, uns offen militärisch anzugreifen.«

Die Königin formte ein Bild von Salisburys Schilderung in ihrem Kopf. Nach einer kurzen Pause fragte sie: »Soweit ich weiß, steht der Sudan unter ägyptischer und damit unserer Kontrolle durch Generalkonsul Lord Cromer. Und Sie sagen, dass uns Ägypten nicht im Sudan helfen wird, habe ich das richtig verstanden? Die Frage ist dann, welche Situation wir dort im Sudan vorfinden?«

Salisbury antwortete: »Wie ausführlich mögen Eure Majestät unterrichtet werden? Ich habe Papiere vorbereitet, um Ihnen das Bild, von Gordon angefangen, noch einmal nachzuzeichnen. Vieles wissen wir aus Slatins Buch, aus dem Bericht des Missionars Josef Ohrwalder und aus denen des Generalkonsuls. Ich werde versuchen, nicht zu ausführlich zu werden.«

Die Queen erwiderte: »Ich habe den ganzen Nachmittag Zeit dafür, wenn es nötig sein sollte. Also, bitte, Lord Salisbury, helfen Sie meinem alten Gedächtnis auf die Sprünge, und ersparen Sie mir, den Slatin zu Ende zu lesen.«

Er sagte: »Sehr gut, bevor ich meine Papiere durchgehe, gestatten Sie mir bitte noch eine kleine geschichtliche Einleitung, um die Bühne vorzubereiten, auf der wir Gordon und die anderen auftreten lassen.« Und nach einem dramaturgischen Luftholen fuhr er fort: »Im heutigen Sudan haben die Araber, die im Laufe der Jahrhunderte von ihrer Halbinsel im Norden eingedrungen waren, die lokale Macht. Sie haben den Islam als vorherrschende Religion etabliert, ihre Sprache eingeführt und pressen der ursprünglichen schwarzen Bevölkerung hohe Abgaben ab, sofern sie sie nicht auf Sklavenmärkten verkauft haben. Der Zugriff der Ägypter ist nicht sehr fest, und ihre schlecht ausgebildeten Truppen sind unfähig und korrupt. Dazu kommen immer wieder Fehden zwischen verschiedenen Stämmen, wie wir es auch aus anderen Ländern Afrikas kennen. Diese Zustände führen zu einer zunehmenden Verarmung weiter Teile der Bevölkerung, der Hunger grassiert immer wieder, und eine kleine Elite aus lokalen Fürsten und ranghohen Offizieren der ägyptischen Armee teilen sich die Beute. Dies verhindert auch eine effizientere Wirtschaft und, um nur ein Beispiel zu nennen, auf den Feldern Sennars im Osten des Landes könnte auch leicht die auf dem Weltmarkt ertragreichere Baumwolle angebaut werden, was aber aus den genannten Gründen nicht geschieht. Die Einführung eines Minimalstandards an Zivilisation könnte das Leid der Menschen lindern und den Reichtum des Landes mehren.«

Die Königin warf ein: »Das ist der Grund, warum wir Gordon dorthin geschickt haben.«

Und Salisbury verstand das als Signal, dessen Geschichte zu rekapitulieren: »Ganz genau, Eure Majestät, die Situation, die Gordon im Sudan vorfand, war wie folgt: Der Khedive von Ägypten, dem der Schutz des Sudans oblag, hatte guten Grund gefunden, um der Welt zu beweisen, dass er gegen die Sklaverei in seinem Protektorat vorgehen würde. Er engagierte Gordon für diese Aufgabe. Die ganze Welt von Peking über Sewastopol bis Südafrika wusste, dass dieser Mann kettenrauchend, aber ernsthaft seinem Job nachgehen würde. Zu jener Zeit hatte sich ein gewisser Zubehr in der Region Bahr al-Ghazal zum größten Sklavenhändler im Sudan aufgeschwungen und fühlte sich mächtig genug, die Abgaben an Kairo einzustellen. Der Khedive sah das nach einer militärischen Niederlage gegen ihn auch so und machte wenig später gemeinsame Sache mit Zubehr beim Überfall auf Darfur, damals noch ein eigenes Königreich. Die Koalitionäre siegten, der König von Darfur wurde getötet und die Bevölkerung versklavt. In Anerkennung seiner Verdienste wurde Zubehr der Titel eines ägyptischen Paschas verliehen. Es ist nicht mehr nachzuvollziehen, wie viel Gordon von alldem wusste. Trotz einiger kleinerer Anfangserfolge gegen Zubehr musste er bald einsehen, dass er mehr Befugnisse brauchte, um sich gegen diesen mächtigen Gegner zu stellen. Er kam nach London, und wir machten ihn zum Generalgouverneur mit unbeschränkten Vollmachten in der Region. Daraufhin lockte er Zubehr in eine Falle in Kairo und setzte ihn dort fest. Zubehrs Sohn Suliman gelang es unterdessen, sich die Unterstützung der übrigen Sklavenhändler zu sichern, die Macht des Vaters an sich zu reißen und dessen Werk fortzuführen. So ging diese Rechnung Sulimans eine gewisse Zeit auf, bis Gordon einsah, dass es keine andere Lösung gab, um die raubende und mordende Bande zu stoppen, als den Sohn Zubehrs und seine engsten Verbündeten zu töten. Danach war der Sklavenhandel unterbunden und Ruhe eingekehrt.« An dieser Stelle blätterte Salisbury in seinen Unterlagen, das nächste Kapitel suchend. Er fuhr fort: »Es folgten ein paar Jahre, in denen Gordon den Sudan auf einem Kamel durchquerte, selbst unbewaffnet, aber von ein paar Männern unterstützt, um die letzten Reste des Sklavenhandels auszumerzen. Der Ruf, den ihm seine Siege gegen Zubehr und Suliman eingebracht hatten, war ihm vorausgeeilt, und so war der Widerstand in der Bevölkerung gering. Für die meisten war er ein Befreier, und sie bewunderten seine Art, wie ein Robin Hood durch ein für Europäer mörderisches Klima zu jagen, um seiner Aufgabe nachzugehen. Was sich dann entwickelte und warum, kann man nur vermuten. Der Sklavenhandel hatte die Bevölkerung lange so hart bedrängt, dass sie nur auf ihr Überleben fixiert war und gerade genug Luft zum Atmen hatte, mehr aber nicht. Jetzt war eine Situation entstanden, in der die unmittelbare Bedrohung für Leib und Leben entfallen war, und es gab mit Gordon einen Mann, den sie mit eigenen Augen gesehen hatten, der das Joch für sie abgeschüttelt hatte. Von da an wussten sie, dass es möglich war. Die Erkenntnis in der Bevölkerung reifte, dass es noch einen weiteren Unterdrücker gab, weniger schlimm als die Sklavenhändler, aber einer, der der wirklichen Freiheit noch im Weg stand. Für die Leute war es nicht nur Ägypten, sondern sie benannten den Hintermann: der Türke. Der war es, der noch Abgaben forderte und ihre Freiheit beschnitt. Es war nicht verwunderlich, dass der kollektive Wunsch der Menschen, sich gegen die Türken zu erheben, irgendwann jemanden ermutigen würde, sich zu ihrem Führer aufzuschwingen. Dieser Jemand hatte den sehr gewöhnlichen Namen Muhammad Ahmad und war in Armut in einer unbedeutenden Familie aufgewachsen. Was seinen Mut so sehr anstachelte, zu behaupten, er sei ein Ashraf, ein Nachfahre des Propheten, kann man nicht sagen. Wer hatte dem kleinen Korsen seine Großartigkeit eingeflüstert, es passiert hier und da in der Weltgeschichte, Eure Majestät.«

Victoria sagte: »Und fast immer bringen diese Leute Unglück über andere Menschen. Es sollte jeder bei der ihm zugedachten Rolle bleiben.«

Salisbury strich sich durch seinen Bart und fuhr fort: »Der Vater des Jungen war Prediger gewesen und hatte vor seinem Tod noch die Zeit, den Samen zu legen, indem er den Sohn in einfachen Dingen des Korans unterrichtete und ihm den Wunsch einpflanzte, ebenfalls Prediger zu werden. Und dann stand dieser plötzlich allein da, ohne Vater in der Welt. Er ging vom Land, aus der Provinz Dongola kommend, in die große Stadt Khartum. Es fanden sich ein Lehrer und im Laufe der Zeit auch eigene Schüler. Mit diesen zog er sich auf die Insel Abba am Nil zurück, wo er einige Jahre verbrachte. Slatin berichtet über all das sehr detailliert. Ich muss seine Ausführlichkeit erheblich abkürzen. Der Junge reifte zum Mann und hatte sich getraut, sich sogar gegen seinen Lehrer und Meister aufzulehnen, der im gesamten Land berühmt war. Er bezog seinen Mut wohl aus seiner asketischen Lebensweise und seiner konsequenten Haltung in der Religion. So erwarb er sich einen Ruf, der immer mehr Menschen fragen ließ, ob er der Mahdi sei, eine Art neuer Prophet auf Erden. Was ich immer merkwürdig fand an dieser Geschichte, war die vorgebliche Bereitschaft der in ihrer Religion eher schlicht erzogenen Bevölkerung, nach dem Erlöser Ausschau zu halten, eine Hingabe, so groß, wie man sie nur von Juden zu kennen glaubte. Es fand sich auch ein Gleichgesinnter namens Abdullahi, dessen Verstand sich mit dem religiösen Eifer des Mahdi verbündete. Die beiden boten in einem Konflikt dem Generalgouverneur die Stirn, und es kam zum ersten ernsthaften Zusammenstoß des Mahdi mit der ägyptischen Armee. Er schaffte es, mit eindrucksvollem Pathos die Stämme des Sudans hinter sich zu versammeln, und versprach dem gesamten Volk die Befreiung von allen Ausländern, von allen Abgaben und der Unterjochung durch Ägypter, Türken und Briten. Er, der Mahdi, versprach denen, die fallen würden, die Gunst Gottes und einen Platz im Paradies und denen, die überleben würden, ihre Ehre, die sie zum Lohn zurückerhielten. Wenn Sie mir die Bemerkung gestatten, Eure Majestät, Versprechen, die ihn nichts kosten würden und deren Erfüllung kein Mensch überprüfen konnte. Ein begabter Demagoge.«

Die Queen bemerkte: »Ja, bitte, verzeihen Sie den unpassenden kleinen Scherz, ich fühle mich an einen Ihrer Vorgänger erinnert, aber immerhin hat er Ägypten in seiner Amtszeit gesichert.«

Salisbury fuhr fort: »Die Ägypter schickten zwei Kompanien aus Khartum zur Insel Abba, wo der Mahdi und Abdullahi sich aufhielten, um dem Spuk ein Ende zu bereiten, aber die Ägypter schlugen sich selbst, die eine Kompanie erschoss im Dunkel der Nacht die andere. Den kümmerlichen Rest erledigte der Mahdi mit seiner kleinen Truppe. Daraufhin festigte sich sein Ruf, dass er der Auserwählte sei. Weil dem Mahdi bewusst war, dass weitere Truppen geschickt werden würden und sie zu nah an der Hauptstadt waren, zogen sie sich in die Berge Kordofans zurück, wo sie vorläufig außerhalb des Einflussgebiets von Khartum waren, sich dabei aber unversehens in das von Faschoda begeben hatten. Der dortige ägyptische Befehlshaber war noch unfähiger und ließ seine 400 Mann vom Mahdi abschlachten. Der entscheidende Erfolg aber kam erst danach. Bis hierher war es eine Armee von Hungerleidern, die kaum mehr hatten als das Hemd auf ihrer nackten Haut, mit ein paar Stöcken bewaffnet. Die Reichen hatten sich noch nicht zum Mahdi bekannt, nur die Armen waren ihm bis dahin hinterhergezogen. Als Ägypten eine Armee von 4000 Mann schickte, war diese so siegessicher, dass sie ihr Nachtlager unbewacht ließ. Der Mahdi und seine Habenichtse metzelten alle Männer im Schlaf nieder. Es war ein Wendepunkt, weil sie zum ersten Mal eine große Menge an Waffen in die Hände bekamen und ihnen nun das gesamte Land glaubte, dass sie mit dem Propheten an ihrer Spitze kamen. In den nächsten Wochen und Monaten konnten die Ägypter nur noch ihre Garnisonen in den großen Städten halten, die anderen wurde von den Mahdisten, die jetzt überall im Land waren, massakriert.«

Die Königin fragte: »War das nicht um die Zeit, als in Ägypten selbst ein Aufstand ausbrach? Als Gladstone endlich mal richtig reagierte, selbst wenn auch da wieder erst nach langem Zögern?«

Salisbury antwortete: »Absolut richtig, wir schickten 25.000 Mann nach Ägypten, und Lord Wolseley als Oberkommandierender übernahm schnell und effektiv die Kontrolle, und wir setzten den neuen Generalkonsul Baring, nunmehr Lord Cromer, ein. Aber lassen Sie mich das hervorheben, zu dem Zeitpunkt waren es die

Ägypter selbst, die den Mahdi unbedingt zur Strecke bringen wollten. Wir hatten uns damals eine Politik der Nichteinmischung in den Sudan auferlegt. Diesmal war es beileibe kein Wunder mehr, dass die 8000 Mann der Ägypter gegen die mittlerweile gut ausgerüsteten 40.000 Mann des Mahdi einfach im Wüstensand versanken. Der Sudan hatte sein erstes Kapitel in den Geschichtsbüchern gefüllt, und die westlichen Provinzen hatten sich unter der Führung des Mahdi von aller Fremdherrschaft befreit. Eure Majestät, ich muss Sie darauf hinweisen, dass ich die Geschichte hier wieder sehr stark verkürzen muss. Das liegt auch daran, dass unsere eigene Regierung ab einem bestimmten Zeitpunkt keinen klaren Kurs mehr hatte. Manche Stimmen wollten sich ganz aus Ägypten und dem Sudan zurückziehen, andere wollten bleiben, ohne sich einzumischen, wieder andere gaben der ägyptischen Führung Ratschläge in einer Art, die einer klaren Einmischung gleichkam. Für meinen Geschmack war es ein fürchterliches Durcheinander. Lord Cromer und der Khedive fingen an, sich über den Führer zu beratschlagen, der den Sudan für die Ägypter zurückgewinnen sollte. Auch der Name Gordons fiel damals, aber die Ägypter lehnten einen Christen für einen so religiös angeheizten Konflikt ab. Schließlich einigten sie sich auf den von Gordon gefangen genommenen Zubehr als ihren Mann, den Sklavenhändler. Lord Cromer hatte seinerzeit geäußert, dass der Mann zwar vielleicht Fehler hätte, aber doch über die benötigte Energie und Entschlossenheit verfügte. Aber wir konnten den Mann nicht akzeptieren, obwohl er vielleicht der Richtige gewesen wäre. Am Ende der politischen Irren und Wirren, deren Ursache im Wesentlichen wir selbst waren, wurde Gordon ausgewählt und mit widersprüchlichen Zielsetzungen in den Sudan zurückgeschickt.«

Die Königin warf ein: »Ich erinnere mich noch an Gladstones Satz vom Volk, das mit Recht für seine Freiheit kämpft.«

Salisbury fuhr fort: »So war es, Eure Majestät. Und so begab sich Gordon mit falschen, entgegengesetzten Erwartungen der verschiedenen Parteien in einen Konflikt, der den Sudanesen wie ein Kreuzzug vorkommen musste und ihren neu entfachten Glauben in allem Furor auferstehen ließ. Gordon ging guten Mutes in sein Unglück, das wir ihm mit dem politischen Hick-Hack bereitet hatten.«

Die Queen sagte: »Gladstone war damals der Meinung, dass sich Gordon einfach in sein Schiff hätte setzen und nach Hause kommen sollen. Immerhin habe ich mir auch die Frage gestellt, warum er so starrsinnig das belagerte Khartum verteidigen wollte, fast ein Jahr lang. Im Grunde waren beide die gleichen Dickköpfe, Gladstone wie Gordon.«

Salisbury sagte: »Ich kann Eurer Majestät nicht widersprechen, und doch wurden die rettenden Truppen von ihm entsandt, nur kamen sie zwei Tage zu spät und retteten niemanden mehr. Das eben machte daraus die Tragödie, die auch durch Gordons eigene Journale danach für die Welt so aussah wie das, was es auch wirklich war: eine schandvolle Niederlage für unser Land und ein Triumph des barbarischen religiösen Fanatismus. Es ist am Ende nicht die Niederlage selbst, sondern das, was sie in den Köpfen der Menschen ausgelöst hat, weshalb wir handeln und unseren Fehler korrigieren mussten.«

Die Queen fragte: »Was hat sich in den letzten mehr als zehn Jahren geändert, dass wir sicher sein können, diesmal erfolgreicher zu sein?«

Lord Salisbury erwiderte: »Lassen Sie mich erzählen, was im Sudan während dieser Zeit passiert ist, es ist in wenigen Sätzen erklärt. Nennenswerte Zusammenstöße zwischen sudanesischen Truppen und der ägyptischen Armee hat es keine mehr gegeben. Der Mahdi starb wenige Monate nach Gordon und ernannte Abdullahi auf dem Totenbett zu seinem Nachfolger. Dieser nennt sich nun Khalifa, ist also kein Prophet mehr, sondern ein gewöhnlicher Befehlshaber, allerdings ein fähiger, wie es scheint, sonst hätte er nicht bis auf den heutigen Tag überlebt. Er hat die letzten Jahre mit Kriegen aller Art, darunter einen gegen Abessinien, verbracht. In der Zwischenzeit hat er die Sammlung feindlicher Schädel in seiner Grube in Omdurman weiter gepflegt.

Nachdem wir Kairo eingenommen hatten, mussten wir uns als Erstes um die ägyptischen Finanzen kümmern. Nur durch die energischen Maßnahmen, die wir ergriffen haben, konnten wir einen Staatsbankrott abwenden.«

Hier merkte die Queen an: »Ich glaube, wir haben alle aus dem Bankrott Argentiniens vor ein paar Jahren gelernt. Und Lord Cromer ganz besonders, war es doch die Bank seines Bruders, die beinahe bankrott gegangen wäre.«

Salisbury schloss an: »Ganz genau, Eure Majestät, und wenn Rothschild und sein Konsortium nicht für die Schulden der Baring Bank gebürgt hätten, wäre womöglich der gesamte private Bankensektor Englands in den Abgrund gerissen worden. Der Generalkonsul wusste also sehr genau, wie die Prioritäten gesetzt werden mussten. Als Nächstes haben wir eine funktionierende Administration aufgebaut, und, Eure Majestät, eine der Hauptschwierigkeiten dabei war die orientalische Mentalität. Die Ägypter wollten entweder selbst Herr und Meister ihres Landes sein oder in uns einen Meister haben. Niemand verstand am Anfang, dass wir weder das eine noch das andere anstrebten, sondern die Ägypter selbst dazu bringen wollten, sich diese grundlegenden Fertigkeiten zum Aufbau und Erhalt eines Staatswesens anzueignen. Nachdem wir den finanziellen Kollaps vermieden hatten, haben wir im nächsten Schritt den Staat in die Lage versetzt, fällige Rechnungen und Abgaben zu zahlen. In den letzten Jahren wurde sogar ein jährliches Guthaben erwirtschaftet. Das alles ist das Resultat vieler Jahre nüchterner und effizienter Verwaltung, ordentlicher Buchführung, konsequenter Durchsetzung einer gerechten Besteuerung, der radikalen Vermeidung aller Arten von Verschwendung, Erleichterungen, wo sie notwendig sind, und öffentlichen Arbeiten, die dem Gemeinwesen zugutekommen. Letzteres bedeutet in Ägypten vor allem, die Bewässerung der Felder zu gewährleisten, Schutz vor Überflutungen und Vorsorge gegen Dürren. Das Ergebnis dieser Anstrengungen ist nun ein Gewinn für die Ägypter selbst, aber auch für die Bond-Inhaber. Auf der militärischen Seite haben wir die untaugliche ägyptische Armee aufgelöst und nach britischen Prinzipien vollständig neu aufgebaut. Wir haben den Bau der Eisenbahn im Süden vorangetrieben, um uns eine dauerhafte zivile und militärische Infrastruktur zu schaffen, und wir haben einen Nachrichtendienst aufgebaut, der uns wertvolle Informationen über die innere Struktur des Sudans geliefert hat. Alles, was Lord Wolseley an Erkenntnissen fehlte, als er in Kairo an Land ging, wurde systematisch zusammengetragen. Wir haben die Geschichte, das Klima, die Geografie und die Einwohner des Landes studiert, haben Landkarten gezeichnet und Kataloge mit den militärischen Stützpunkten und deren Struktur und Stärke angelegt, wir haben unsere Spione bis in das Haus des Khalifa geschickt, um alle Details zu sammeln. Durch die Berichte von Ohrwalder und Slatin haben wir unsere letzten Lücken geschlossen. Wir sind über das Reich der Derwische jetzt umfassend informiert. Wie Sie wissen, hat gerade der Bericht von Slatin geholfen, die Stimmung in England zu drehen. Angesichts des Entsetzens und der Erschütterung über die Grausamkeiten des Khalifa stehen die Leute einer Rückeroberung des Sudans jetzt sehr aufgeschlossen, teilweise sogar euphorisch gegenüber. In meinem Kabinett gibt es einige Minister und Staatssekretäre, die Gladstones Politik schon immer für falsch gehalten und beständig kritisiert haben. Sie brennen jetzt darauf, die Politik der vorherigen Regierung zu korrigieren, den entstandenen Schaden wiedergutzumachen und dem öffentlichen Enthusiasmus zu geben, wonach er verlangt. Ich habe wenig Anlass, ihre Tatkraft zu bremsen. Unsere große Mehrheit im Parlament gibt uns den Handlungsspielraum, den wir brauchen.«

Die Queen sagte: »Lassen Sie mich zuerst sagen, lieber Lord Salisbury, dass es ein Segen ist, eine so starke Regierung zu haben, geführt von einem Premierminister wie Ihnen. Ich sehe, dass die Arbeit in Ägypten sehr gewissenhaft und gründlich getan wurde, und möchte Ihnen dazu gratulieren, Lord Salisbury, auch wenn andere daran sicherlich ihren Anteil hatten.«

Er fuhr fort: »Das ist wahr, lassen Sie mich Eure Majestät darauf hinweisen, dass die Fortschritte vor allem der Arbeit zweier Männer zu verdanken sind, ohne deren unermüdliche Beharrlichkeit, Fleiß und Können wir nicht da stünden, wo wir heute in Ägypten stehen, dem Generalkonsul Lord Cromer, der Großes geleistet hat und den man gar nicht genug loben kann, und dem Oberbefehlshaber der Armee Horatio Herbert Kitchener. Das sind die Männer, denen wir vertrauen, um die Schmach von Khartum zu tilgen. Am Tag der Abreise Eurer Majestät aus England hierher hat der Generalkonsul Kitchener die Vollmacht für einen Feldzug in der Provinz Dongola erteilt, jene Provinz, aus der der Mahdi stammte.

Die Queen sagte: »Vielen Dank, Lord Salisbury, das war eine sehr interessante Zusammenfassung mit einem ermutigenden Ausblick. Für heute soll das reichen. Lassen Sie uns in den nächsten Tagen mit den Erörterungen fortfahren, wie wir weiter vorzugehen gedenken.«

# Pflanzen

»Ist Ihnen, meine Damen, schon einmal aufgefallen, dass Pflanzen für den Menschen fast immer gut riechen? Deutet das nicht darauf hin, dass Pflanzen die besten Freunde des Menschen sind?«, fragte der Botaniker.

Und die Königin erwiderte: »Ja, aber gibt es nicht andererseits viele giftige Pflanzen?«

Der Professor antwortete: »Das ist wahr, Eure Majestät. Aber das ist das Gebot des Lebens und die Zielrichtung aller Kreaturen, sich selbst zu erhalten und zu vermehren. Und wenn man die Pflanzen studiert und ihre Gifte kennt, dann hat man in geringerer Dosierung ein Heilmittel.«

Victoria fragte: »Wollen Sie damit sagen, dass jedes Gift auch gleichzeitig eine Medizin ist?« –

»Ja, das wage ich zu behaupten, es ist auch umgekehrt wahr, dass jedes Heilmittel, zu stark dosiert, Schäden anrichtet«, antwortete der Professor.

Nachdem Beatrice das Gesagte für sie auf Französisch übersetzt hatte, sagte Eugénie etwas zu überschwänglich: »Quelle présentation instructive, Monsieur le Professeur!«, und an Victoria gewandt: »Merci ma chère, de m'avoir invité à cette intéressante excursion.«

Victoria erwiderte: »Je suis content que tu l'aimes. Le professeur te comprend d'ailleurs si tu réponds en français. Malheureusement, il ne peut faire son exposé qu'en allemand, car il ne parle pas assez. Je vais lui demander de toujours dire les noms des plantes avec leur nom latin, ainsi tu comprendras peut-être même certaines choses sans l'aide de Béatrice.«

Der Pflanzenkundler fuhr fort: »Nun, meine Damen, schauen Sie, hier haben wir nicht nur die Medizin, sondern auch die Küche. Nehmen Sie diese kleinen blauen Blüten des Rosmarins.« Er bückte sich, zupfte ein paar der Blätter und bot sie Victoria, Eugénie und Beatrice zum Riechen an. »Zerreiben Sie die Blätter in Ihren Händen und versuchen Sie, den Duft einzuatmen. Die Öle der Pflanze sind sehr intensiv, verflüchtigen sich aber auch sehr schnell. Darin besteht aber auch der Reiz dieses kurzen Moments, dass er sich nicht bewahren lässt. Rosmarin ist übrigens eine der Pflanzen, die auch in nördlicheren Breitengraden wächst. Ich bin nicht sicher, ob der Rosmarin auch in England gedeiht, aber Karl der Große hatte seinerzeit die Pflanzung in seinen Gärten angeordnet und so die Verbreitung in den nördlicheren Teilen Frankreichs und in Deutschland gefördert.«

Die Frauen rieben und rochen gleichzeitig, wie geheißen, und Victoria sagte: »Ich kann mich nicht erinnern, dass ich Rosmarin schon irgendwo in England gesehen hätte, oder irre ich mich, Beatrice?« Der Professor ließ sich zwar nicht durch die Bemerkung Victorias unterbrechen, griff aber ihren Vorschlag mit den lateinischen Namen auf und fuhr fort.

Mit seiner kindlichen Begeisterung steckte er die Frauen an: »Oder dort, sehen Sie die Thymiansträucher mit den hübschen rosafarbigen Blüten? Damit ließen sich doch schon ein paar Speisen würzen. Der lateinische Name von Rosmarin ist übrigens Salvia rosmarinus und der dieses Thymians, der unten flach auf dem Boden wächst, ist Thymus vulgaris, eine Pflanze, die, was gar nicht so selten ist, gleichzeitig als Medizin und Gewürz genutzt wird.«

Beatrice scherzte mit einem suchend umherschweifenden Blick: »Dr. Reid, Lord Clinton, haben Sie sich die Anmerkungen des Professors notiert?« Sie beeilte sich mit der Übersetzung und der Erklärung, dass Lord Edward Clinton ihr Haushaltsvorstand war, damit Eugénie in das allgemeine Lachen noch verständig einstimmen konnte.

Nach einer kleinen Pause fuhr der Botaniker fort: »Pflanzen werden auch zu allerlei anderen Zwecken genutzt, wie die Damen wahrscheinlich wissen. Die Palmenblätter werden zu Blumenvasen, Ampeln, Körbchen und Fruchtschalen verarbeitet. Und aus dem Pfriemenginster, der dort drüben auf beinahe kahlem Felsen wächst, mit seinen dünnen grünen Ästen und den großen gelben Blüten, lateinisch Spartium junceum, werden Körbe, Netze und selbst Schuhe geflochten. Aber, Vorsicht, dieser Ginster ist giftig, meine Damen!« Seine letzte Bemerkung löste erleichterte Erheiterung aus, weil niemand vom Ginster gekostet hatte. Er fuhr fort: »Im Gegensatz zur immergrünen Steineiche, Quercus ilex, und zahlreichen anderen Pflanzenarten, die sich, wie schon erwähnt, im Schutz der Maquis zu Sträuchern entwickelten, haben sich die beiden beherrschenden Baumarten nicht nur an diesem Cap, die Aleppokiefer, Pinus halepensis, und die

Strandkiefer, Pinus pinaster, nie dem Refugium der Maquis unterworfen, sondern nur dem Wind. Sehen Sie die Exemplare da drüben rund um den Leuchtturm, wie sie je nach Stand vom Mistral, vom Scirocco, von Levante oder Poniente gebeugt wurden. Man glaubt bei einigen, dass sie gleich ganz auf den Boden stürzen müssten, so schief wie sie stehen, was jedoch, Gottlob, meistens nicht geschieht.«

Die Damen waren mehr an den Blumen als an den Bäumen interessiert, und so lenkte Victoria das Gespräch darauf zurück: »Herr Professor, auf dem Weg hierher sind wir an großen Pflanzungen von Hyazinthen, Narzissen und anderen wunderschönen Blumen vorbeigekommen. Es waren viele derselben Blumen, die mir auch auf der Bataille des Fleurs gereicht wurden, wenn ich mich nicht irre.«

Und der Botaniker erklärte: »Ja, das ist richtig. Diese Blumen werden hier gepflanzt und dann dem Karneval verkauft oder blumenarmen Nordländern wie meinem Deutschland«, dabei lachte er kurz und fuhr fort: »Diese Art des Blumenhandels hier an der Riviera entstand erst um die Mitte des Jahrhunderts, als unter anderem ein gewisser Alphonse Karr die Einträglichkeit dieser Art von Geschäft entdeckt hatte. Dass daraus die Blumenschlachten entstanden, war sicher als zuträgliche Entwicklung gewollt. Davor hatte man Blumen eher zur Herstellung von Parfüms gezogen. Wenn die Damen vielleicht schon einmal Grasse besucht haben, werden Sie vielleicht an der süßen Akazie, Acacia farnesiana, gerochen haben. Dieser Pflanze aus der Unterfamilie der

Mimosen gebührt einer der höchsten Preise des Wohlgeruchs. Von der Parfümindustrie, die ihre Aromen ausgiebig nutzt, wird sie auch Fleurs de Cassis genannt.«

Die Damen nickten ihm stumm zu, weil sie alle schon dort gewesen waren.

Der Professor fuhr ohne Unterbrechung fort: »Nun, was die übrigen Blumen hier an der Riviera angeht, sind in den letzten fünfzig Jahren die Pflanzungen beinahe lückenlos von Toulon bis Genua angewachsen. So sind unsere modernen Zeiten, alles wird zum Geschäft gemacht, alle denken an Profite. Immerhin stinken diese Geschäfte nicht wie eine Dampflokomotive, wenn ich mir diesen kleinen Scherz erlauben darf.«

Beatrice fragte den Botaniker: »Herr Professor, wenn wir uns, weil wir ja leider nicht jeden Tag ihre gelehrte Gegenwart in Anspruch nehmen können, einmal in einem Garten umsehen möchten, welchen könnten Sie uns zum Selbststudium empfehlen?«

Der Professor antwortete: »Das ist eine sehr gute Frage, werte Prinzessin, und ich freue mich, dass ich keine Sekunde mit meiner Antwort zögern muss. Ohne jeden Zweifel kann ich den Garten Ihres Landsmanns, Herrn Thomas Hanbury, empfehlen. Wenn Sie einmal in Menton sind, ist es von dort nur ein kurzer Ausflug Richtung Osten auf ein kleines Cap, das dieser Garten in Gänze bedeckt.«

Victoria bemerkte in Richtung Beatrice und Eugénie: »Das ließe sich vielleicht einmal mit einem Besuch bei Franz Joseph und Sisi verbinden.«

Und Eugénie seufzte: »C'est une très bonne idée, chère

Victoria. Je ne les ai pas vus depuis longtemps. Je manque l'époque où, lorsque je me baignais dans la mer, je cachais toujours mes bijoux sous la même pierre que Sisi.«

Der Botaniker fuhr fort: »Herr Hanbury bewohnt den Palazzo Orengo auf dem Areal, ermöglicht aber den öffentlichen Eintritt Montag- und Freitagnachmittag gegen Zahlung eines Franc. Lobenswerterweise spendet der Besitzer dieses Geld dem Krankenhaus von Ventimiglia. Dieser Garten ist von Herrn Ludwig Winter entworfen worden und gleicht, ich getraue es mich, diesen Ausdruck zu gebrauchen, einem Feenreich der Pflanzen. Herr Winter war vorher Obergärtner der Tuilerien und von Herrn Hanbury nicht leicht für eine Arbeit zu gewinnen, die dann schließlich fünf Jahre gedauert hat. Aber das Ergebnis der Anstrengungen ist wahrhaftig sehenswert. Herr Winter importierte Pflanzen aus Australien, Neuseeland und Kalifornien, offenbar hatte Herr Hanbury keine Kosten gescheut. Was man dort zu sehen bekommt, ist gleichsam eine Weltausstellung der Pflanzen, Sie finden dort Exemplare aus Südamerika, Indien und dem Himalaya, Kaffee-, Tee- und Kolasträuche. Der langjährige Gärtner, Herr Gustav Cronemeyer, der leider vor Kurzem verstorben ist, hat ein Verzeichnis erstellt, das über 3600 Arten umfasst. Und wenn ich mich richtig an seinen Namen erinnere, wird dieses imposante Register gerade von seinem Nachfolger, einem Herrn Dinter, eifrig fortgeführt. Das Verzeichnis, das allein über 90 verschiedene Arten der Gattung Acacia enthält, sowie die Samen und Früchte der Pflanzen wurden botanischen Einrichtungen in aller Welt zur Verfügung gestellt, weil dies eine andere der vielen löblichen Ambitionen des Herrn Hanbury ist, nämlich die Wissenschaft durch sein Tun großzügig zu fördern. Was diesen Garten aber außerdem vor vielen anderen auszeichnet, und ich komme damit auf Ihre Frage zurück, werte Prinzessin, ist, dank der wissenschaftlichen Bemühungen des Herrn Hanbury, eine Beschilderung der allermeisten Pflanzen, sodass man sich zusammen mit dem Aussehen und den Gerüchen auch den Namen einprägen kann. Damit ist auch dem Laien ein Studium möglich, das, wenn man so will, Früchte tragen kann«, fügte er mit kurzem Lachen an.

Beatrice sagte: »Vielen Dank für diesen ausgezeichneten Ratschlag, Herr Professor. Ich glaube, ich würde diesen Garten sehr gern einmal mit meiner Leinwand besuchen. Vielleicht könnten wir auch Fotografien anfertigen, nicht wahr, Monsieur Paoli?«

Nun war es Victoria, die eine Frage an den Botaniker hatte: »Was können Sie uns über die Zitronen sagen, denen man in Menton ein so wunderbares Fest gewidmet hat, dass man gar nicht weiß, ob man den Karneval in Nizza oder in Menton verbringen soll.«

Der Gelehrte antwortete: »Eure Majestät wissen ja sicher als Oberhaupt einer seefahrenden Nation, dass es eine der segensreichsten Wirkungen der Zitrone ist, den Skorbut zu bekämpfen, die berüchtigte Mund- und Zahnfleischfäule, die in früheren Zeiten manchem Seemann das Leben gekostet hat. Aber von den wissenschaftlich belegten Wirkungen abgesehen, ist es auch die

Wirkung auf die Seele, die in unserer Kultur ihre Spuren hinterlassen hat. Lassen Sie mich darüber meine persönliche Vermutung äußern. Für den Betrachter bietet ein vollbehangenes Zitronenbäumchen einen Anblick, als ob es Dutzende kleiner Sonnen trüge, so hell und heiter hängen die Früchte an ihm. Der Anblick muntert auch beladene Gemüter auf und löst in manchem schwer zu stillende Sehnsüchte aus, gerade während unserer kalten und dunklen Winter im Norden. Neben dem Blau des Himmels ist es ein Bild, das auch mich manchmal träumen lässt, wenn die Winternebel bei uns wabern. Dabei muss ich darauf hinweisen, dass das, was wir heute im Deutschen als Zitronen bezeichnen«, da stockte der Professor, weil ihm eingefallen war, dass Beatrice all seine Ausführungen für Eugénie übersetzen musste, und schob ein: »Verzeihen Sie mir, bitte, Prinzessin Battenberg, hier wird das Übersetzen vielleicht etwas schwierig und wahrscheinlich wissen Sie das besser als ich, aber ich glaube, im Englischen und Französischen ist man präziser.« Dann führte er den angefangenen Gedanken weiter: »Dass man also Zitronen vielleicht zutreffender als Limonen bezeichnen sollte, um den Unterschied der verschiedenen Arten der Gattung Citrus zu verdeutlichen. Im Übrigen hat der Hanburygarten alle der hierzulande anzutreffenden Arten im Bestand, den zu studieren, ich weiß, ich wiederhole mich, ich Ihnen nur ans Herz legen kann. Nun, wie dem auch sei, Citrum war im alten Rom zunächst überraschenderweise die Bezeichnung des Holzes einer nordafrikanischen Konifere, Callitris quadrivalvis, das die Römer zum Bau von Kleiderkisten benutzten, weil es offenbar gut gegen Motten schützte. Als sie bemerkten, dass Zitronen dieselbe Eigenschaft vielleicht sogar in größerem Maß besaßen, nutzten sie den Begriff fortan für das, was wir heute Zitronen nennen, und Citrus wurde zum Gattungsbegriff für alle seine Arten. Entschuldigen Sie, bitte, meine Damen, ich bin nicht sicher, ob Sie mir noch folgen können?«

Eugénie seufzte: »Je ne comprends plus rien maintenant.«

Und Beatrice sagte mit leichter Verzweiflung: »Entschuldigen Sie, bitte, Herr Professor, aber ich konnte Ihnen nicht mehr folgen.«

Paolis Gesicht ließ einen Anflug von Zufriedenheit erkennen, als ob er diese Art von Gelehrtenvorträgen kannte. Victoria hatte das Gefühl, dass sie die Situation retten musste, weil es ihre Frage gewesen war, die den Professor in Verlegenheit gestürzt hatte. Sie gab ihm schließlich einen Wink in dem Tonfall, in dem sie gewöhnlich ihre indischen Diener aufforderte, ihren Rollstuhl zu ziehen (»Pull it, man!«), und sagte: »Sehr geehrter Herr Professor, lassen Sie einfach die Wissenschaft beiseite, das ist für uns Frauen offenbar zu kompliziert, und sagen Sie uns stattdessen, wie die Zitronen hierherkamen.«

Der Professor zog ein Gesicht, als ob er unversehens in seinen Gesprächsgegenstand gebissen hätte, fuhr aber tapfer fort: »Jedenfalls hat offenbar auch den Römern der Anblick so gefallen, dass der Zitronenbaum in Mode kam, und so sah man ihn in den Gärten und den Säulenhallen der Villen in großen Kübeln stehen. Dazu kommt, dass er durchgängig grünt und blüht und Früchte trägt, er also ganzjährig einen erbaulichen Anblick bietet.« Hier schien es, dass der Professor sich wieder einigermaßen gefangen hatte, denn er antwortete nur etwas verspätet auf die Frage der Königin: »Zur Ansiedlung von Zitronenbäumen im östlichen Mittelmeerraum kam es im Zusammenhang mit den Feldzügen Alexanders des Großen, denn die ursprüngliche Heimat der Zitrusfrucht war Asien.«

Victoria konnte sich nicht enthalten, beinahe mit Entzücken zu rufen, wohl um dem Professor vollends wieder in den Sattel zu helfen: »Also haben Feldzüge auch ganz unerwartet ihr Gutes!«

Der Professor nahm die Bemerkung der Königin dankbar auf und erklärte: »Tatsächlich waren es wiederum Kreuzfahrer, die sie aus Palästina und Syrien an die ligurische und auch hierher an die französische Küste gebracht haben. Insofern haben Sie vollkommen recht, Eure Majestät.«

Beatrice nutzte die kleine Gesprächspause und fragte an alle gewendet: »Und, ist irgendjemand hungrig? Ich glaube, wir haben uns eine Stärkung verdient, und vielleicht sollten wir das kalte Hühnchen mit etwas Rosmarin würzen, was denken Sie, Monsieur Paoli?« Unter dem Kommando Lord Clintons wurden Tische und Stühle aufgestellt, Decken ausgebreitet, Besteck und Geschirr platziert, Flaschen entkorkt und zunächst ein kleiner Imbiss als Vorspeise serviert. Auf dem mobilen Teeset wurde das Wasser erhitzt. Die geschäftige Abfolge dieser erprobten Gewohnheiten steigerte die Vorfreude der Gäste. Das Gesicht Paolis belebte sich, als er fragte: »Liebe Prinzessin Battenberg, haben wir denn auch einen guten Rotwein eingepackt?«

Und Beatrice erwiderte lachend: »Aber sicher, Monsieur Paoli, wie könnten wir den vergessen haben? Ich glaube, wir sollten sogar Ihren Barolo dabeihaben.« Während des Essens wendete sich das Gespräch von den wissenschaftlichen und historischen Betrachtungen ab und widmete sich wieder den Küchenthemen, die kreuz und quer besprochen wurden und an denen sich jeder beteiligen konnte.

Eugénie rief in Richtung Victoria: »Comme elles sont délicieuses, ces herbes fraîches. Elles sont d'autant plus savoureuses lorsqu'on les a cueillies soi-même!« Und Victoria lachte zurück: »Oui, on pourrait s'y habituer, j'aurais aussi besoin du professeur en Angleterre pour suivre le romarin là-bas.«

Paoli nutzte die Gelegenheit, um den Professor beim Thema Wein zu testen, einem Gebiet, auf dem er sich dank seiner Herkunft, halb Italiener, halb Franzose, selbst für einen Experten hielt: »Welchen Wein bevorzugen der Herr Professor, vielleicht einen Bordeaux, einen der vorzüglichen Rhoneweine oder doch lieber einen italienischen?« Der Professor, ungewöhnlich kurz angebunden, nahm Paoli seinen Spaß: »Oh, Monsieur Paoli, da bin ich sehr anspruchslos, ich bin mit jedem hiesigen Tischwein meistens sehr zufrieden.«

Beatrice bemerkte in Richtung des Botanikers: »So teilen wir, lieber Herr Professor, also offenbar das gleiche Schicksal der Nordländer, denen es stets nur für kurze Zeit vergönnt ist, hier in diesem Paradies zu verbringen.«

Und sie erhielt zur Antwort: »Dieser Gedanke, verehrte Prinzessin, geht mir auch immer wieder durch den Kopf, wenn ich zu Hause in Deutschland an meinem Schreibtisch sitze. Allerdings ist es auch so, dass ich mich ebenso oft frage, was denn wäre, wenn ich hier bei La Mortola im Garten Hanbury lebte wie sein Besitzer, inmitten all der Pracht und Schönheit. Wonach würde ich mich noch sehnen, wenn sich mein Gemüt an diesen Anblick gewöhnt hätte? Ist dieses Sehnen, das man schmerzhaft empfindet, nicht eigentlich auch ein innerer Reichtum unserer Vorstellungskraft?«

Beatrice erwiderte: »Ich glaube, dass Sie es für sich so nennen dürfen, denn es sind Ihre Kenntnisse, die Sie bereichern und Ihre Vorstellung ermöglichen. Unsereins darf sich glücklich schätzen, wenn sich uns, so wie heute, dieses Wissen mitteilt. Dafür sind wir Ihnen sehr zu Dank verpflichtet.«

Der Professor bemerkte, an Victoria gewandt: »Eure Majestät haben sich genau die richtige Zeit im Jahr ausgesucht, um die Riviera aufzusuchen. Ich komme ebenfalls immer im März und April, wenn mir die Universität und die Studenten die Zeit lassen.«

Victoria antwortete: »Ja, es scheint mir wie eine glückliche Fügung, dass mein sonst so fordernder Kalender es gestattet. Es regnet zwar manchmal auch sehr kräftig, aber das ist es ja, wie Sie bereits sagten, was die Pflanzen brauchen. Und um ehrlich zu sein, das schreckt mich im Vergleich zu Schottland wenig.« Hier lachte Victoria kurz auf, bevor sie fortfuhr, während Eugénie scheinbar unentschlossen auf ein paar Oliven blickte: »Was wir hier in der Zeit dagegen nicht erleben, ist die Olivenernte. Die findet im Herbst statt, glaube ich?«

Der Professor erwiderte: »Ja, das ist richtig, nach einem alten Brauch ist der traditionelle Tag der Olivenernte der 21. November, die sich dann üblicherweise in den Dezember hineinzieht. Aber ich kann Ihnen sagen, dass, bedingt durch ungünstige Witterungsverhältnisse, ich bei meiner Anreise im Frühjahr 1891 erstaunt feststellen musste, dass die Oliven noch an den Bäumen hingen.«

Victoria warf ein: »In dem Jahr waren wir bei Alice von Rothschild in Grasse. Ich kann mich erinnern, dass sie uns von diesem strengen Winter erzählte. Die ungewöhnlich tiefen Temperaturen unter null Grad Celsius hatten dazu geführt, dass viele ihrer Pflanzen eingegangen waren oder zumindest stark gelitten hatten.«

Der Professor fuhr fort: »Wenn Sie die Praxis der hiesigen Olivenernte interessiert, kann ich Ihnen etwas dazu aus meiner Erfahrung erzählen.«

Victoria verschaffte sich Gehör, indem sie mit ihrem Messer kurz gegen ihren Teller schlug, und fragte in die Runde: »Mesdames, Messieurs, le professeur peut nous parler de la récolte des olives. Cela vous intéresse-t-il aussi?«

Und Eugénie antwortete: »Oui bien sûr, ce qui m'intéresse c'est pourquoi les différences de qualité sont si grandes.«

Der Professor hatte verstanden und fing mit seiner Erklärung an: »Nun, westlich von Nizza legen die Olivenbauern große Tücher unter die Bäume und fangen die Oliven mit diesen auf. Allerdings wird dort, wenn man das so sagen darf, in plumper, grober Manie mit Stangen gegen die Bäume geschlagen, obwohl schon Plinius im ersten Jahrhundert nach Christi Geburt vor diesem primitiven Verfahren gewarnt hatte, weil es offensichtlich die Pflanzen schädigt. In Bordighera gehen sie anders vor und warten noch bequemer, bis die Oliven ganz reif von selbst herunterfallen. Die Früchte werden dann einfach vom Boden aufgelesen. Beide Verfahren liefern ein gleichermaßen schlechtes Öl. Eine hohe Qualität kann erreicht werden, wenn die Früchte schonend mit der Hand gepflückt und zwei bis drei Wochen vor ihrer Reife geerntet werden. Nur so bewahren die Oliven ihre Öle und Aromen. Sie haben gerade selbst die Flüchtigkeit von Pflanzenölen erlebt. Wenn die Oliven ohne Quetschungen oder Beschädigungen der empfindlichen Haut geerntet sind, müssen sie zunächst getrocknet werden, bis sie vom Wasserentzug runzlig geworden sind. Danach kommen sie in steinerne Behälter, wo sie von Mühlsteinen zermalmt werden. Schon bei diesem Schritt fällt ein wenig Öl ab, das als das Beste gilt, aber selten in den Handel kommt, weil die Bauern es selbst verwenden. Danach wird der so zubereitete Brei in Bast- oder Jutesäcke gefüllt und in einer Kelter gepresst. Bei schwachem Druck fließt das Tafelöl ab, je früher, desto besser die

Qualität. Dieses Öl wird auch als huile vierge bezeichnet. Die übrig gebliebenen Rückstände, der Trester, der jetzt schon in fester Form vorliegt, wird dann unter großem Druck in hydraulischen Pressen auch seines letzten Öls beraubt, das allerdings nicht mehr zum Verzehr geeignet ist, sondern nur noch als Maschinenöl oder zur Seifenproduktion verwendet werden kann.«

Eugénie hatte beinahe alles von Beatrice übersetzt bekommen und rief erfreut aus: »Quel travail, maintenant je comprends tout, merci beaucoup, Monsieur le Professeur!«

Der Professor fuhr fort: »Ja, meine Damen, die Verarbeitung von Oliven ist ein aufwändiger Prozess, der viel Mühe macht. Die besten Öle, die hier auf französischen Tischen landen, oft genug auch dann, wenn sie sich Provencer Öle nennen, kommen momentan aus dem südlichen Italien, aus Apulien, und zwar aus der Gegend südlich von Bari. Das war in der ersten Hälfte dieses Jahrhunderts noch ganz anders, und es spricht einiges dafür, dass die Italiener dort wiederentdeckt haben, was in Pompeji schon praktiziert wurde. Vor einiger Zeit wurde dort das antike Modell einer Ölpresse gefunden, wie sie vor fast 2000 Jahren benutzt wurde. Man rieb sich verwundert die Augen in Apulien, erkannte den Fortschritt der Technologie aus der Vergangenheit an und verbesserte erfolgreich die eigene Verarbeitung.«

Beatrice rief aus: »Oh, wie gebildet Sie doch sind, Herr Professor!« Und die anderen Frauen nickten zustimmend. Paoli wirkte wieder uninteressiert, oder vielleicht war es nicht neu für ihn.

# Der Wettlauf

»Eure Majestät haben schon von der Niederlage Italiens gehört?«, fragte Lord Salisbury.

Die Queen erwiderte: »Ich fand eine Bemerkung Lord Chamberlains darüber in meiner morgendlichen Korrespondenz.«

Salisbury fuhr fort: »Nun, das ist eine Angelegenheit, die uns Sorgen bereitet. Man könnte annehmen, dass es nur zu unserem Vorteil gereichen kann, wenn sich ein Konkurrent eine blutige Nase schlagen lässt. Aber ich fürchte, Eure Majestät, so einfach ist die Lage nicht.«

Die Königin fragte zurück: »Wollen wir dann also zunächst darüber sprechen?«

Und Salisbury antwortete: »Das wäre auch mein Vorschlag gewesen, wenn Eure Majestät ihn nicht selbst gemacht hätte.«

Die Königin bat: »Falls Sie genauere Informationen haben als Lord Chamberlain, so beginnen Sie bitte mit der Schilderung dessen, was vorgefallen ist, und schließen Ihre Einschätzung an.«

Salisbury holte hörbar Luft, um dann anzusetzen: »Erlauben Sie mir, Eure Majestät, zunächst den historischen Kontext zu rekapitulieren, in dem sich die Schlacht von Adua abgespielt hat.« Victoria ermunterte ihn mit zustimmendem Kopfnicken, und er fuhr fort: »Die italienischen Anstrengungen, sich Teile des Osmanischen Reiches anzueignen oder in Nordafrika Fuß zu fassen, registrieren wir spätestens seit dem Berliner Kongress '78. Als Folge zahlreicher Fehlschläge hatte sich die italienische Regierung dem Bündnis mit Deutschland und Österreich-Ungarn angeschlossen. Ihr Eintrittspreis in das erlesene Bündnis war der vorläufige Verzicht auf Trient und Triest, die sich weiterhin unter österreichischer Kontrolle befinden. Dafür bekam Italien freie Hand in Afrika. Im Laufe der 80er-Jahre gelang es ihnen, mehrere Häfen und Handelspunkte am Roten Meer zu etablieren und schließlich stolz ihre erste Kolonie Eritrea auszurufen. Die Deutsche Ostafrikanische Gesellschaft beendete ihre Bemühungen in dem Gebiet. Aber das stellte die italienische Öffentlichkeit nicht zufrieden, sie wollte nach dem großen Abessinien greifen. Wir sehen hier ähnliche Muster am Werk wie in Deutschland, der zweiten späten Nation.«

Victoria fügte zustimmend hinzu: »Ja, ich fühle mich an Bismarck und den Kaiser erinnert. Aber damit verglichen kommen einem die Italiener immer wie Kinder vor.«

Salisbury fuhr fort: »Eine sehr treffende Bemerkung, Eure Majestät. Die Italiener lassen sich von blindem Eifer und ihren Emotionen verführen und sich darin verlässlich berechnen. Weil ihre Armee bei Dogali vernichtet wird, verfallen sie auf Listen, auf Rosstäuschereien, wie man sie nur aus dem Orient zu kennen glaubt, und erklären kurzerhand, dass Abessinien unter ihrem Protektorat stehe. Ein Vorgehen so naiv wie kurzsichtig. König Menelik hatte daraufhin wohl noch einmal den Text seines Freundschaftsvertrags mit Italien gelesen und hatte nichts dergleichen gefunden. Das Resultat war ein Italien, das blamiert und vor Wut bebend auf Rache für die eigene Torheit sann. Warum haben wir daraufhin dennoch Verträge mit Italien geschlossen und sie in ihren fehlgeleiteten Ambitionen unterstützt? Nun, Eure Majestät wissen es natürlich. Um der geliebten Franzosen willen, in deren schönem Land wir momentan weilen.«

Die Queen merkte an: »Gemach, mein guter Lord Salisbury, wir wollen uns doch nicht wie die Italiener von unseren Gefühlen leiten lassen. Die Tatsache, dass wir hier sind, zeigt doch, dass wir in keinerlei Krieg mit Frankreich stehen. Wir sollten unsere englische Fairness nicht über Bord werfen bei diesem Wettlauf in Afrika, in dem wir uns doch allesamt messen.«

Salisbury führte weiter aus: »Genau, während die Franzosen sich nicht genierten, Waffen an Menelik zu liefern, hielten wir es mit den Italienern, um dem Gerangel zwischen Wilden und Halbstarken zumindest einen Anstrich von Rationalität zu geben.«

Die Königin merkte an: »Wir agieren eben gern nach Regeln, Lord Salisbury, nicht wahr? Es ist nur merkwürdig, dass wir unser schönes Whist mit französischem Bild spielen.«

Salisbury erwiderte: »Es ist eben in Afrika in erster Linie eine Konkurrenz mit Frankreich, so wie in Südostasien. Portugiesen, Italiener, Belgier und Spanier sind dabei, aber mehr nicht. Dies wird sich auch nicht ändern, solange sich die anderen, entschuldigen Sie den Ausdruck, Eure Majestät, furchtbaren Erwachsenen nicht zu stark breitmachen. In einem solchen Fall wäre eine direkte Konfrontation mit einer europäischen Macht beinahe unausweichlich. Zu unserem Glück lassen die Franzosen bei ihrem Vorgehen allerdings keine konsistente Strategie erkennen. Sie scheinen Afrika vornehmlich als Erweiterung ihres Kernlandes zu sehen ohne Rücksicht auf Sinnhaftigkeit. Daneben suchen sie ihre Abenteuer.«

Die Königin fragte: »Nun, Lord Salisbury, was hat sich denn in der Schlacht von Adua abgespielt?«

Der Premierminister sagte: »Entschuldigen Sie, dass ich etwas zu weit ausgeholt und Eure Majestät womöglich gelangweilt habe. Die italienischen Truppen stießen aus vier verschiedenen Richtungen vor. Sie verloren in der Nacht die Orientierung und den Kontakt untereinander. Ihre Ausrüstung war nicht gebirgstauglich, und ihre Karten hatten nicht die Qualität derjenigen Livingstones, sondern ähnelten Kinderzeichnungen. Es war für die ortskundigen Abessinier mit den Waffen, die ihnen Italien selbst für den Kampf gegen die Mahdisten ein paar Jahre vorher geliefert hatte, kein Problem, den Gegner zu schlagen. Die Unterstützung durch Frankreich und Russland, für die wir Hinweise haben, wird seinen Teil zum Erfolg König Meneliks beigetragen haben. Man hört, dass die Abessinier als Faustpfand für die anstehenden Verhandlungen mehrere Tausend italienische Soldaten gefangengenommen haben. Alles in allem wird diese Niederlage die afrikanischen Ambitionen der Italiener auf lange Zeit hinaus unmöglich machen. Sie werden noch in Jahrzehnten nur von der Rache für Adua reden können, anders als wir, die wir der für Gordon mit Zuversicht entgegensehen dürfen.«

Die Queen fragte: »Lassen Sie uns die eigenen Pläne im Sudan noch aufschieben. Ich verstehe nun die Lage, Lord Salisbury, vielen Dank dafür. Was gedenken Sie nun zu tun?«

Salisbury antwortete: »Es wird davon abhängen, wie sich Frankreich verhält. Ich rechne damit, dass sie stillsitzen werden, denn in ihrer Strategie gibt es keinen Plan, wenn sie sich auf der Gewinnerseite wähnen. Wir sollten die Gelegenheit nutzen, mit beiden Parteien zu reden und dabei zu helfen, das Feuer endgültig auszutreten. Italien muss seine Niederlage ertragen und akzeptieren, dass sie vorläufig aus dem Spiel sind. Abessinien sollten wir Garantien geben, die es einzig von uns glaubhaft und verlässlich erhalten kann. Wir sichern Menelik zu, dass er von jeglicher Besetzung durch wen auch immer verschont bleibt. Das durch und durch christliche Land, lassen Sie uns diesen kleinen Unterschied zum Sudan nicht vergessen, hat sich tapfer bewährt und dafür gebührt ihm Anerkennung.«

Die Königin fragte: »Welche Auswirkungen wird das auf unsere Stellung in der Region und unsere Vorhaben im Sudan haben?«

Salisbury antwortete: »Wenn uns der eben skizzierte Plan gelingt, werden wir einerseits eine freiere Hand haben. Allerdings hat die italienische Niederlage den Nachteil, dass sie die Mahdisten ermutigen könnte. Sie haben gesehen, dass es Abessinien gelungen ist, eine europäische Macht zu schlagen. Und mit Verlaub, diese Leute im Sudan machen kaum Unterschiede zwischen uns, den Italienern oder den Franzosen. Und selbst wenn sie die machen, werden sie keine Schwierigkeiten haben, die Bevölkerung mit den Verheißungen eines möglichen Sieges gegen uns zu motivieren. Konkret müssen wir damit rechnen, dass die Mahdisten die Italiener in Kassala oder die Ägypter in Suakin und an der Grenze von Wadi Halfa angreifen. Wir beobachten gesteigerte Aktivitäten in Omdurman, am Zusammenfluss des Blauen und des Weißen Nils, da, wo der Mahdi begraben ist.« Salisbury machte eine kurze Pause und nahm einen Schluck Tee, ehe er fortfuhr: »Eine andere wichtige Überlegung in diesem Zusammenhang ist, welche Schlussfolgerungen in Berlin aus dem Geschehen gezogen werden. Diese drastische Schwächung eines Mitspielers ihres Dreierbundes wird mit Sicherheit diskutiert werden. Wird Deutschland die eigenen Aktivitäten im Westen Afrikas wieder aufnehmen? Das halte ich für unwahrscheinlich, aber ausschließen kann ich es nicht. Was vernehmen Eure Majestät über familiäre Kanäle?«

Die Regentin antwortete: »Ich kann Ihnen da leider nicht weiterhelfen, Lord Salisbury, aber ich werde es Sie sicherlich umgehend wissen lassen, wenn sich das ändert. Wir haben noch einige Zeit zusammen, könnten Sie mir bitte erklären, wie Sie die generelle Situation sehen? Wenn ich Sie richtig verstehe, sind Sie zuversichtlich, was die Franzosen angeht. Welche Reaktionen aus Deutschland befürchten Sie?«

Salisbury antwortete: »Eure Majestät haben vorhin einen Begriff gebraucht, der meine Sorgen sehr gut benennt. Sie haben es einen Wettlauf genannt, der in Afrika stattfindet. Das ist, verzeihen Sie, wenn ich womöglich ins Philosophische abschweife, ein sehr zutreffendes Bild. Es ist ein Wettlauf, bei dem diejenigen, die dort konkurrieren, jeweils nach ihren eigenen Regeln spielen, es ist kein Tennis oder Cricket, auch wenn wir es manchmal gern so hätten. Die einzige Regel, an die sich bislang alle gehalten haben, ist, keinen offenen Krieg untereinander zu führen. Gerade die Tatsache, dass Bismarck die Berliner Konferenz zu Afrika organisierte, obwohl Deutschland zu der Zeit wahrhaftig kein Mitspieler auf Augenhöhe war, zeigt, dass sie dort hochgesteckte Ambitionen haben. Die Industrieproduktion zieht demnächst mit unserer gleichauf, die Flotte wächst, sie zeigen Muskeln und Zähne und den Größenwahn haben sie auch. Das Telegramm des Kaisers, die Kruger-Depesche, ist ein kaum verhohlener Fingerzeig, dass sie bereit sind, die einzige Regel zu brechen, wenn sie ihre Zeit gekommen sehen. Das ist es, was ich befürchte, Eure Majestät. Es ist gefährliche Verwandtschaft, die wir dort haben.«

Die Königin sagte tadelnd: »Sie machen mir Angst, Lord Salisbury! Mildern Sie Ihre fürchterlichen Visionen, wenn nicht mit gutem englischen Humor, so doch wenigstens mit dem Sarkasmus, über den Sie reichlich verfügen.«

Salisbury erwiderte hastig: »Das war nicht meine Absicht, ich habe dem Pessimismus zu viel Raum gegeben und bitte untertänigst um Verzeihung, Eure Majestät.« Ehrlich um eine freundlichere Note bemüht, fuhr er fort: »Was sie in Berlin allerdings nicht haben, ist eine akzeptable Strategie. Sie wissen nicht recht, wo sie ihre überschießenden Kräfte anbringen sollen. Was sie wissen, ist, dass bei einem einzigen großen Fehlschlag aus ihren gefletschten Zähnen leicht eine lächerliche Grimasse werden kann. Das sollte ihnen das Beispiel Italiens vor Augen geführt haben.«

An diesem Punkt angelangt, wirkte Lord Salisbury etwas erschöpft und wischte sich mit einem Tuch über die Stirn, obwohl es kein besonders heißer Tag war. Die Königin sah es und ließ ihm ein paar Augenblicke, um sich wieder zu sammeln. Dann fragte sie ihn: »Um auf das Bild zurückzukommen, das des Wettlaufs. Lassen Sie mich Ihnen eine hypothetische Frage stellen, Lord Salisbury. Angenommen, wir würden beschließen, dass uns die Kosten all dieser afrikanischen Unternehmungen zu hoch sind. Dass wir uns also mit den Besitzungen begnügen, die wir momentan halten, denn die herzugeben, hat keinen Sinn, wenn man die Investitionen bedenkt. Was wären die Folgen? Außer denen, die Sie schon genannt haben, dass es dann die Franzosen oder die Deutschen oder wer immer statt unserer tun würden.«

Salisbury erwiderte: »Das ist eine Frage, die sich meine Regierung natürlich auch stellt, Eure Majestät. Sonst könnten wir nicht behaupten, unsere Arbeit gewissenhaft zu tun. Eine offensichtliche Folge wäre, und ich bin mir sicher, dass Eure Majestät mir darin vollkommen zustimmen werden, dass die afrikanischen Länder, die noch zu besetzen sind, dann nicht gut regiert würden. Das ist deswegen bedenklich, weil es abzusehen ist, dass solche Aufstände wie die des Mahdi an die Tagesordnung kämen, und weil die Afrikaner keine Nationen und keine Grenzen kennen, wachsen sich solche Angelegenheiten sehr schnell zu Flächenbränden aus. Deswegen glauben wir auch weiterhin, dass die Kosten eines Ausstiegs aus dem Wettlauf größer wären als die, weiter dabeizubleiben.«

Die Königin erwiderte: »Ja, ich glaube, dass Sie und Ihre Regierung mit Ihrer Einschätzung recht haben. Lassen Sie mich jetzt aber doch auf den Sudan kommen. Berichten von Lord Cromer konnte ich entnehmen, dass es unterschiedliche Meinungen zum weiteren Vorgehen gibt.«

Salisbury antwortete: »Das ist richtig, Eure Majestät. Kitchener ist der Wortführer derjenigen, die nicht länger mit einem Militärschlag warten wollen, und er hat offenbar Mühe, seinen Tatendrang zu zügeln. Sir William Garstin ist Ingenieur und wurde vor einigen Jahren aus Indien nach Ägypten berufen, um die Planung und Verbesserung des Bewässerungssystems in Angriff zu nehmen. Er hat auch Landkarten erstellt und ist deshalb bestens mit den Gegebenheiten vor Ort vertraut. Garstin plädiert dafür, zunächst die Infrastruktur zu verbessern. Dazu gehört unter anderen Dingen der Bau eines großen Staudamms am Nil bei Assuan und der eines etwas kleineren flussaufwärts bei Asyut. Die Idee dabei ist, die Anbauflächen rund um den Nil zu vergrößern und die Bewässerung derselben auch in der Trockenzeit zu gewährleisten. Außerdem würden wir dadurch die Schiffbarkeit des Nils verbessern, Berechnungen zufolge bis Wadi Halfa im Sudan, was etwaigen Truppenbewegungen und der entsprechenden Logistik zugutekäme. Es schien zunächst, dass Lord Cromer Garstin die besseren

Argumente zugestanden hatte, jedenfalls hatten wir von Kitchener gehört, dass er Garstin persönlich zu seinem Staudamm gratuliert haben soll. Dann aber erhielten wir die Nachricht, die ich bei meinem letzten Besuch erwähnte, den Marschbefehl von Lord Cromer an Kitchener auf Dongola. Offenbar hatte auch Kitchener gute Argumente und wurde von Lord Cromer erhört, ohne dass der die Pläne für die Staubecken aufgegeben hätte. Lord Cromer glaubt, Italien helfen zu müssen, um Kassala zu halten. Es ist, Eure Majestät kennen es nur zu gut, ein typisches Beispiel für ein Sowohl-als-Auch, das in der Politik häufig das einzige Mittel ist, widerstreitende Interessen zu befrieden.«

Die Königin machte von ihrem Recht Gebrauch, sich beraten zu lassen: »Ich hörte aber auch, dass die Finanzierung dieses Feldzugs durchaus kein leichtes Unterfangen gewesen ist.«

Lord Salisbury wäre sichtbar ins Wanken geraten, wenn er gestanden hätte, aber Gott sei Dank hatte er die Erlaubnis der Queen zu sitzen. Er fragte sich, von wem die Königin diese Information erhalten haben könnte, und hatte Lord Chamberlain, der sich mit ihr blendend zu verstehen schien, in Verdacht. Jedenfalls war er durch diese unerwartete Eröffnung der Königin irritiert und sagte: »Normalerweise belästige ich Eure Majestät nicht mit diesen komplizierten Sachverhalten, die meistens schwer zu verstehen sind und äußerlich niemals schön und sauber wirken. Aber wenn Sie danach fragen, so werde ich Eurer Majestät natürlich den Hintergrund zur fraglichen Finanzierung erläutern.«

Die Königin entgegnete: »Machen Sie sich darüber nur keine Sorgen, Lord Salisbury, und fahren Sie fort.«

Der Premierminister sagte: »Ich bitte nur schon vorab um Entschuldigung, wenn dies zur Ermüdung Eurer Majestät führen sollte, was ich durchaus nicht ausschließen kann. Wie Eure Majestät vielleicht wissen, verfügen die Franzosen in Ägypten immer noch über einigen Einfluss. Einer ihrer Hebel ist die Caisse de la Dette Publique, eine Kommission, die seinerzeit vom Khediven Ismael eingesetzt wurde, um die Auszahlung von Darlehen zwischen der ägyptischen Regierung und den am Bau des Suezkanals beteiligten Nationen und Firmen zu überwachen und, um es im Klartext zu sagen, die damals regelmäßig auftretenden Staatsbankrotte Ägyptens einzudämmen. Die Gründungsmitglieder waren Österreich-Ungarn, Frankreich und Italien. Ein Jahr später, als wir sahen, welche Folgen aus solcher Konstellation erwachsen konnte, sind wir dem Gremium beigetreten, um das Schlimmste zu verhindern. Auf der London Convention 1885 wurde neben einigen grundlegenden Prinzipien der ägyptischen Schuldenpolitik auch vereinbart, zusätzlich Russland und Deutschland als Mitglieder aufzunehmen. Eine der Aufgaben dieser Kommission ist es, jede außerordentliche Ausgabe des ägyptischen Staats zu überwachen und zu genehmigen. Die geschätzte Summe von 500.000 ägyptischen Pfund für die Operation Kitcheners ist ohne Zweifel eine solche außerordentliche Ausgabe. Die Kommission tagte ordnungsgemäß zu dem Fall, diskutierte ihn und genehmigte das Budget mit 4:2 Stimmen. Frankreich und sein

Verbündeter Russland stimmten dagegen. Soweit war der Fall regelkonform behandelt worden. Nun aber reichten Frankreich und Russland Klage bei einem der sogenannten Gemischten Gerichtshöfe ein, einer Institution, die seinerzeit zwischen dem Osmanischen Reich, uns und weiteren europäischen Nationen zur Regulierung des Handels und anderer Angelegenheiten vereinbart worden war. Frankreich war das nicht genug; die Regierung schürte das Feuer noch zusätzlich, indem sie Privatpersonen anstiftete, als weitere Kläger vor dem Gemischten Gerichtshof aufzutreten. Ich erspare Eurer Majestät das dann folgende Geschehen, das ich zugegebenermaßen auch gar nicht mehr in all seinen unappetitlichen Details wiedergeben könnte, selbst wenn ich es wollte. Wahrscheinlich werden wir uns mit solchen Fragen befassen müssen, so lange die Sprache der Diplomatie Französisch ist, aber wenn dann noch der orientalische Basar mitverhandelt, kommt man sich vor wie in einem Fleischwolf der lustvoll Verstand, Ehre, Treue, alle Werte, an die wir glauben, zu einem einzigen Brei verwurstet.«

Die Königin sagte: »Ich danke Ihnen für Ihre Erläuterungen, Lord Salisbury. Ich sehe, dass Sie ein sehr mühseliges Geschäft betreiben, und ich beneide Sie darum nicht. Wie aber konnten wir den Feldzug Kitcheners finanzieren, denn er ist ja nun einmal begonnen worden?«

Lord Salisbury erwiderte: »Ja, Dongola wird schon bald besetzt sein, und das Geld muss fließen. Nachdem die Berufung der ägyptischen Regierung gegen das für uns nachteilige Urteil des Gemischten Gerichtshofs vom Internationalen Appellationsgericht in Alexandria abgeschmettert worden war, gab es keine andere Möglichkeit mehr. Ich entsprach der Bitte Lord Cromers und erklärte die Bereitschaft der Regierung, das Geld aus der britischen Staatskasse vorzuschießen, unter Bedingungen, die später zu klären sind.«

Victoria sagte in aufmunterndem Ton: »Wohlan, Lord Salisbury, Sie scheinen an die Sache so zu glauben wie Lord Cromer und Kitchener. Ich hoffe für uns, dass wir die Angelegenheit zu einem glücklichen Ende bringen und die Mühen und den Schweiß so guter Männer belohnen können.«

*

Der zweite Aufenthalt der Queen in Nizza endete nicht ohne einen letzten afrikanischen Akkord in Moll. Kurz vor ihrer Abreise hatte Lord Chamberlain der Königin telegrafiert, dass Krugers Burenrepublik aufständische Uitlander im Zusammenhang mit dem Jamesonüberfall vor Gericht gestellt und vier von ihnen zur Todesstrafe verurteilt hatte. Die Königin telegrafierte zurück: »Ich unterstütze Lord Chamberlain ausdrücklich in seiner festen Haltung und dem starken Ton gegenüber Kruger. Ich kann nicht glauben, dass er (ich misstraue Kruger und seinem Volksraad zutiefst) einen so monströsen Akt vollziehen lässt. Beten wir zu Gott. Reisen in einer Stunde ab. Schicken Sie Telegramme zu den Stationen. Warte ängstlich gespannt auf Ihre Nachrichten.«

# Peripetie

Auch zu Beginn des Jahres 1897 hatte die Queen getan, was ihr zur traurigen Gewohnheit geworden war. Sie hatte ihre Toten gezählt und sie je nachdem mehr oder weniger betrauert. Aber welch Wunder, in diesem Jahr waren keine ihrer Liebsten gegangen. Stattdessen hatte sie Zeit und Muße gefunden, den niemals versiegenden Strom von Geschenken aus aller Welt zu ordnen. Dieser enorme Bestand verschiedenster Gegenstände, der im Laufe ihres Lebens auch durch die eigenen Käufe immer nur gewachsen und nie geschrumpft war, weil die Königin es verabscheute, Dinge wegzuwerfen, war über das normale Maß hinaus angeschwollen, als sie zu Ende des vergangenen Jahres ihren Vorgänger Georg III. in der Länge seiner Amtszeit überholt hatte. Und es war zu erwarten, dass er sich nochmals steigern würde, wenn sie das diamantene Jubiläum später im Jahr feiern würde. Der sorgsame Umgang mit diesen Dingen war ihr stets ein wichtiges Anliegen, und sie zog eine tiefe Befriedigung daraus, sich stundenlang in der Betrachtung ihrer Besitzungen zu verlieren, weil so viele Erinnerungen damit verbunden waren. Es war ihre Form des Widerstands gegen die fürchterliche Zeit, die ihres zerstörerischen Werks nie müde wurde, die sich nahm, was immer sie wollte, ein Widerstand, der ihr fast zur Obsession geworden war und der darin bestand, dem Wandel Ordnung und Klarheit und Festigkeit entgegenzusetzen, wie Albert es getan hätte. Wenn sie ein einzelnes Ding betrachtete, glaubte sie, sich selbst zu erkennen, ihren eigenen Glanz, durch den Gegenstand tausendfach gespiegelt. Dieses Gefühl mischte sich sogleich mit der trüben Erkenntnis, dass auch diese Dinge vergehen würden. Wie viele Tassen waren schon zerbrochen, wie viel Silber schon schwarz, wie viele Bilder schon vergilbt? Sie war entschlossen, keinen Gegenstand freiwillig verloren zu geben und ihre Erinnerungen daran zu bewahren, solange sie lebte. Sie gab wiederholt die Order an ihr Personal, nichts, aber auch wirklich gar nichts wegzuwerfen. Da hingen Schrank an Schrank, Schublade um Schublade die Mäntel, die Hüte, die Kleider aus siebzig Jahren, chronologisch geordnet. Die Schirme, die Bonnets, die Muffs aus Jahrzehnten. Alles mit einem Datum versehen. Der große Schrank mit ihren Puppen, der Tisch mit den Tassen ihrer Kindheit und der ihrer Kinder sorgsam beschriftet, alle Wände voller Fotografien mit Bildern ihrer Familie in jedem Alter und an jedem Ort. Die Toten in Büstenform aus Porzellan, in Bronze oder vergoldet, in Miniaturen oder lebensgroß. Die Ölgemälde, John Brown über ihrem Schreibtisch. Auf dem Boden stehend Nachbildungen ihrer Lieblingspferde und Hunde. Die unscheinbare kleine Medaille zur Erinnerung an ihren allerliebsten Dachshund Waldmann. Alles sollte so erhalten werden, wie es war, nichts durfte geändert werden. Kein Bild, keine Statue, kein Teppich oder Vorhang sollte auch nur verschoben werden, allenfalls war das Hinzufügen von Dingen gestattet. An den Bildern in Windsor, noch von Albert geordnet und gehängt, durfte kein Iota geändert werden. Um diese starre, gleichsam primitive Ordnung sicherzustellen, ließ die Königin jedes Stück ihrer Sammlung aus verschiedenen Perspektiven fotografieren. Jedes Bild wurde von ihr inspiziert und einzeln abgenommen und danach in kunstvoll gebundene Kataloge sortiert. Neben dem Bild fanden sich eine Artikelnummer, das Datum, der Ort, die Raumnummer und die exakte Position des Gegenstands im Raum samt einer kurzen Beschreibung seiner Geschichte und seiner Charakteristiken. Einmal in diese Form gebracht, trug das Sammlungsstück das königliche Siegel der Ewigkeit. Wenn sie die Kataloge in stiller Nachdenklichkeit durchblätterte, genoss sie die tiefe Befriedigung, eine Sammlung aus Dingen und Gedanken geschaffen zu haben, die der Vergänglichkeit trotzen würde, und die Königin war fest entschlossen, sie an jedem Geburtstag, jeder Hochzeit, jedem Todestag zu erweitern. Die Räume in Windsor, die Albert bewohnt hatte, wurden nie betreten, und alles darin musste genau so bleiben wie vor beinahe vierzig Jahren. Die Königin hatte nach seinem Tod angeordnet, dass ihm jeden Abend saubere Kleidung hingelegt und das Waschwasser frisch eingelassen werden musste, so, als ob er noch lebte.

Diese Erinnerungen und Riten und besonders die Todesdaten dominierten mehr und mehr die äußeren Abläufe ihres Lebens, und Reisen wurden daran ausgerichtet, wann man wo welche Blumen niederlegen musste. In Windsor, in Balmoral, in Frogmore und Osborne war sie von ihrer Sammlung allumfänglich umgeben. Die an-

dere unveränderbare Säule ihres Lebens war das Arbeits-
pensum, das sie eisern einhielt, auch wenn ihre Minister
stöhnen oder leiden mochten. Allein das Unterzeichnen
von Dokumenten, die der königlichen Unterschrift bedurften, war ein enormer Aufwand. Lange hatte sie es
verweigert, einen Stempel zu benutzen und sich so die
Arbeit zu erleichtern, was ihr vom Parlament zugestanden worden war. Die Tätigkeiten, die sie früher, als sie
sich nach Alberts Tod vom Leben fernhielt, gemieden
hatte, vollzog sie nunmehr in der Gewissheit, dass ein
Nachlassen Agonie, wenn nicht den Tod für sie bedeutet hätte. Erst als die Menge der Schriftstücke zu groß
wurde, ging sie für bestimmte Arten von Dokumenten
zu einer geänderten Praxis über. Jemand las ihr den Text
laut vor, und sie sagte: »Genehmigt.« Die Königin sah
auf Alberts Büste auf ihrem Schreibtisch und sprach dieses eine Wort über Stunden stoischer Lesungen immer
wieder: »Genehmigt, genehmigt, genehmigt.«

*

Als sich der Vorhang für die dritte Reise der Königin in
Nizza hob, begleiteten sie, wie in den Jahren zuvor, ihre
Entourage, ihr Hausrat, ihre Pferde und ihr Esel, die
Arbeit und das kleine, mobile Museum, das ihr Schreib-
tisch darstellte, das Bild Alberts in der Mitte und die
Seiten vollgestellt mit Fotografien und Memorabilien
der engsten Familie. Als sie den Spezialbeauftragten der
Regierung in Cherbourg traf, rief sie ihm vergnügt zu:
»Bonjour, mon cher envoyé! Comment allez-vous?«

Und Monsieur Paoli war ebenso erfreut wie sie: »Bien, très bien. Comment allez-vous, Votre Majesté?« Sie freute sich über das Wiedersehen und die Aussicht, dass ihr Aufenthalt erneut so vergnüglich werden konnte wie im letzten Jahr.

Man steigt nie zweimal in denselben Fluss, und so glichen sich zwar die Rituale, andere Dinge aber hatten sich geändert. Zunächst einmal war das Excelsior Hotel Regina fertig geworden. Gegen Mittag des 12. März kam der königliche Spezialzug in Nizza am Bahnhof an. Nach der Begrüßung durch Präfekte, Bürgermeister und Würdenträger stiegen die Queen, die Prinzessin von Battenberg und deren Tochter Victoria-Eugénie in den Landauer der Königin, der von vier weißen Pferden gezogen wurde. Die Karawane setzte sich langsam in Gang und nahm, wie in den beiden Jahren zuvor, die Avenue de la Gare, danach die Avenue Dubouchage, bevor sie in den Anstieg des Boulevards de Cimiez einbog. Es war eine langsame Prozession hoch auf den Berg, weil Einwohner und Wintergäste den Weg entlang winkten, Körper beugten, Hüte schwenkten, was von der Königin und ihrer Begleitung erwidert wurde. Es konnte einem vorkommen, als ob die französische Königin Einzug hielt, so vertraut und freundlich war die Begleitung der Menschen und so offensichtlich deren Zuneigung für die alte Monarchin.

Als sich die königliche Gruppe über den breiten Boulevard schließlich dem Palasthotel auf Sichtweite näherte, konnte die Queen nicht an sich halten, auszurufen: »Beatrice, kannst du das glauben?« Und Beatrice stimmte ihrer Mutter zu: »Es ist ein imposantes Gebäude, man fühlt sich fast eingeschüchtert.« Victoria sagte an Monsieur Paoli gewandt: »Was der Herr Biasini und seine Arbeiter geleistet haben, ist wirklich beeindruckend, und jetzt glaube ich, was Sie mir versprochen haben, Monsieur Paoli. Hier werden wir alle unterkommen, meine gesamte Gefolgschaft, auch der Munshi und meine anderen braven Hindus.«

Die Karawane kam vor dem Excelsior Regina, auf dessen Kuppeln die französische und die britische Flagge im Wind wetteiferten, zum Stillstand. Die Königin und ihre Begleiter entstiegen ihren Kutschen, die Queen flankiert von zwei Reihen ihrer indischen Bediensteten, und Paoli sagte: »Nach dem Empfang ist es vorgesehen, Eure Majestät in den Komfort und die Annehmlichkeiten Ihres neuen Palastes einzuführen. Die Herren Biasini, Raynaud und Monsieur Sauvan, der neue Herr Bürgermeister, wären entzückt, wenn Sie ihnen die Ehre geben würden.« Die Königin antwortete: »Das werde ich ganz sicher tun, mein lieber Paoli.« Und an den britischen Generalkonsul Harris und Arthur Bigge gerichtet: »Ich vertraue darauf, dass wir den Kreis der Besichtigung so klein wie möglich halten und nach dem offiziellen Empfang von weiteren Zeremonien absehen, meine Herren.«

Die Gesellschaft hatte sich im Foyer des Hotels eingefunden, und Victoria sagte: »Bevor wir in kleinerem Kreis zur Besichtigung übergehen, möchte ich die Gelegenheit nutzen und dem Herrn Architekten und natürlich auch allen übrigen beteiligten Herren und Damen ein großes Lob aussprechen. Dies hier ist ein großartiges Hotel geworden und sehr geschmackvoll eingerichtet. Hier werden wir uns wohlfühlen, nicht wahr, Beatrice?«

Beatrice antwortete: »Ja, ganz sicher. Ich fühle mich jetzt schon fast heimisch, und ich möchte mich daher dem herzlichen Dank meiner Mutter anschließen und sage: Un grand merci à tous.«

Aufgeregt und mit sichtlichem Stolz präsentierte Monsieur Biasini sein Werk: »Sehen Sie, Eure Majestät, dort unten die Tramlinie? Sie hält direkt vor dem Entree, es ist jetzt einfacher denn je, für Sie oder Ihre Gäste von der Stadt herauf- und wieder hinunterzukommen.« Die Queen sagte zu Beatrice: »Also gibt es keinen Grund mehr für Franz Joseph und Sisi, sich zu Fuß zu uns aufzumachen. Wenn sie sich denn nicht ohnehin entscheiden, hier oben mit uns zu logieren, Platz genug scheint es ja zu geben. Wo kommen wir denn unter, Monsieur Biasini?«

Der Architekt antwortete: »Nun, für Eure Majestät haben wir den gesamten Westflügel reserviert, alles in allem 70 Zimmer, die für Eure Majestät und ihre Begleitung exklusiv zur Verfügung stehen. Lassen Sie mich anfügen, dass es keine Durchgänge zu den übrigen Räumlichkeiten des Hotels gibt, um die notwendige Diskretion gewährleisten zu können. Es sind noch ein paar kleine Restarbeiten zu erledigen, aber das wird keinerlei Unannehmlichkeiten mit sich bringen, das versichere ich Ihnen.«

Victoria scherzte in Richtung des Generalkonsuls: »Mr. Harris, Sie sind mein Zeuge für diese Aussage des Herrn Architekten.« Der Konsul, der sich dem Ehrentitel Sir schon nahe glaubte, beeilte sich, zu antworten: »Sie können sich darauf verlassen, Eure Majestät, dass ich persönlich dafür sorgen werde, dass Eure Majestät nicht wie im letzten Jahr durch Baulärm belästigt werden. Ich werde dafür mit Monsieur Biasini eng kooperieren.« Biasini fuhr fort, indem er einen Knopf betätigte: »Hier ist einer der vier Aufzüge mit modernsten Sicherheitseinrichtungen, sodass zur Beunruhigung keinerlei Anlass besteht. Dieser hier ist für Eure Majestät reserviert und führt direkt in den ersten Stock, wo sich Ihre privaten Räume befinden. Und wie Sie vielleicht schon bemerkt haben, gibt es überall im Haus elektrisches Licht. Und für kalte Tage, die, wie Eure Majestät aus eigener Erfahrung wahrscheinlich wissen, hin und wieder zu dieser Jahreszeit zu erwarten sind, haben wir eine Heizung. Erlauben Sie mir, Ihrer Majestät die wichtigsten Räume zu zeigen. Für den Transport königlicher Möbelstücke, die für den Aufzug zu schwer sind, gibt es hier diese breite Marmortreppe in den zweiten Stock. Die Schlaf- und Ankleideräume Ihrer Majestät und der Prinzessin Battenberg befinden sich im ersten Stockwerk. Wir hoffen, mit der Einrichtung den Geschmack Ihrer Majestät getroffen zu haben. Die Erkundung derselben überlasse ich Ihren Königlichen Hoheiten. Dort hinten ist ein großer Wintergarten für den Nachmittagstee. Hier hätten wir einen Raum, den wir uns erlaubt haben, im Stil Louis XV. einzurichten. Wir könnten uns vorstellen, dass Eure

Majestät diesen für repräsentative Staatsbesuche nutzt.«
Die Queen flüsterte Beatrice zu: »Dann komme ich
mir vollends wie die französische Königin vor.« Biasini
durchschritt weiter die Räume und die Queen, von ihrem Hindu geschoben, folgte: »Hier ein großer Salon im
Stil der italienischen Renaissance, in dem sich ein kunst-
orientiertes Publikum empfangen lässt. Wir kommen
zum großen Speisesaal und daran anschließend der Saal
mit den königlichen Waffen und Wappen. Für zurück-
gezogene Stunden haben wir eine Kapelle im anglika-
nischen Stil eingerichtet. Für den persönlichen Sekretär
und den Leibarzt Eurer Majestät haben wir Zimmer in
unmittelbarer Nähe derjenigen Eurer Majestät und der
Prinzessin von Battenberg vorgesehen. Das Militär ist in
einem anderen Stockwerk untergebracht.«

Die Queen sagte: »Vielen Dank, Monsieur Biasini. Wo
haben Sie mein Arbeitszimmer vorgesehen?«

Biasini antwortete: »Dieses befindet sich ebenso im
ersten Stock wie ein paar kleinere Salons für die größt-
mögliche Diskretion vertraulicher Gespräche. Diese sind
nur für Eure Majestät über ihren persönlichen Eingang
und Fahrstuhl zu erreichen.«

Die Queen antwortete: »Vielen Dank für diese ein-
drucksvolle Erkundung, Monsieur Biasini. Ich habe den
Eindruck, dass Sie an alles gedacht haben, und ich ver-
misse nichts.«


Am späten Nachmittag waren Victoria und Beatrice
unter sich. Sie hatten ihre Zimmer eingerichtet, und
Victoria hatte ihre Tochter zu sich auf ihren Balkon ge-

beten. Victoria sagte: »Beatrice, hilf deiner alten Mutter und ihren schwachen Augen und erzähle mir, was du siehst.«

Beatrice antwortete ausweichend: »Bevor ich das tue, würde ich gern noch ein anderes Thema mit dir besprechen, wenn du erlaubst, Mutter.«

Victoria erwiderte: »Nur zu, was gibt es denn zu besprechen?«

Die Tochter erwiderte: »Es stellt sich für mich und die Kinder jetzt die Frage, ob wir auch hier einziehen. Ich meine, auf Dauer. Die Cazalets werden enttäuscht sein und die Kinder vielleicht auch, wenn sie nicht mehr im Garten der Villa Liserb spielen können.«

Und Victoria beeilte sich, zu sagen: »Ja, aber das könnten sie doch auch weiterhin.«

Beatrice insistierte: »Ja, aber das wäre nicht dasselbe, es wäre wie ein Besuch, und die Cazalets haben sich so liebevoll um uns gekümmert nach Likos Tod. Sie sind uns fast zu einer zweiten Familie geworden, für die Kinder und für mich.«

Victoria sagte: »Ja, das verstehe ich natürlich. Ich mag die Cazalets auch sehr gern. Wir haben uns ja seinerzeit beide dafür entschieden, dass du dort Quartier nimmst. Aber jetzt ist die Situation eine andere. Damals war es im Hotel wirklich sehr eng für uns alle, aber das kann man jetzt nicht mehr behaupten. Hast du eigentlich das wundervolle Klavier im Salon bemerkt? Ich glaube, sie haben es für dich dort aufgebaut.«

Beatrice erwiderte: »Ja, das mag wohl sein. Wollen wir noch einmal darüber schlafen, Mutter? Ich bin mir selbst auch nicht sicher und würde gern noch mal mit den Kindern reden.«

Die Königin sagte: »Einverstanden, wir werden schon eine gute Lösung finden. Und nun erzähle mir, bitte, was du siehst von meinem Balkon aus. Es ist eine wunderbare Aussicht, das sehe ich auch noch, aber die einzelnen Häuser zu erkennen, fällt mir schwer.«

Beatrice sagte: »Ich sehe da oben, glaube ich, die Villa Orangini von Monsieur Germain. Wir sollten ihn vielleicht einmal besuchen, gerade jetzt, wo er scheinbar derangiert wurde. Was denkst du, Mutter? Und dort unten, noch vor der Villa Liserb, habe ich mir vom Hoteldirektor sagen lassen, ist eine kleine Molkerei, von der das Hotel die Frühstücksmilch und den Käse bezieht. Da ganz im Westen schimmert in diesem schönen rotorangefarbenen Ton das Esterelgebirge, dann kommt das lasterhafte Cannes meines Bruders.«

Die Königin mahnte: »Mach dich bitte nicht darüber lustig, du weißt, dass Bertie mir echten Kummer bereitet.«

Beatrice fuhr ungerührt fort: »Dann kommt das Cap D'Antibes, die Hügel von Gairaut und Fabron, dann die Bai des Anges, die Colline du Château und die Jetée Promenade. Da waren wir im Übrigen auch noch nicht.«

Victoria sagte: »Du weißt, dass ich nicht auf die Promenade des Anglais gehe. Der Trubel wäre einfach zu groß, da hätte man keinen Atemzug Ruhe.«

Beatrice antwortete: »Ja, ich weiß, Mutter. Du hast recht, ich mag diesen Rummel auch nicht. Dann weiter nach Osten sehe ich Villefranche, Beaulieu, das Cap-Ferrat und dann Monaco, Menton und Ventimiglia. Was man heute leider nicht sieht, ist Korsika. Der Dunst ist dafür zu stark.«

Der Finanzsekretär Fleetwood Edwards handelte dem Vernehmen nach keinen sehr guten Preis für die Unterkunft der Königin aus. Er willigte ein, so viel wie Privatkunden zu zahlen, ohne dass ein Rabatt vereinbart worden wäre und ohne zu berücksichtigen, welche Werbung ein königlicher Besuch diesen Kalibers bedeutete.

## Der Munshi

Victoria, Königin des Vereinigten Königreichs
Edward, Prinz von Wales, Sohn von Victoria
Abdul Karim, Munshi, Hindulehrer
Lord Salisbury, Premierminister des Vereinigten Königreichs
Lord Hamilton, Staatssekretär für Indien
Lord Elgin, Vizekönig von Indien
Lord Sandhurst, Gouverneur von Bombay
Arthur Bigge, Privatsekretär
Dr. Reid, Leibarzt
Fritz Ponsonby, Stallmeister
Jane Churchill, Hofdame
Marie Mallet, Hofdame
Harriet Phipps, Hofdame

## 1.1 Auftritt Salisbury, Hamilton

**Salisbury:** Lord Hamilton, ich möchte gerne mit Ihnen über Abdul Karim sprechen. Kennen Sie ihn, den sogenannten Munshi?

**Hamilton:** Ja, ich habe von ihm gehört, Lord Salisbury.

**Salisbury:** Ich teile die Ansicht nicht, dass er ein gefährlicher Mann ist. Das sind nur politisch motivierte Ränke, die von bestimmten Seiten inszeniert werden. Aber, und das ist eine Realität, seine Position bei der Königin hat beunruhigende Züge angenommen.

**Hamilton:** Ich habe mit Leuten gesprochen, die glauben, dass die Königin ihm zu viel Vertrauen entgegenbringt.

**Salisbury:** Es geht leider sogar noch weiter als das. Was mich wirklich beunruhigt, ist die Tatsache, dass sich ihr Vertrauen mittlerweile auf Personen erstreckt, die sie nur flüchtig über Abdul Karim kennengelernt hat. Sie hinterfragt weder die religiösen Motive noch die damit verbundenen politischen Absichten. Sie hat versucht, einen Freund von Karim, einen Raffiudin Ahmed, zum Botschafter in Istanbul zu machen. Sie hat gar ein Ölbild von ihm malen lassen. Dieser Ahmed ist Journalist und schlachtet seinen Erfolg publizistisch aus. Er schreibt, dass sie die erste Regentin sei, die sich um orientalische Kultur bemühe und Ähnliches. Es ist bei Gott abscheulicher Schwachsinn. Ich möchte Sie bitten, zu sehen, was hinter den Aktivitäten des Abdul Karim steckt. Ist er wirklich nur der dumme Mann, für den wir ihn beide halten, oder ist da mehr?

## 1.2 Auftritt Hamilton, Elgin

**Hamilton:** Ich muss mit Ihnen über Abdul Karim sprechen. Sie kennen den Munshi, Lord Elgin?

**Elgin:** Ja, natürlich kenne ich den Munshi, Lord Hamilton.

**Hamilton:** Dann sind Sie auch darüber im Bilde, welch seltsame Rolle er am Hof der Königin spielt?

**Elgin:** Ich weiß, dass er eine sehr zweifelhafte Gestalt ist, um es milde auszudrücken.

**Hamilton:** Ponsonby glaubt, dass er mittlerweile die gleiche Stellung am Hof hat wie früher ein gewisser John Brown. Andere denken, dass es sich um einen gefährlichen Mann handelt. Sicher ist, dass er mit Personen zu tun hat, die wir konspirativer Aktivitäten verdächtigen. Er pflegt zum Beispiel Umgang mit einem gewissen Raffiudin Ahmed. Dieser wiederum hat Verbindungen zu afghanischen Kreisen bis hin zum Emir und ist aktives Mitglied in der Muslimischen Patriotischen Liga. Wir wissen aus dem Sudan, wo religiöser Fanatismus hinführen kann.

**Elgin:** Lord Hamilton, weil Sie noch neu in Ihrem Amt sind, darf ich Sie darauf hinweisen, dass wir diese Erfahrungen leider auch in Indien gemacht haben. Fanatismus, ob religiös oder anderweitig motiviert, ist immer eine gefährliche Sache, und wir müssen unser Möglichstes tun, diese Flamme nicht wieder auflodern zu lassen. Niemand wünscht sich die Zeiten der Ostindien-Kompanie zurück.

**Hamilton:** Ja, da haben Sie recht. Das ist genau der Grund, warum ich denke, dass wir den Munshi beschatten lassen sollten. Er ist auf dem Weg nach Bombay, und ich möchte Sie bitten, ein Auge auf seine Aktivitäten zu werfen. Ich bin mir zwar persönlich mit dem Premierminister einig, dass der Munshi ein dummer Mann ist, der bestenfalls dazu taugt, zu einem nützlichen Instrument in den Händen eines klügeren Mannes zu werden. Aber seine Dummheit könnte ihn auch dazu verleiten, eine ebensolche zu begehen. Deswegen bitte ich Sie, bei höchstmöglicher Diskretion eine Überwachung anzuordnen.

**Elgin:** Ich verstehe, Lord Hamilton. Ich werde Anweisungen geben und Sie informieren, sobald wir etwas erfahren.

### 1.3 Auftritt Elgin, Sandhurst

**Elgin:** Der Munshi wird in den nächsten Tagen in Bombay an Land gehen. Ich habe kein genaues Datum, aber er muss überwacht werden. Allerdings müssen wir unbedingt darauf achten, dass er keinen Verdacht schöpft.

**Sandhurst:** Entschuldigen Sie bitte, Sir, aber wer zum Teufel ist der Munshi?

**Elgin:** Er spielt sich als Hindulehrer der Königin auf. Sein bürgerlicher Name ist Abdul Karim. Er spielt eine zwielichtige Rolle am Hof und ist auf dem Weg nach Bombay, um seine kranke Schwiegermutter zurückzubringen. Aber das könnte ein Vorwand sein. Wenn er von Bord geht, müssen wir da sein.

**Sandhurst:** Ich verstehe. Ich werde verlässliche Männer damit beauftragen, Lord Elgin.

**Elgin:** Halten Sie die Augen offen, aber seien Sie vorsichtig. Wir müssen wissen, ob er sich mit anderen bekannten Subjekten trifft. Bitte melden Sie sofort jeden verdächtigen Kontakt.

**Sandhurst:** Es scheint sich um eine sehr schwerwiegende Angelegenheit zu handeln. Was wird ihm zur Last gelegt?

**Elgin:** Wir haben Hinweise darauf, dass er möglicherweise Staatsgeheimnisse ausspioniert und sie an politische Organisationen weiterleitet, die dem Empire zu schaden gewillt sind. Ich muss betonen, dass die Sache sehr delikat ist, weil er direkten Kontakt zur Königin hat.

**Sandhurst:** Ich verstehe, Lord Elgin. Wenn wir etwas herausfinden, werde ich es Ihnen sofort melden.

**Elgin:** Wir müssen so diskret wie möglich vorgehen. Benutzen Sie verschlüsselte Telegramme, und senden Sie sie direkt an mich. Am besten ist es, wenn außer Ihnen und mir niemand die Hintergründe kennt.

**Sandhurst:** Ist Whitehall darüber informiert, Sir?

**Elgin:** Ja, wir haben die Freigabe für die Aktion von Hamilton erhalten. Aber bitte, Lord Sandhurst, keinen Übereifer. Das kann uns mehr schaden als nutzen.

**Sandhurst:** Ich verstehe, Sir, Sie können sich auf mich verlassen.

## 1.4 Auftritt Ponsonby, Elgin

**Ponsonby:** Wie Sie wissen, Lord Elgin, habe ich Indien nur sehr ungern verlassen. Ich habe immer gern für Sie gearbeitet, mag das Land und die Leute, und ich mochte die Abenteuer, die man dort erleben konnte, denn im Grunde bin ich tief drinnen ein Soldat.

**Elgin:** Ja, ich weiß, Ponsonby, ich habe es bedauert, auf Ihre Dienste verzichten zu müssen, aber es war der Wunsch Ihres Vaters, dass Sie in den Dienst der Königin treten. So wie er ihr lange Jahre gedient hat.

**Ponsonby:** Und ich habe dem Wunsch meines Vaters entsprochen. Mein erster Auftrag von der Königin persönlich war es, herauszufinden, was es mit der Herkunft des Munshis auf sich hat. Nur war sie mit den Ergebnissen überhaupt nicht zufrieden und hat behauptet, ich müsse mit den falschen Leuten gesprochen haben. Ich weiß, dass der Munshi unter Ihrer Beobachtung steht, und ich dachte, dass es vielleicht helfen könnte, wenn Sie seine Stellung am Hof kennen.

**Elgin:** Nun, ich weiß, dass viele am Hof ihn hassen und am liebsten loswerden würden. Aber da ist wohl die Queen davor.

**Ponsonby:** Ich schließe mich ausdrücklich in den Kreis der Munshi-Hasser ein. Können Sie sich das vorstellen? Edwards, der sonst so leise Mann, hat sich offen geweigert, mit dem Munshi Tee zu trinken! Und Dr. Reid, der sonst immer das Ohr der Königin hat, wurde nicht mehr gehört, als er es ablehnte, den Vater des Munshis in ein Krankenhaus in London zu bringen. Wissen Sie, was Dr. Reid gesagt hat? Jedes Mal, wenn es hieß, er solle die Frau des Munshis behandeln, sei ihm aus dem schwarzen Schleier eine andere Zunge herausgestreckt worden. Er sei das alles entsetzlich leid.

**Elgin:** Oh, tatsächlich? So dramatisch hatte ich es mir nicht vorgestellt. Das klingt ja wie eine Palastrevolution. Auf der anderen Seite entbehrt es nicht einer gewissen

Komik, zumindest für diejenigen, die genügend Abstand haben.

**Ponsonby:** Selbst die Mitglieder der königlichen Familie haben genug von dem Treiben. Beinahe alle Töchter der Königin haben auf sie eingeredet, dazu der Premierminister, ihr Sohn und wer weiß nicht noch alles. Ich muss Sie warnen, dass jeder Brief, der an die Königin gerichtet ist, Gefahr läuft, in die Hände des Munshi zu fallen.

**Elgin:** Vielen Dank, Ponsonby, das zu wissen, kann niemals schaden, Whitehall hatte auch schon Andeutungen gemacht.

## 1.5 Auftritt Sandhurst, Elgin

**Sandhurst:** Wir haben den Bericht über die Reise des Munshis fertiggestellt, Lord Elgin. Er wird Ihnen per Post zugestellt.

**Elgin:** Was sind die wichtigsten Erkenntnisse, die wir sammeln konnten?

**Sandhurst:** Zunächst reiste er von Bombay nach Agra, seiner Heimatstadt. Dort hatte er von der Queen 143 Hektar Land geschenkt bekommen und, wie es scheint, hat er noch weitere Flächen hinzugekauft. Er ist mittlerweile einer der größten Grundbesitzer in der Gegend.

**Elgin:** Irgendwelche verdächtigen Treffen von ihm oder seinen engsten Familienangehörigen?

**Sandhurst:** Nein, er hat sich von Familie und Nachbarn huldigen lassen als dem großen Munshi, dem Freund der Königin, und präsentierte seine zahlreichen Orden wie in einer Wechselausstellung. Seine Frau hatte derweil die Juweliere Agras beschäftigt. Aber keine auffälligen Besucher.

**Elgin:** Wo ist er nach Agra gewesen?

**Sandhurst:** Er reiste nach Kashmir, danach war er in Jaipur, um Krokodile und Dutzende Antilopen zu schießen. Aber auch hier gab es wieder keine verdächtigen Kontakte.

**Elgin:** Man könnte den Eindruck gewinnen, der Mann hat einfach seinen Urlaub in vollen Zügen genossen.

**Sandhurst:** Ja, genau danach sieht es aus, Sir.

## 2.1 Auftritt Mallet, Phipps, Churchill

**Mallet:** Freuet Euch, Ladies, der Munshi ist zurück. Ich hatte den Auftrag von der Queen, nach seiner Frau zu sehen.

**Phipps:** Oh, mein Gott. Dann geht es also wieder los.

**Churchill:** Es waren himmlische Monate der Ruhe.

**Phipps:** Anscheinend vorbei, ich sehe bald keine Hoffnung mehr. Prinzessin Beatrice, Prinzessin Louise, der Prinz von Wales – alle haben mit ihr gesprochen, und alle hat sie einfach weggeschickt. Sie will davon nichts hören.

**Mallet:** Ich traf seine Frau. Fett ist sie geworden in der Zeit in Indien. Aber behängt mit Gold und Diamanten. Ich verstehe nicht, was die Königin an ihnen findet, Mr. Karim hier, Mrs. Karim dort. Und im Dreck hausen sie, die Inder.

**Phipps:** Pssst, etwas leiser, Ladies. Nebenan sortiert die Queen ihre Korrespondenz mit dem Munshi zusammen.

**Churchill:** Sie haben viel nachzuholen. Ich hörte, dass sie mit ihm ihre Pläne für das diamantene Jubiläum bespricht. Und sie rühmt sich, dass sie schon das zehnte Journal in Urdu geschrieben hat.

**Mallet:** Sein Anblick ist schwer zu ertragen, er hat jetzt noch zugelegt beim Blech auf der Brust, hohl klimpert es am schlaffen Leibe.

**Phipps:** Also sehen sie jetzt beide wie Christbäume aus, er und seine Frau. Wo so viel hängt, braucht es keinen Inhalt.

*Reid und Ponsonby treten hinzu*

**Reid:** Guten Tag, die Damen. Wie ist das werte Befinden?

**Churchill:** Dr. Reid, Sie wissen, dass wir uns Sorgen um die Königin machen. Sie scheint wie von Sinnen, und sie behandelt uns schlimmer als zuvor. Wir sollen nur ja knicksen vor dem Munshi. Als Nächstes müssen wir im Chor singen, dass wir ihn lieben, ehren und fürchten.

**Reid:** Ich teile Ihre Sorgen, Lady Churchill. Ich bin mit meinen Ideen auch beinahe am Ende. Auf mich hört die Königin nicht, wenn es um den Munshi geht.

**Ponsonby:** Auf mich auch nicht, auf Bigge ebensowenig.

**Mallet:** Aber, Sir, Ihnen muss doch irgendetwas einfallen. So kann es nicht weitergehen.

**Churchill:** Alle schlimmen Botschaften, die kein anderer sich zu überbringen getraute, musste ich überbringen, und ich habe mich nie beklagt. Aber wenn das der Dank ist, dass uns ein Vieh vorgezogen wird, und wir dazu Ja und Amen sagen sollen, dann ist es einfach zu viel.

**Reid:** Ich kann die Damen gut verstehen. Jetzt muss ich nur leider noch mehr Öl ins Feuer gießen. Der Munshi soll in den Ritterstand erhoben werden!

**Phipps:** Das schlägt dem Fass den Boden aus! Welche Fähigkeiten bringt er denn mit, um zum Ritter ernannt zu werden?

**Reid:** Die Queen sagt, der Munshi gehört zu den herausgehobenen Personen in ihrem Gefolge. Er wird uns also nach Frankreich begleiten und mit uns am selben Tisch sitzen.

**Mallet:** Was zu viel ist, ist zu viel. Wir sollen mit ihm speisen? Nein, das tue ich nimmermehr. Eher quittiere ich den Dienst.

**Ponsonby:** Sind wir doch nicht so empfindlich, Lady Mallet, demnächst werden wir mit dem Dreckkehrer des Munshis essen.

**Reid:** Das ist leider immer noch nicht alles, ich habe bei dem Munshi wieder Gonorrhoe diagnostizieren müssen.

**Churchill:** Jetzt haben wir keine Wahl mehr. Wir müssen die Königin fragen, ob sie sich für den Munshi oder für uns entscheidet. Beides zusammen geht nicht.

**Reid:** Ja, ich glaube, wir müssen jetzt gemeinsam handeln. Lady Churchill, rufen Sie Bigge und alle anderen, damit wir beratschlagen können, was zu tun ist.

*Bigge und alle Bediensteten treten hinzu*

**Ponsonby:** Ich habe gesagt, dass es nicht mehr lange so weitergeht. Die Munition, die Sie gesammelt haben, Dr. Reid, taugt sie für unsere Schlacht?

**Reid:** Nein, die ist wie feuchtes Schießpulver. Haben Sie vielleicht etwas von Lord Elgin gehört, das uns helfen könnte?

**Ponsonby:** Nur, dass er wie ein Hahn stolziert ist in Agra, sonst nichts. Das ist es, was einen verzweifeln lassen kann. Er ist in jeder Hinsicht ein Nichts, nicht einmal zum Spion oder Verräter taugt er. Nur ein kleiner Lügner und Angeber, sonst ist da nichts.

**Bigge:** Aber sind wir uns einig, dass wir uns gegen den Wahnsinn erheben, ein Ultimatum setzen?

**Alle:** Ja!

**Reid:** Dann müssen wir jemanden auswählen, der die Nachricht überbringt, dass wir streiken, wenn der Munshi mitfährt.

**Churchill:** Ich hab's mein Leben lang getan, aber dieses Mal nicht.

**Bigge:** Ich fürchte, meiner Stellung würde es als Hochverrat angerechnet. Jemandem von niedrigerer Position, einer Hofdame, würde so etwas nicht zugetraut.

**Phipps:** Ich tue es. Aber nicht sofort. Ich will erst warten, bis der Munshi gegangen ist.

## 2.2 Auftritt Victoria, Phipps

**Victoria:** Lady Phipps, was gibt es denn?

**Phipps:** Eure Majestät, ich bin sozusagen stellvertretend hier.

**Victoria:** Stellvertretend für wen?

**Phipps:** Für das gesamte Personal Ihrer Majestät.

**Victoria:** Oh, das klingt interessant. Worum geht es denn?

**Phipps:** Nun, ich bitte Eure Majestät zu berücksichtigen, dass ich hier nicht nur für mich spreche.

**Victoria:** Ist es wegen des Munshis?

**Phipps:** Ja, Eure Majestät.

**Victoria:** Sie haben sich gedacht, dass ich ihn nicht mitnehmen sollte nach Cimiez? Oder ist es wegen des Ordens? Soll ich mir von meinem Personal vorschreiben lassen, wen ich in den Ritterstand erheben darf? Ist es das, was Sie mir sagen wollten?

**Phipps:** So etwas in der Art. Wir sind der Meinung, dass Eure Majestät sich entscheiden müssen, zwischen uns oder dem Munshi.

**Victoria:** Ich soll mich entscheiden? Ist das eine Erpressung, ein Ultimatum?

**Phipps:** Mit Verlaub, Eure Majestät, wir haben gemeinsam beschlossen, in den Streik zu treten, wenn der Munshi mit nach Frankreich fährt.

**Victoria:** Ich habe mich wohl verhört? Sind Sie verrückt geworden? Glauben Sie, dass sich die Königin von England dieser billigen kleinen Meuterei beugt? Dass ich mich von Ihnen erpressen lasse? Hinaus, hinaus, gehen Sie! Sie haben ihre Botschaft überbracht!

## 2.3 Auftritt Reid, Phipps, Ponsonby, gesamter Hofstaat

**Reid:** Lady Phipps, Sie zittern ja am ganzen Körper. Bitte setzen Sie sich erst einmal. Ich werde Ihren Puls fühlen.

**Phipps:** Ihre Majestät hat vor Wut den gesamten Schreibtisch abgeräumt, alle Bilder, alle Dokumente, so hat sie mit den Armen alles leergewischt. Es war fürchterlich, das Glas splitterte links, rechts, in alle Richtungen. So habe ich die Königin noch nie erlebt. Ich habe gesagt, was wir vereinbart hatten, aber das hat sie ungeheuer wütend gemacht. Zum Schluss hat sie mich rausgejagt wie einen Dieb. Ich glaube, sie hat sich für den Munshi entschieden.

**Ponsonby:** Brave Phipps! Sie können sich unseres ewigen Dankes sicher sein. Es war gewiss hart für Sie, aber wir stehen zusammen. Ich fürchte, dass der Kampf noch lange nicht zu Ende ist. Ich werde mit Elgin reden, um über den Munshi herauszufinden, was nur irgend über ihn in Erfahrung zu bringen ist. Wir alle sollten unseren Mut nicht sinken lassen.

**Reid:** Wenn wir in Nizza sind, werde ich mit dem Prinzen von Wales sprechen. Es muss einen Weg geben, diesen unsäglichen Menschen loszuwerden. Vielleicht kann auch der Premierminister helfen, selbst wenn er alle Hände voll zu tun hat mit seinem Empire. Aber diese Angelegenheit ist von höchster Wichtigkeit, das muss auch ihm klar sein.

### 3.1 Auftritt Edward, Reid

**Edward:** Dann hat sie also wieder einmal ihren Willen durchgesetzt. Hat jemand den Dienst quittiert?

**Reid:** Nein, am Ende haben alle Mitglieder des Haushalts die Reise hierher angetreten. Lady Phipps ging es danach sehr schlecht, aber sie hat sich wieder erholt.

**Edward:** Die Times und ein paar lokale Blätter haben schon wieder freundlich Notiz vom Gockel genommen. Aber wenigstens haben wir bei den internen Querelen Diskretion gewahrt. Reid, das muss auch so bleiben.

**Reid:** Natürlich, das ist ja in unserem eigenen Interesse. Nicht auszudenken, wenn etwas davon in die Zeitung käme.

**Edward:** Gott, Reid, am liebsten würde ich mir den Hanswurst am Kragen packen und seine Fresse polieren.

**Reid:** Das ist nur zu verständlich, Eure Majestät, aber nicht opportun. Wir müssen kühles Blut bewahren.

**Edward:** Haben wir inzwischen irgendetwas in Erfahrung bringen können über dieses widerliche Subjekt?

**Reid:** Ponsonby wird sich darum kümmern und, wenn nötig, in indischem Dreck wühlen.

**Edward:** Wie hält sich Bigge?

**Reid:** Die Situation wäre auch für den alten Ponsonby eine schwere Probe gewesen. Der Schüler ist keine treibende Kraft, aber er hindert uns auch nicht.

**Edward:** Haben Sie mit Tyler gesprochen?

**Reid:** Ja, er war gekränkt, dass der bescheidene Inder, den er selbst seinerzeit ausgesucht hatte, ihm den Rang abgelaufen hat. Er hält die Vergabe des indischen Verdienstordens an den Munshi für einen schweren Fehler.

**Edward:** Und was er über die Herkunft des Munshis zu sagen hatte, hat das unserer Sache geholfen?

**Reid:** Die Königin hat uns Rassisten genannt und darauf hingewiesen, dass der Vater des aktuellen Erzbischofs von York Fleischer war. Also nein, Sir, keinen Deut.

**Edward:** Der Altersstarrsinn der Königin gefährdet die Monarchie und meine Krone. Sie ist eine harte Nuss, Reid, aber wir müssen sie knacken.

### 3.2 Auftritt Victoria, Salisbury

**Victoria:** Lord Salisbury, haben Sie getan, worum ich Sie gebeten hatte, und mit Herrn Ahmed gesprochen?

**Salisbury:** Ja, Eure Majestät, ich habe mit ihm gesprochen. Herr Ahmed scheint zwar über intellektuelle Kapazitäten für den Job zu verfügen, aber ich habe ernsthafte Zweifel an seiner charakterlichen Eignung. Am Ende ist er ein Journalist und mit Verlaub, ein Querulant.

**Victoria:** Deswegen habe ich zugestimmt, ihn nicht nach Cimiez einzuladen. Aber der Munshi war darüber sehr verärgert. Ich möchte, dass Sie sich bei Herrn Ahmed für unseren unfreundlichen Akt entschuldigen und ihm erklären, dass er nur wegen seines Berufs ausgeladen wurde. Ich beabsichtige übrigens, Herrn Ahmed zu Abendveranstaltungen einzuladen.

**Salisbury:** Ich kann Eure Majestät nicht daran hindern, sich ihre Gäste auszusuchen. Ich darf Eure Majestät darüber informieren, dass nach intensiven Untersuchungen nun offiziell festgestellt wurde, dass von Herrn Ahmed keine staatsgefährdenden Aktivitäten ausgehen. Damit ist auch der Verdacht gegen Herrn Karim aufgehoben.

**Victoria:** Vielen Dank, Lord Salisbury, das sind gute Nachrichten. Ich möchte, dass Sie sich weiterhin bemühen, eine Beschäftigung für Herrn Ahmed zu finden. Ich bin nach wie vor davon überzeugt, dass er uns, wenn nicht an der Botschaft in Konstantinopel, so doch bei der Aufgabe nützlich sein kann, unseren guten Willen gegenüber unseren muslimischen Untertanen zu zeigen. Ich habe, lassen Sie mich daran erinnern, Lord Salisbury, mehr muslimische Untertanen als der Sultan.

### 3.3 Auftritt Victoria, Reid

**Victoria:** Dr. Reid, es geht mir heute überhaupt nicht gut. Ich fürchte, ich kann nicht am Dinner teilnehmen.

**Reid:** Was fehlt Ihnen, Eure Majestät?

**Victoria:** Ich weiß doch, was hier um mich herumgeredet wird. Glauben Sie, ich wüsste nicht, dass alle sich gegen mich und meinen Munshi verschworen haben?

**Reid:** Sie wissen, Eure Majestät, dass alle um ihr Wohlergehen besorgt sind. Ich als Ihr Arzt habe einen Eid geschworen und werde danach handeln, was immer sonst geschieht. Ich möchte, dass Eure Majestät das wissen.

**Victoria:** Ja, ich weiß es, deswegen wende ich mich auch an Sie. Selbst Beatrice war heute so garstig gegen den Munshi und redet von Skandal. Wenn Bertie das sagt, ist es das eine, aber Beatrice! Wen habe ich denn sonst? Gibt es denn niemanden auf dieser Welt, der mich versteht?

**Reid:** Eure Majestät, nehmen Sie diese Tropfen hier mit einem Glas Wasser. Bitte sehr, das wird die Nerven beruhigen.

**Victoria:** Danke, Dr. Reid.

**Reid:** Ich hoffe, das wird Ihnen guttun.

**Victoria:** Wissen Sie, was Beatrice zu mir gesagt hat? Sie hat mir gedroht, dass es wegen des Munshis einen Skandal gibt, der alles, was Bertie je getan hat, in den Schatten stellt und dass ich vor aller Welt bloßgestellt wäre. Sie fürchtet, dass irgendjemand am Hof schon bald mit der Presse sprechen könnte, und dann stünde es am nächsten Tag in allen Zeitungen. Dr. Reid?

**Reid:** Ja, Eure Majestät, ich möchte es so sagen. Ich komme gerade von einem Treffen mit dem Prinzen von Wales. Er ist, wie wir alle, ehrlich besorgt um Eurer Majestät Gesundheit. Und die ist unendlich viel wichtiger als die des Munshis, um die Eure Majestät immer so besorgt sind. Es gibt hochgestellte Persönlichkeiten, ich rede nicht vom Prinzen von Wales, die Eure Majestät gut kennen, und die sagen, dass die einzig mögliche Erklärung für das Verhalten Eurer Majestät gegenüber dem Munshi eine Krankheit sein kann. Der Prinz von Wales ist besorgt um das Ansehen des Throns und bereit, Schaden von ihm abzuwenden. Verstehen Sie, Eure Majestät? Es ist sehr schwer, dagegen zu argumentieren.

**Victoria:** Ich will keinen Skandal, ich will um Gottes willen keinen Skandal.

### 3.4 Auftritt Reid, Edward

**Reid:** Eure Majestät, ich komme von der Königin. Es geht ihr nicht gut, und sie wird heute Abend nicht zum Dinner erscheinen. Ich habe ihr ein Beruhigungsmittel gegeben.

**Edward:** Haben Sie mit ihr über die Sache geredet?

**Reid:** Ja, ich habe ihr gesagt, dass es eine Krankheit ist und es darum geht, die Monarchie zu schützen. Ich glaube, dass sie es verstanden hat.

**Edward:** Sehr gut, Reid! Es gibt niemand anderen, der so offen mit ihr reden kann und nicht gleich mit einem Tritt hinausbefördert wird. Sie haben unserer Sache einen wichtigen Dienst erwiesen.

**Reid:** Sie wankt.

**Edward:** Wir müssen die Gunst der Stunde nutzen und jetzt nachsetzen. Man muss dem Munshi jetzt an die Gurgel gehen. Ich denke, Sie sind dafür der richtige Mann, Reid.

**Reid:** Ich kann Ihnen sagen, Sir, dass ich dazu bereit bin. Es tut mir im Herzen weh, die Königin so leiden zu sehen wegen dieses Abschaums. Ich werde ihn mir vorknöpfen, und ich werde es mit Vergnügen tun.

## 3.5 Auftritt Reid, Munshi

**Reid:** Die Königin hat dir bisher alle deine Lügen geglaubt und dich dafür reichlich beschenkt. Aber ich warne dich, sie fängt an zu erkennen, was jeder in England und in Indien längst weiß. Du bist ein Hochstapler von niedrigster Herkunft. So wie deine ganze Familie, dein Vater, deine Frau, die Familie deiner Frau, alles Türsteher und Klowärter. Wie konntest du dir anmaßen, hier als Gentleman und großer Herr aufzutreten? Du nennst dich Sekretär? Du bist nicht in der Lage, auch nur einen einzigen Brief zu schreiben, keinen englischen und keinen in Urdu. Erzogen worden bist du offensichtlich auf indischen Straßen, wo Lügen, Scharwenzeln und Großtun auf dem Stundenplan stehen. Du hast ein doppeltes Gesicht, eines, das du in der Gegenwart der Königin zeigst, und das andere, wenn du den Raum wieder verlässt. Du erzählst der Königin, dass die anderen indischen Bediensteten dich lieben. Ich habe mit ihnen gesprochen. Sie hassen dich aus dem gleichen Grund, aus dem dich alle hassen, nämlich weil du überheblich, anmaßend und arrogant bist und das ohne jeden Grund, denn da ist nichts, gar nichts, das ein solches Verhalten rechtfertigen könnte. Wie wäre es, wenn wir ein kleines Treffen mit der Königin und den anderen Indern arrangieren? Würde dir das gefallen? Oder sollen wir ihr von deinem Spesenbetrug bei deiner Indienreise erzählen? Du hast die englische Staatskasse betrogen und die Königin höchstpersönlich. Das sollte sie vielleicht wissen, findest du nicht? Und dann, wo sind eigentlich die Briefe der Königin, die du behalten hast? Besser, du händigst sie uns aus, bevor die Königin stirbt, denn wenn auch nur ein einziger bei dir gefunden wird, wenn sie dich nicht mehr beschützen kann, dann gnade Dir Gott. Lass dir sagen, dass selbst wenn die Königin dich weiter an ihrem Hof duldet, deine Stellung nicht mehr dieselbe sein wird, denn außer der Königin respektiert dich hier niemand. Die Queen weiß noch nicht alles über dich, aber wenn sie ganze Wahrheit erfährt, was glaubst du, wird dann geschehen? Du erzählst ihr, dass es dir schlecht geht, du nicht essen oder schlafen kannst. Das macht die Queen selbst krank, und das werde ich nicht zulassen. Wenn du damit nicht aufhörst, wird sie alles über dich erfahren.

## Sarah Bernhardt

Die Stimmung in der Umgebung der Königin war etwas nervös, manchmal überspannt, und es gab noch den einen oder anderen, der meinte, Krisensitzungen abhalten zu müssen. Im Wesentlichen aber hatte das Räderwerk des einst von Albert geölten königlichen Haushalts wieder den normalen Betrieb aufgenommen. Die Queen erholte sich von ihrer Schwächephase, ohne dass sie übermäßig Boden verloren hätte. Die Hindistunden fanden wie gewohnt jeden Tag statt, und man sann im Westflügel des Excelsior Regina allenthalben auf Ablenkung.

*

Hoteldirektor Oddenino hatte die berühmte Schauspielerin mit Blumensträußen am Bahnhof in Nizza gebührend in Empfang genommen. Sarah Bernhardt, Königin von eigenen Gnaden, war auf dem Weg, mit ihrem Gefolge den ersten Stock des Ostflügels für sich einzunehmen. Als sie das Foyer betrat, in der Art, für die ihr Bühnenspiel gerühmt wurde, folgten die männlichen Blicke ihrem Gang, bis die weiblichen sie zwangen, ihre verdrehten Hälse wieder einzurenken. Sie hatte die fünfzig überschritten und war keine jugendliche Schönheit, auch keine überbordende Erscheinung, wie eine russische Zarin oder eine österreichische Kaiserin, die die Aufmerksamkeit der Hotelgäste erregten. Es war ihr unvergleichlicher Ruhm und das Anrüchige der Halbwelt, das ihr anhing, die Tatsache, dass sie ihr Geld und ihren Ruf der eigenen Arbeit verdankte. Deshalb war das Getuschel hinter vorgehaltenen Händen größer als bei anderen Gästen. Unvorstellbar, eine verwitwete Frau ohne reiche Familie, die sich in die höchsten Kreise emporgearbeitet hatte, gegen die Moralvorstellungen, gegen Missgunst und Neid. Der verstorbene Mann hatte ihr seinen Ruin hinterlassen und vielleicht auch die Neigung zum Opium. Sie war ein Weltstar, dessen Ruhm weder auf Glück noch Herkunft und auch nicht auf Beziehungen beruhte. Viele waren entzückt, andere empört, wieder andere erschüttert, je nachdem. Wie Bonaparte war sie aus Frankreich über die Welt gekommen und hatte, anders als dieser, nicht nur Europa, sondern auch Amerika erobert, mit ihren Waffen aus Anmut, Pathos und Leidenschaft, mit ihrer Stimme und ihrem Spiel. Sie wurde mit Geld entlohnt, aber wichtiger noch mit Begegnungen und Erfahrungen. Sie verfügte über einen Reichtum, von dem andere nicht wussten, dass er überhaupt existierte. Sie hatte den Beinamen die Göttliche, ihrem Namen vorzugsweise vorangestellt.

Die Königin hatte kein gutes Bild von Sarah Bernhardt. Sie hatte sich geweigert, die Schauspielerin zu empfangen, und folgte damit dem gültigen Kodex des englischen Hofs. Andererseits war die Bernhardt ein schwer zu taxierendes Phänomen für Victoria, sie, die nichts für die

Gleichberechtigung der Frauen getan hatte, ihr Vorbild dagegen einiges. Wenn die Bernhardt geschieden gewesen wäre, hätte Alberts alter Grundsatz gegolten, solche Frauen niemals einzuladen. Aber sie war verwitwet, und Victoria hatte sich schon zu Alberts Lebzeiten gegen die indischen Witwenverbrennungen ausgesprochen. Man konnte nicht behaupten, dass die Bernhardt das traditionelle Rollenbild Victorias erfüllte. Wie viele Vorbehalte mochte sie deswegen haben? Galten ihre Mahnungen an ihre Töchter und Enkelinnen, nur ja an Heim und Herd zu werkeln, den Mann zu ehren und ihm zu gehorchen, auch hier in Frankreich? Auch jetzt noch in ihrem Alter? Vielleicht machte sie eine der vielen Ausnahmen weiblicher Tätigkeitsfelder geltend, so wie für die Geburtshilfe. Oder vielleicht nutzte sie einfach ihr berüchtigtes volte-face, das blitzschnelle, grundlose Behaupten des Gegenteils, eine unentbehrliche Waffe jedes großen Regenten, der, in die Widersprüche des Regierens verstrickt, immer in der Lage sein musste, einen überraschenden Ausweg zu finden. Vielleicht wurde sie aber auch von dem Ruf angezogen, der der Bernhardt schon seit Jahrzehnten vorauseilte, der ihres famosen Spiels, der Frauen und Männer verzauberte, in London, in Paris, überall, wo sie auftrat. Die Göttliche, die sich traute, alles zu spielen, selbst Männerrollen, und auch dafür bejubelt wurde. Demnächst, hieß es, würde sie womöglich den Hamlet spielen. Als Vierzehnjährige hatte sie ein Bild von kämpfenden Amazonen gemalt, die männliche Krieger jagten und töteten. Dass etwas von diesem Kampfgeist in ihr fortlebte, konnte man sehen, wenn es um alles ging, um

John Brown oder den Munshi. War da Bewunderung in ihr für eine Frau, die alles aus sich selbst geschöpft hatte? War sie nicht eine Frau wie sie? Warum sollte man ihr nicht das zugestehen, was einem Mann erlaubt war? War sie der hergebrachten Ordnung, die sie von den Männern gelernt hatte, von Melbourne, von Leopold, von Albert nur gefolgt, weil sie wusste, dass sie selbst sie nicht umstürzen durfte, in dieser Zeit, in ihrer Zeit, wo sowieso schon alles umstürzte. War es nicht ihre Aufgabe gewesen, die Illusion der Stabilität und Ordnung aufrechtzuerhalten für die vielen Menschen, die zu ihr aufsahen, die ihrem Leben dadurch Deutung und Sinn geben konnten, wenn sie sahen, wie sich eine kleine, schwache Frau in der Männerwelt behauptete, auch ohne selbst in den Krieg zu ziehen. Was wäre passiert, wenn sie nicht stoisch ihre Rolle durchgehalten hätte? War es nicht besser, dafür die wenigen vor den Kopf zu stoßen, die für mehr Frauenrechte kämpften und diesen stattdessen eine ordentliche Tracht Prügel zu wünschen wie der Lady Amberley? Darin hatte sie immerhin mit allen ihren Premierministern übereingestimmt, mit denen sie schließlich auskommen musste. Selbst Gladstone hatte ihr darin nicht widersprochen. Aber musste sie sich deswegen, hier in einem fremden Land, in ihrem Alter, das Vergnügen versagen, die Göttliche Sarah Bernhardt mit eigenen Augen zu sehen? Warum sollte sie noch auf die Stimmen von vor Jahren hören, von ihrer ehemaligen Hofdame Lady Cavendish oder ihrer Tochter Victoria? Sie sagten, dass ganz London verrückt nach ihr war, dass es den Leuten nicht gereicht hatte, nach dem Ende des

Stücks zu ihr auf die Bühne zu springen, sondern sich auch die respektabelsten Häuser Englands darum gerissen hatten, sie zu sich nach Hause einzuladen, damit sie dort spielen, gar dinieren sollte. Und dann hieß es sofort, sie sei ein schamloser Charakter. Was sie damit meinten, sagten sie nicht. Ausgerechnet Lady Cavendish, genau wie Lady Ponsonby selbst eine Frauenrechtlerin. Aber der Bernhardt darf man trotzdem nicht zusehen! Diesmal braucht es nicht einmal große Anstrengungen, das hier ist nicht dasselbe wie beim Munshi. Viele wollten sie sogar überreden, waren selbst versessen darauf, die große Bernhardt zu sehen. Ich müsste nur zusagen. Mehr brauchte ich nicht zu tun. Dann sind alle zufrieden.

Die Königin hatte sich entschieden und rief Bigge zu sich. Sie sagte: »Mr. Bigge, könnten Sie bitte Madame Bernhardt ausrichten lassen, dass ich mich über das Vergnügen freuen würde, ihr zu applaudieren?«

Bigge erwiderte: »Sehr wohl, Eure Majestät, sehr gern. Ich darf sagen, dass die Hofdamen, und nicht nur sie, sich sehr darüber freuen werden.«

Victoria erwiderte: »Ja, das glaube ich gern. Aber ich möchte es als eine private Vorstellung organisieren, bitte richten Sie ihr das aus. Und dann müsste das mit dem Hoteldirektor besprochen werden. Wir werden im Renaissancesalon eine kleine Bühne aufbauen. Der Herr Architekt hatte den Saal ja eigens für Kunstveranstaltungen empfohlen, und um eine solche handelt es sich zweifellos. Das bedeutet aber, dass der Platz begrenzt sein wird. Mehr als dreißig oder vielleicht höchstens vierzig

Personen. Es wird leider nicht jeder vom Personal kommen können, weil wir allein zehn oder fünfzehn Plätze für Prinzessin Helena, Prinzessin Beatrice und ihre Kinder sowie offizielle Besucher benötigen, Monsieur Paoli, der Hoteldirektor, die Messieurs Biasini und Raynaud und so weiter. Sie wissen das besser als ich. Die freien Plätze werden Sie dann zuteilen, Bigge.«

Der Privatsekretär antwortete: »Ja, ich werde mich um alles kümmern, Eure Majestät.«

*

Warum hätte die Bernhardt ihn abweisen sollen? Der Prinz von Wales schien ganz vernarrt in sie zu sein, steckte ihr Geld zu und konnte seine Augen nicht von ihr abwenden. Bald schon würde er der König des größten Imperiums der Welt sein. Er hatte den Charme des Mannes, der den Umgang mit Frauen gewohnt war, aller Arten von Frauen bis hin zu seiner herrschsüchtigen Mutter. Es war interessant, ihm zuzuhören, denn er hatte viel zu erzählen, vom englischen Hof, von Afrika und Asien, er kannte sich in der Welt aus. Sie spielte in Paris die Fédora, und er kam in einer Pause zu ihr auf die Bühne. Er sagte: »Sie waren wunderbar im ersten Teil, Sarah!«

Sie fragte kokett zurück: »Ja, finden Sie? Dabei fiel mir an einer Stelle beinahe mein Text nicht ein, das passiert mir sonst nie!«

Edward antwortete: »Ich habe nichts bemerkt davon. Sie wirken selbst dann bezaubernd, wenn Sie nur stumm auf der Bühne stehen. Die Luft, die Sie dort atmen, muss köstlich sein.«

Sie antwortete: »Es ist ein Beruf, Edward. Mit irgendetwas muss eine arme Frau wie ich ja ihr Geld verdienen.«

Er erwiderte: »Ja, aber mir kommt es im Theater immer so vor, als ob man eine andere Welt betritt. Wissen Sie, wie ich mich manchmal nach dieser Welt sehne? Eine, in der man alle Etiketten ablegt und einfach der ist, den man darstellt. Es muss ein Gefühl sein, als ob man die Arme ausbreitet und die Welt umarmt.«

Sie neckte ihn: »Oh, so pathetisch darf nur ich sein, Edward. Das ist Sterblichen wie Ihnen leider nicht erlaubt.« So sprach sonst niemand zu ihm, und er liebte diesen Tonfall.

Er sagte: »Wenn ich noch einmal ganz neu anfangen könnte, würde ich Schauspieler werden wie Sie!«

Sie sagte: »Edward, jetzt geht Ihre Phantasie mit Ihnen durch.«

Er antwortete: »Aber ja, wenn ich es doch sage. Es muss ganz und gar erfüllend sein, wenn man von der Bühne abtritt, den Applaus der Leute im Ohr, ihre Rufe, ihren Jubel und in dem Augenblick des größten Hochgefühls schon an den denkt, der hinter der Bühne auf einen wartet. Ich würde alles dafür geben, einmal solch einen Moment zu erleben.«

Sie fragte: »Edward, sind Sie sich ganz sicher?«

Und er antwortete: »Aber ja, Sarah!«

Sie sprang auf, griff einen Theaterschal von dem Tisch, der hinter ihnen stand, schlang ihn dem Prinzen von

Wales um den Hals und rief: »Hiermit sind Sie für die Rolle des Grafen Vladimir engagiert.«

Er wusste nicht, wie ihm geschah, er war verwirrt und geschmeichelt und sagte: »Sarah, was für ein köstliches Gefühl! So muss es sich anfühlen, wenn man kurz vor seinem Auftritt steht.«

Sie antwortete: »Ganz genau so fühlt es sich an, Edward. Machen Sie sich bereit. In fünf Minuten öffnet sich der Vorhang, und Sie haben ihren Auftritt.«

Er war ganz entzückt, dass sie die kleine Posse so wunderbar ausdehnte: »Sie lassen mich glauben, dass ich wirklich ein Schauspieler bin!«

Sie sagte: »Edward, Sie sind jetzt einer. Allerdings kann ich Ihnen wegen der Kürze der Zeit jetzt keinen Text mehr geben. Sie müssen sich mit der Rolle des toten Grafen begnügen. Sie wissen, er ist im ersten Akt umgebracht worden. Sie legen sich dort in sein Bett und werden den Rest des Stücks dort stumm und starr verharren, während ich seinen Tod rächen werde. Los, los, jetzt beeilen Sie sich, es geht gleich los und Sie müssen noch das Liegen üben!«

Der Prinz von Wales, ganz benommen vom Ansturm der Gefühle, tat, was von ihm verlangt wurde, legte sich auf das Bett und wartete klopfenden Herzens, dass sich der Vorhang öffnen würde. Die Bernhardt spielte, als ob nichts gewesen wäre, während er auf dem Bett seinen Part so gut wie möglich spielen wollte. Manchmal getraute er sich, die Augen ein ganz kleines bisschen zu öffnen, einen heimlichen Blick auf sie zu werfen und dieses unbeschreibliche Gefühl zu genießen. Was für ein genialer Einfall von ihr! Was ihm durch den Kopf ging, während er so dalag, hätte er danach selbst nicht mehr sagen können. Die Zeit dehnte sich unendlich lang und war, als der Applaus ertönte, doch so kurz gewesen. Der Vorhang schloss sich, und die Bernhardt sprang auf den Prinzen von Wales zu, der noch wie tot in seinem Bett lag, und rief in einem Tonfall, als ob das Stück noch nicht zu Ende wäre: »Mein geliebter Vladimir, gemordet haben sie dich, aber ich habe deinen Tod gerächt.« Dabei umarmte sie ihn, küsste ihn hier und da und dort und lachte: »Dann musste ich, wie du weißt, leider deinen Mörder lieben, aber jetzt, mein Vlad, bin ich wieder ganz für dich da!«

*

»Haben Sie meine Nachricht überbracht, Lady Lytton?«, fragte die Königin.

Und die Hofdame antwortete: »Ja, Eure Majestät, Mr. Bigge hatte mich gebeten, Madame Bernhardt aufzusuchen. Sie wartet draußen vor der Tür.«

Die Queen fragte weiter: »Und, wie war die Reaktion?«

Lytton antwortete: »Als ich sie fragte, ob sie für Eure Majestät spielen wolle, rollten ihr sogleich Tränen die Wangen hinunter. Sie war wohl sehr gerührt. Sie sagte, dass es schon immer ihr Wunsch gewesen sei, vor Eurer Majestät auftreten zu dürfen.«

Die Queen sagte: »Bitten Sie Madame Bernhardt herein.« Die Schauspielerin wurde in den Salon geführt und begrüßte die Königin mit einer Verbeugung: »Ich freue mich sehr, Eure Majestät kennenzulernen, und fühle mich durch den Wunsch Eurer Majestät zutiefst geehrt.«

Die Queen antwortete: »Die Freude ist ganz auf meiner Seite, und ich kann sagen, dass ich genauso gespannt bin wie mein ganzer Haushalt, was sie uns wohl aufführen werden.«

Die Schauspielerin sagte: »Man hat mir gesagt, dass Eure Majestät eine private Vorstellung wünschen.«

Und die Königin sagte: »Ja, das ist wahr. Es sollte hier in dem Saal sein, wo wir beide jetzt stehen.«

Die Bernhardt sagte: »Das ist ein sehr schöner Salon, ich habe da schon ein paar Ideen.«

Die Königin erwiderte: »Bitte, richten Sie alles nach Ihren Vorstellungen ein, Mr. Bigge wird Sie dabei unterstützen.«

Die Bühne war sehr schlicht gehalten. Die Bernhardt hatte ein kleines Podium am Ende des Saals aufstellen lassen, den Hintergrund mit einfachen roten Vorhängen gestaltet und ein paar Bilder dezent platziert, sodass die Aufmerksamkeit des Publikums durch verschiedene Motive auf den Schauplatz und die Atmosphäre des Stücks eingestimmt wurde. Es handelte in Versen von Tod, Liebe, Abschied und spielte in der Bretagne. Es trug im Prolog das Motto eines schottischen Dichters und das verbindende Meer zwischen England und Frankreich, das den Seefahrer auch in die entferntesten Winkel der Welt tragen konnte, spielte eine Hauptrolle. In der ersten Reihe hatte die Königin zusammen mit den Prinzessinnen Helena und Beatrice Platz genommen, dahinter die

Hofdamen und das Militär der Königin. Die anderen Damen und Herren hielten sich im Hintergrund. Sarah Bernhardt erschien in weiße Schleier drapiert auf der Bühne, begleitet von zwei ihrer Kollegen, und die königliche Gesellschaft lauschte gespannt. Sie hatte ein Stück von André Theuriet ausgesucht, Jean Marie, ein Drama in einem Akt. Die Zuhörer erfreuten sich an der Stimme der Bernhardt, die auch ohne große Gesten und ohne großes Pathos ihre Wirkung entfaltete. Manche beschrieben sie als golden, andere als silbern. Sie spielte die Therese und die Parts des Jean-Marie und des Joël spielten ihre zwei Kollegen. Die Königin hatte keine Probleme mit dem klaren, leicht dahinfließenden Französisch des Dichters, und die Schauspieler stellten seine Silben, Wörter und Sätze wie plastische Gegenstände vor die Ohren des Publikums, klar verständlich, in angenehmem Rhythmus vorgetragen. Das Publikum gab sich dem Fluss von Poesie und Drama hin. Die Königin erinnerte sich an die Worte von Madame Lytton, die ihr erzählt hatte, wie gut die Bernhardt ihre Kollegen behandelte. Nun erbrachten sie klanglich und gestisch den Beweis. Es mochte schon der eine oder andere Zuhörer im Schutz geschlossener Augen in einen angenehmen Halbschlaf versunken sein, eine Angewohnheit, die dem Kunstgenuss durchaus nicht schadet, als zu Beginn der vierten Szene ein kurzer, heller Aufschrei der Bernhardt alle wieder aufweckte: »Jean-Marie!« – der Totgeglaubte war zurück. Doch der dramatische Schluss ließ ihn wieder ziehen, hin übers Meer, hinaus in die Welt, und Therese blieb allein zurück.

Am Ende des Stücks war die Königin sehr gerührt von der Aufführung und bat Lady Lytton, die Schauspieler zu ihr zu führen. Sie sagte sich, dass es wirklich keinen Grund gegeben hatte, sich dieses Vergnügens zu berauben. Es war eine wundervolle, anmutige Darbietung gewesen. Das Pathos und die Gefühle wirkten tief und echt auf die Königin, und auch der Darsteller des Jean-Marie hatte ihr sehr gut gefallen. Die Bernhardt war so mitgenommen von ihren eigenen Emotionen, dass ihr wiederum die Tränen über das Gesicht liefen. Victoria sagte zu ihr: »Liebe Madame Bernhardt, Ihr Spiel war wundervoll und das ihrer Mitspieler ebenso, bitte, reichen Sie mir Ihren Arm.« Und bei den Worten nahm sie einen Armreifen von Lady Lytton entgegen und legte ihn der Schauspielerin an. Die Bernhardt, die damit nicht gerechnet hatte, nahm spontan einen ihrer Armreifen und überreichte ihn der Königin als Gegengeschenk.

Victoria sagte: »Ich hoffe, dass Sie nicht allzu erschöpft sind von dem Spiel.«

Und die Bernhardt erwiderte: »Aber nein, Eure Majestät, keineswegs, das sind die Dinge, die mich erfrischen.«

Victoria fragte nach den weiteren Plänen und erfuhr, dass Sarah Bernhardt kurz vor der Abreise stand. Sie würde ihre Tournee in Marseille fortsetzen.

Nicht amüsiert war die Königin, als sie erfuhr, wie sich die Künstlerin in ihrem Geburtstagsbuch verewigt hatte. Die Bernhardt befand sich noch im Überschwang der eigenen Gefühle und schrieb quer über die gesamte Seite des 22. Oktobers: Der schönste Tag meines Lebens. Sarah Bernhardt.

## Gladstone

In der letzten Zeit war die Zahl der Pferdekutschen, die jeden Tag vor dem Regina Excelsior warteten, um einen Blick auf die morgendlichen Ausflüge der Königin zu erhaschen, bedrohlich angeschwollen. An die einhundert wurden mittlerweile gezählt. Es war beileibe kein Fußvolk, das ihr auflauerte, sondern durchweg hochrangiger Adel. Salisbury hatte gespöttelt, dass man dieser Tage an der Riviera die Wahl zwischen Moskitos im Sommer oder Royals im Winter hätte. Journalisten befeuerten das Fieber, indem sie unablässig über jedes kleine Detail, jeden kleinen Vorfall berichteten. Die englischsprachige Monte Carlo News fütterte wie eine emsige Vogelmutter nimmersatte britische Mäuler, während die Enthüllungen der einheimischen Presse die nach monarchistischem Glanz dürstenden Franzosen befriedigten. Die Queen fühlte sich zwar manchmal verloren in dem neuen großen Hotel und vermisste die bekannte Behaglichkeit ihres früheren Hotels. Andererseits aber war sie heilfroh über die Privatsphäre, die ihr der private Eingang in ihren exklusiven Flügel bot. Immer öfter beließ sie es bei einer Tour im Rollstuhl durch den Garten des Hotels, das über Tennisplätze, Bahnen für Boule und ein tropisches Gewächshaus verfügte. Die Fertigstellung des Excelsior Regina wirkte wie eine Zeitenwende, nicht nur für das alte Cimiez, das, wie Lady Lytton bemerkt hatte, durch den Neubau beleidigt worden war, sondern auch für Nizza und die Riviera, die wie Magneten immer mehr Touristen anzogen.

*

Auch William Ewart Gladstone hatte sein Winterquartier am Ende vom Atlantik nach Cannes verlegt. Die milde Witterung der Riviera war für ihn deutlich zuträglicher als die der stürmischen Westküste Frankreichs. Er und seine Frau Catherine waren Lord Rendel dankbar, dass er ihnen erneut seinen Palazzetto, wie sie ihn nannten, in dem kleinen, ehemaligen Fischerdorf zur Verfügung gestellt hatte. Im nasskalten englischen Januar machten sich die Eheleute auf den Weg nach Süden. Die Gesundheit hatte begonnen, ihn und seine Frau langsam zu verlassen, und so nahmen sie nur noch selten auswärtige Einladungen an. Gladstone hatte die Segel eingeholt und die Taue festgemacht, um nach einem langen Leben voller Arbeiten und Pflichten, Triumphen und Niederlagen den letzten sicheren Hafen anzusteuern.

Er legte die Zeitung aus der Hand und sagte: »Sie bereitet ihr diamantenes Jubiläum vor.«

Seine Frau fragte: »Und?«

Gladstone sagte: »Es wird nicht nur ihre Feier. Das Empire wird sich feiern, die Leute werden sich selbst feiern. Es wird heißen, dass wir in dem besten Land der Welt leben und das zu seiner besten Zeit. Gott weiß, was das nächste Jahrhundert uns bringen wird, aber es ist schwer vorstellbar, dass dies nicht auch ein Wendepunkt sein wird zum Schlechteren. Die alte Garde tritt ab, auch sie wird irgendwann abtreten, und selbst Lord Salisbury, den ich durchaus schätze, ist nicht mehr der Jüngste. Ich habe keine Einladung von ihr erwartet.«

Sie sagte: »Sie hat sich nicht verändert.«

Er sagte: »In unserem Alter erinnert man sich mehr, als dass man für die Zukunft plant. Und mir ging durch den Kopf, dass alles nun beinahe sechzig Jahre her ist.«

Catherine erwiderte: »Unsere diamantene Hochzeit ist erst in zwei Jahren, William, aber ja, ich verstehe, was du sagen willst. Ich denke in letzter Zeit auch öfter an unsere Hochzeit. Meine beiden Schwestern heirateten mit uns am selben Tag, am selben Ort. Wir hatten geglaubt, dass uns das Glück bringen würde. Ich kann sagen, mein lieber Mann, ich habe dieses Glück gehabt, und ich bin Gott dafür dankbar.«

Und er fuhr fort: »Sie kam auf den Thron, ich ging in die Politik, und wir heirateten.«

Sie führte den Gedanken weiter: »Und sie wurde zu deiner Feindin.« Er sagte: »So war es oder, nein, so schien es, denn es war alles viel komplizierter. Ganz am Anfang meiner ersten Regierung schien es noch, als würden wir gut kooperieren. Ich glaube, es war wegen dieses Buchs. Meinem Buch über die Papisten.«

Sie sagte: »Wir haben so oft darüber geredet, William. Willst du es jetzt noch ändern, alter Mann?«

Gladstone sagte: »In gewisser Weise hat es sich geändert, gestern, im Hotel du Parc. Ich bin der Prinzessin

Louise sehr dankbar für die Einladung. Wir hatten uns seit meiner Abdankung vor vier Jahren nicht mehr gesehen, und ich hatte schon gedacht, wir würden uns nie mehr sehen. Und nun verbringen wir beide den Winter hier beim Erzfeind, in Frankreich. Prinzessin Louise hat es sehr geschickt eingefädelt, sonst hätte sie sicher wieder einen Weg gefunden, um mir auszuweichen.«

Catherine sagte: »Oh, das musst du mir jetzt aber erklären, was sich gestern geändert hat. Da ist wohl etwas an mir vorbeigegangen. Wenn ich mich richtig erinnere, habe ich doch mit der Queen geredet, und du hast ein gutes Stück weiter weg gesessen, als ob du dich gar nicht beteiligen wolltest.«

Er sagte: »Die Umstände dieser Begegnung waren seltsam, es war mir etwas zu dunkel, und ich habe nur ungefähr erahnt, wer alles da war. Ich glaube, der Prinz von Wales, der Herzog von Cambridge, all die Hannoveraner.«

Und Catherine sagte: »Ja, es war unter anderem die Königin von Hannover da. Sie und die Queen hatten sich seit 19 Jahren nicht mehr gesehen. Aber was ist es nun, was sich seit gestern geändert hat?«

Er sagte: »Ich konnte mich nicht dagegen wehren, das Gefühl und der Gedanke kamen von selbst. Als sie mir die Hand gab, da hat sie Frieden geschlossen, verstehst du?«

Sie fragte: »Was soll ein Händedruck an sechzig Jahren Feindschaft ändern?«

Er sagte: »Das war das erste Mal, Catherine, das allererste Mal in all diesen Jahren! Du kannst nicht sagen, dass es nichts bedeutet. Natürlich heilt es die Wunden nicht, natürlich ändert sich der Lauf der Geschichte nicht. Aber was sie damit gesagt hat, ist: Nun ist es gut. Ja, du kannst es töricht nennen, den Wahn eines alten Mannes, der sich wünscht, dass die Dinge anders verlaufen wären. Aber mir reichte diese Botschaft, um endlich loslassen zu können. Ein Leben lang haben wir uns belauert, auf die Reaktionen des anderen gewartet, um sofort eine Antwort geben zu können. Es war lange, ich erinnere mich schaudernd, eine Raserei. Jahrelang habe ich sie verfolgt, um nur ja ihre Gunst, ihre Zuneigung, ihr Lob oder auch nur ein vernünftiges Wort zu bekommen. Sie hat es mir nie gewährt. Die freundlichste Bemerkung der letzten Jahrzehnte von ihr war, mit der ihr eigenen Nachlässigkeit hingeworfen, als wir uns gegenüberstanden, beide auf unsere Stöcke gestützt: ›Sie und ich, Gladstone, sind lahmer, als wir es mal waren!‹ Da war ich schon froh über so viel Freundlichkeit! Das ist nun vorbei, es ist nun gut, auch wenn es nie gut war.«

Catherine sagte: »William, mein lieber Mann, ich verstehe dich doch. Sie hatte dir irgendwann die Falle gestellt, in die du wie ein dummer, kleiner Junge hineingetappt warst. Aber bitte, William, lass uns diese schwere Zeit nicht wiederaufleben lassen. Es war alles so, weil es anders nicht hätte sein können. Erinnere dich, erst seit sie das erste Jubiläum gefeiert hat, ist die Kritik an ihr verstummt. Wie wurde sie noch vor jener Zeit genannt?«

Gladstone half seiner Frau: »Die große Abwesende. Sie hat nie einen Fuß auf irischen Boden gesetzt, aber an die Riviera, nach Darmstadt und Florenz ist sie gefahren. Sie gibt sich besorgt um das Wohlergehen ihrer indischen Untertanen. Aber hat sie sich je um die Kinder in englischen Fabriken gekümmert? Angeblich hat sie ihren Dickens gelesen. Aber was ist daraus gefolgt? Hat sie auch nur einen Versuch unternommen, das Leben der arbeitenden Bevölkerung zu verbessern?«

Catherine fuhr fort: »Nicht so verbittert. Sie war nicht die Regierung, William. Deswegen haben sie dich immer als Mann des Volkes bejubelt und verehrt. Du hast versucht, zu tun, was notwendig war. Nicht immer mit Erfolg, aber so ist das im Leben und in der Politik, und sie war neidisch auf dich in all den Jahren, auf deine Beliebtheit, deinen Erfolg, deine Reden. All dem hatte sie nur ihre Sturheit entgegenzusetzen. Aber das ist der schlechte Teil der Nachricht, William. Sie sagt dir mit dem Händedruck auch, dass sie nicht mehr neidisch sein muss, denn du wirst kein Amt mehr bekleiden, und sie wird nun die uneingeschränkte Gunst der Öffentlichkeit auskosten.«

Er antwortete: »Du bist die kluge Frau, Catherine, ohne die ich verloren gewesen wäre in dieser Welt. Du hast recht.«

Sie fuhr fort: »Was sie ebenso von Anfang gestört hat, ist deine intellektuelle Überlegenheit und deine Weigerung, das zu verbergen. Sie ist, wenn man es richtig betrachtet, nur eine einfache Frau, die nach dem Tod Alberts gar keine andere Wahl hatte, als ihren Mann zu stehen, was ihr allerdings prächtig gelungen ist. Ich habe mich ehrlich gefreut, sie nach all den Jahren wiedergesehen zu haben.«

Er sagte: »In diesem Fall darf ich dir doch widersprechen. Sie war und ist nicht nur die einfache Frau, die sie der Welt auf ihrer schottischen Burg vorführen wollte. Ihre Blätter aus Balmoral gehören zum Kitschigsten, was ich je lesen musste. Sie hatte sich einen Deckmantel zugelegt, und ich konnte nicht anders, als ihr zu helfen und diesen Deckmantel schön nach allen Seiten hin festzuzurren, damit nur ja niemand darunter blicken konnte. Aber jetzt, hier an der Riviera, wird die andere Seite sichtbar, die vergnügungssüchtige, herrschsüchtige Frau, die sie ist, neben vielen anderen Dingen. Nun steht in wenigen Wochen ihr nächstes Jubiläum an, und die Leute sind bereit, ihr alles zu vergeben, alles zu vergessen, alles zu verzeihen. Sie befindet sich mittlerweile in einer Sphäre, in der ihr nur der Tod noch etwas anhaben kann.«

Catherine sagte: »William, ich bitte dich, dein Temperament geht mit dir durch. Du steigerst dich wieder in längst überwundene Stimmungen. Ich sage dir, es war alles nicht anders möglich. Sie konnte dich nicht als Premierminister absetzen und musste dich ertragen, während du nicht die Monarchie abschaffen konntest, auch wenn du es dir vielleicht manchmal heimlich gewünscht hast. Hast du?«

Er holte tief Luft, bevor er antwortete: »Nein, mich musste sie in der Hinsicht nicht fürchten, ich habe sie gegen Dilkes Republik verteidigt. Ich bin zwar Schotte, aber erzogen in Eton, vergiss das nicht. Die Elite dieses Landes wird seit Jahrhunderten nach denselben Prinzipien ausgebildet, und wahrscheinlich wird es noch in zweihundert Jahren so sein. Deswegen wäre mir das zu weit gegangen, und wenn es etwas gab, das wir beide insgeheim wollten, ohne dass wir es dem anderen gegenüber je zugegeben hätten, dann war es, diese Ordnung zu erhalten. An diesem Werk des Empires zu bauen, so gut wir in unseren Positionen konnten. Sie dagegen hat mir immer vorgehalten, dass ich das Land zerstören wollte. Sie hasste die Home Rule Bill und die Abschaffung der irischen Kirche.«

Catherine fuhr dazwischen: »Das, muss ich sagen, William, war aber auch in der Tat nicht sehr gut begründet, und ich konnte nicht umhin, ihr Unverständnis zu teilen. Wie konntest du der irischen Kirche vorwerfen, nicht in der apostolischen Nachfolge zu stehen? Das war wirklich wirr, mein Lieber.«

Er fuhr fort: »Vielleicht, du hast recht, war es vor allem die Religion, in der wir auseinanderlagen. Andererseits habe ich meine Fehler auch oft eingestanden und korrigiert, wie bei der Sklaverei und beim Scheidungsrecht.«

Catherine sagte: »Wohlan, mein guter Mann, ihr könnt beide stolz sein auf das, was ihr erreicht habt.«
Er sagte: »Es ist der dumme alte Mann, der manchmal denkt, wie es gewesen wäre, wenn wir uns einig gewesen wären, an einem Strang gezogen hätten. Wo wären wir dann?«

Sie erwiderte: »Du hattest deine Prinzipien und sie ihren Dickkopf. Ihr wolltet nicht, dass der andere euch übertrifft. Der Gegensatz war euch auch Ansporn. Sie wird in die Geschichtsbücher eingehen als die größte

Regentin, die unser Land jemals gehabt hat. Und du, William, als der größte Premierminister, davon bin ich überzeugt. Möchtest du noch einen Tee?«

# Griechenland

Félix Faure war mit beinahe zwei Jahren schon deutlich länger im Amt des französischen Präsidenten als sein unglücklicher Vorgänger und hatte zugestimmt, die britische Königin auf ihrem Weg nach Nizza an der Eisenbahnstation in Noisy-le-Sec in der Nähe von Paris aufzusuchen. Monsieur Paoli hatte geholfen, das Treffen zu arrangieren. Victorias erster Eindruck des Präsidenten war sehr vorteilhaft. Sie traf einen graumelierten, elegant gekleideten Mann mit guten Manieren. Monsieur Paoli hatte gehofft, dem Gespräch beiwohnen zu können, war er doch gleichzeitig Vertrauter der Queen und des französischen Präsidenten. Aber die Königin hatte keinen Zweifel gelassen, dass sie mit dem Präsidenten allein zu sprechen wünschte, ein Umstand, der ungewöhnlich war. Paoli blieb nichts anderes übrig, als mit Bigge, Reid und den anderen dem Gespräch aus der Ferne des nächsten Waggons zuzusehen.

Die Queen begrüßte ihren Gast: »Monsieur le Président, ich freue mich sehr, dass Sie mir die Gelegenheit geben, Sie empfangen zu dürfen, und bitte Sie, den etwas ungewöhnlichem Rahmen zu entschuldigen.«

Der Präsident antwortete: »Die Freude ist ganz auf

meiner Seite. Ich möchte mich persönlich und im Namen meines Landes bedanken, dass Eure Majestät uns erneut die Ehre Ihres Besuches erweisen.«

Victoria fuhr fort: »Ich muss mich eher bei Ihnen und Ihrem wunderbaren Land bedanken, das mich jedes Jahr so vorzüglich behandelt, als ob ich mein eigenes Land bereiste.«

Der Präsident erwiderte: »Die Menschen hier in Frankreich lieben Sie, Eure Majestät! Das ist die Wahrheit und keine französische Schmeichelei, wenn Sie verstehen, was ich meine.«

Victoria erwiderte sein Lächeln: »Oh, ja, ich glaube, ich kenne Ihr Land mittlerweile ein wenig, und mag die Menschen hier sehr, die Zuneigung beruht auf Gegenseitigkeit, wissen Sie.«

Er erwiderte: »Das freut mich natürlich sehr, Eure Majestät, und ich spüre es auch.« Der Präsident merkte, dass die Königin etwas auf dem Herzen hatte, aber noch nicht bereit war, darüber zu sprechen. Er schlug daher zunächst den Weg zu weniger formalen Tonhöhen ein: »Wissen Eure Majestät, dass ich zwei Jahre in England gelebt und dort die Kunst des Kommerzes studiert habe? Das ist eine Domäne, die wir in Frankreich nicht so gut beherrschen«, und fügte lachend an: »Wir sind mehr dem Leben zugeneigt.«

Victoria sagte: »Herr Paoli hat mir nur erzählt, dass Sie Ihren Wohlstand mit dem Lederhandel begründet haben.«

Faure antwortete: »Das ist richtig, aber ohne das Verständnis von Angebot und Nachfrage, das ich mir in

England erworben habe, wäre ich damit wohl gescheitert.«

Victoria lachte: »Ja, der Handel liegt uns Engländern wohl im Blut.« Das Gespräch verlief noch ein paar Minuten weiter in harmlosen Bahnen, und die Königin erfuhr, dass Monsieur Faure als junger Mann gegen die Deutschen gekämpft hatte und er mithilfe der Monarchisten zum Präsidenten gewählt worden war, was der Königin gefiel.

Dann gab sich die Queen einen Ruck: »Monsieur le Président, ich muss Ihnen gestehen, dass ich wegen der Ereignisse in Griechenland in großer Sorge bin. Vielleicht wissen Sie, dass ich familiäre Bindungen habe?«

Der Präsident erwiderte: »Ja, darüber bin ich informiert, und ich verstehe Eure Majestät sehr gut, denn Familie ist für uns Franzosen das Wichtigste im Leben. Nur wenn ich weiß, dass es meinen beiden Töchtern gut geht, kann ich ruhig schlafen.«

Victoria sagte: »Ich hatte wirklich gehofft, dass Sie so etwas sagen, ich fühle mich von Ihnen ermutigt, fortzufahren. In diesem Fall der Gefährdung meiner Familie erlauben Sie mir alter schwacher Frau bitte, die englische Verfassung einen Moment zu vergessen.«

Monsieur Faure erwiderte: »Aber selbstverständlich gestatte ich Ihnen das, Eure Majestät. Dies ist Frankreich und nicht England. Wir sind unter uns, und von den Worten, die zwischen uns gewechselt werden, wird niemand je erfahren.« Victoria war erleichtert und dem Präsidenten sehr dankbar. Sie führte ein langes Gespräch mit ihm.

*

Kreta war nach Erschlaffung der griechischen Antike unter die Kontrolle von Byzanz geraten, dann in die Hände der Osmanen gefallen, gefolgt von Byzantinern und Venezianern, bevor am Ende wieder die Osmanen kamen. Niemandem auf der Insel kam in den Sinn, das demnächst anstehende Jubiläum von 250 Jahren ununterbrochener osmanischer Herrschaft zu feiern. Wie viel Sehnsucht an das ferne Griechenland war auf der Insel noch vorhanden? Auch die Griechen waren einst als Eroberer gekommen. Auf der Peloponnes hingegen schien die Erinnerung noch lebendig zu sein. Denn als sich auf Kreta die Bevölkerungsmehrheit aus orthodoxen Christen gegen die Muslime erhob, schickte Griechenland im Februar 1897 Truppen zur Unterstützung. Vielleicht war es die griechische Öffentlichkeit leid, ein weiteres Mal hören zu müssen, dass die Türken einen Aufstand blutig niedergeschlagen hatten. Andererseits träumten in Griechenland auch einige den Traum vom Großreich und hatten immer wieder versucht, dem Osmanischen Reich Territorien zu entwinden.

Gladstone war ein vehementer Verfechter der griechischen Kultur und Homer einer seiner Helden. Er hätte sicher wortreiche Argumente ins Feld führen können, warum es der Mühe und der Opfer wert war, Kreta wieder dem griechischen Kernland anzugliedern. Vermutlich hätte er auf die minoische Kultur hingewiesen, die als erste europäische Hochkultur gelten konnte und damit als zivilisatorischer Ursprung aller Länder, die sich jetzt Großmächte nannten. Sicher hätte er auch erwähnt, dass er die griechische Ethik, dank ihres Begriffsreichtums und der darauf beruhenden Präzision ihrer Vorstellungen, der aller anderen Länder für weit überlegen hielt.

Die Osmanen hätten es nicht gewagt, gegen auch nur eine der Großmächte Krieg zu führen. Aus der Niederlage gegen Russland hatte Sultan Abdülhamid II. zwanzig Jahre zuvor die Erkenntnis gewonnen, dass die Ressourcen seines Reiches zu Abenteuern nicht ausreichten, und hatte diesen folgerichtig abgeschworen. Frieden und Kompromisse waren nun seine obersten Gebote, und so hatte er reihenweise Gebiete abgetreten, Tunesien an Frankreich, Thessaloniki an Griechenland, Ägypten an Britannien, Ost-Rumelien an Bulgarien. Nun wartete der Sultan wie gewohnt besonnen auf eine Reaktion der Großmächte, vor allem von England. Er ging davon aus, dass es den Briten in erster Linie darum gehen würde, die politische Stabilität der Region zu erhalten, was auch im Interesse des Sultans lag. Während die Großmächte sich auf Afrika und Südostasien konzentrierten, war er damit beschäftigt, sein dahinsiechendes Reich so gut es ging zu stabilisieren. Er hoffte darauf, dass England in der Lage wäre, einen Konsens der Großmächte herzustellen, so wie es zuvor einige Male in den Konflikten mit Griechenland gelungen war.

Victoria war sehr in Sorge um Teile ihrer Familie, die auf zweifache Weise mit Griechenland verbunden war. Ihr Sohn, der Prinz von Wales, war mit Alix, der Schwester des Königs Georgs I. von Griechenland, verheiratet, und ihre älteste Tochter Vicky bangte um ihre Tochter Sophie, weil diese mit dem griechischen Kronprinzen vermählt war. Wenn ein Krieg zwischen Griechenland und der Türkei ausbrach, konnte alles passieren. Die Königin hatte die Befürchtung, dass ein Krieg in Europa, auch wenn es sich nicht um einen Krieg zwischen den Großmächten handelte, dazu führen konnte, dass Griechenland von der Landkarte verschwinden oder zumindest die Monarchie ausgelöscht werden konnte. Sie hatte es erlebt, wie selbst ihr geliebtes Frankreich, das sie so vorzüglich behandelte, seine eigenen Monarchen mit Schimpf und Schande verjagt hatte. Sie wollte das ihrer Familie, ihren Töchtern, Söhnen, Enkeln unter allen Umständen ersparen. Die Queen wusste, dass dies einer der Fälle war, in denen sie ihr familiäres Netzwerk aktivieren musste. Sie kam deshalb der Bitte ihres Premierministers Salisbury ohne zu zögern nach, dem Zaren Nikolaus, der mit ihrer Enkelin Alix verheiratet war, zu telegrafieren und ihn um seine Unterstützung zu bitten.

Für Salisbury war es offensichtlich wichtiger, sich mit Russland als mit Deutschland abzustimmen. Er traute weder dem Zaren noch dem Kaiser, aber einen der beiden musste er für eine tragfähige Lösung gewinnen. Russland war, neben Frankreich und Großbritannien, eine der beteiligten Mächte bei der Staatsgründung Griechenlands gewesen. Zwar hatte sich Griechenland durch eigenen Kampf vom Joch der Osmanen befreien können, aber nicht von dem der Schulden, und so diktierten die drei Großmächte die Konditionen für das Herauslösen aus dem Osmanischen Reich. 1830 besiegelten Großbritannien, Frankreich und Russland die internationale Anerkennung Griechenlands in London. Unter Wahrung der europäischen Machtbalance und in der Hoffnung, republikanischen Bestrebungen einen Riegel vorzuschieben, installierte man, nachdem zuvor zahlreiche Absagen eingegangen waren, unter anderem von Leopold, dem Onkel Victorias, den 16-jährigen Otto I. aus dem Haus der Wittelsbacher als ersten König von Griechenland. Nachdem dieser infolge eines Aufstands hatte abdanken müssen, wurde man erneut im nützlichen Reservoir deutsch-dänischer Kleinstfürstentümer fündig und hievte Georg I. aus dem Haus Schleswig-Holstein-Sonderburg-Glücksburg auf den griechischen Thron. Das resultierende Gebilde war ein Rumpfstaat, der nur ungefähr ein Viertel der Griechisch sprechenden Bevölkerung umfasste. Der griechische Irredentismus war wie der italienische darauf aus, die fehlenden Teile zu ergänzen.

Die Großmächte konnten sich Tage und Wochen auf nichts anderes einigen, als an die griechische Regierung zu appellieren, den Frieden zu wahren. Der Sultan setzte Griechenland ein Ultimatum zum Abzug der Truppen von Kreta. Im Osmanischen Reich befürchtete man, dass die Großmächte sich am Ende auf eine pro-griechische Lösung verständigen könnten.

Wenn das Geld knapp war, und das war es in Griechenland immer, gelang es flüchtigen Fantasien umso leichter, sich in die Form von Visionen zu verfestigen, aus denen hier und dort Taten entsprangen. Die einzige Partei, die den Krieg wohl wirklich wollte, waren die Griechen, zumal die mit den großen Ideen. Sie fanden in den Vorgängen auf Kreta eine willkommene Gelegenheit, die öffentliche Meinung auf ihre Seite zu ziehen. Die Aussicht, dass Muslime auf Kreta Christen abschlachten könnten, war als Zeichen an die Wand gemalt worden. Schon wurden Schiffe von Athen ausgeschickt, zunächst zwei, später eine Flotte unter dem Kommando von Prinz Georg, Sohn des Königs, darunter auch Torpedoboote. Auf Kreta wurden Fahnen gehisst, im griechischen Parlament hitzige Reden gehalten. Von den Medien und der parlamentarischen Opposition angeheizt, stieg der öffentliche Druck auf die Politik und den König. Mittlerweile hatten die sechs Großmächte eine Flotte von Kriegsschiffen in das Ägäische Meer entsandt, die die Friedensappelle unterstützen sollten. Dass man das Ultimatum des Sultans von griechischer Seite verstreichen ließ, war nicht auf den Gebrauch unterschiedlicher Kalender zurückzuführen, denn beide Kriegsparteien benutzten den julianischen, nicht den gregorianischen Kalender der Großmächte.

Die Queen war in Alarmbereitschaft und setzte ein Treffen mit Salisbury an. Sie sagte: »Lord Salisbury, ich bin höchst beunruhigt über das, was in Griechenland vor sich geht.«

Salisbury erwiderte: »Das bin ich auch, Eure Majestät, das können Sie mir glauben. Wir haben bis zuletzt versucht, beruhigend auf die Parteien einzuwirken, aber die Stimmung in Griechenland ist mittlerweile so aufgeheizt, dass der Druck auf die Beteiligten zu stark geworden ist.«

Die Königin bat: »Bitte, Lord Salisbury, wie ist die genaue Lage?«

Salisbury antwortete: »Wir haben uns mit den anderen Großmächten darauf verständigt, eine Flotte zu entsenden, wie Sie wissen, Eure Majestät. Dieser ist es in einem glücklichen Fall gelungen, einige Tausend gefangener Türken vor einem Gemetzel durch die Griechen zu bewahren. Aber was wir nicht können, ist, den Bürgerkrieg zu stoppen, der dort mittlerweile ausgebrochen ist.«

Die Queen sagte: »Wir können keine Rücksicht mehr auf Deutschland nehmen, Lord Salisbury. Ich glaube, wir müssen eingreifen, um weiteres Blutvergießen zu vermeiden.«

Salisbury sagte: »Ich stimme Eurer Majestät zu, wir müssen und wir werden handeln, denn die Gefahr eines Flächenbrandes ist zu groß. Die Griechen machen Anstalten, in Thessalien und anderswo aufzumarschieren.«

Die Königin fragte: »Ist der Krieg jetzt offiziell erklärt?«

Und der Premierminister erwiderte: »Ja, die Hohe Pforte hat ihn Athen erklärt, Eure Majestät. Ich habe das Gefühl, dass wir es uns nicht leisten können, dass Griechenland verliert, aber auch nicht, dass es siegt. Das ist das Dilemma, denn gnade uns Gott, wenn anschließend der Balkan Feuer fängt. Berlin hat offensichtlich Partei ergriffen, indem es die Truppen der Hohen Pforte trainiert und mit Waffenlieferungen unterstützt. Er gibt da diesen Mann, den sie Goltz-Pascha nennen, der sich der Reorganisation der osmanischen Armee widmet und die Offiziere zur Ausbildung nach Preußen schickt. Deutschland setzt auf den Sieg des Sultans. Was wir dort in der Folge wahrscheinlich leider sehen werden, ist, wie Griechen mit ihren einschüssigen, französischen Grasgewehren gegen mehrschüssige Mausergewehre aus Deutschland aufeinander losgehen.«

Die Königin sagte: »Der Kaiser handelt wirklich schändlich, und ich verabscheue seine kranke Politik.«

Salisbury setzte hinzu: »Dennoch glaube ich, dass die Zeit zum Bruch mit Deutschland und Österreich noch nicht gekommen ist, Eure Majestät. Wir sollten uns erst sicher sein, wie sich Frankreich und Russland positionieren. Ich betrachte die griechische Angelegenheit auch als einen Test einer möglichen Allianz, um dem Dreierbündnis langfristig etwas entgegenzusetzen.«

Victoria sagte: »Ich bin erleichtert, das zu hören, Lord Salisbury. Ich glaube wirklich, dass Isolation uns auf Dauer nicht hilft.«

Salisbury schloss an: »Hat Russland schon auf das Telegramm geantwortet, Eure Majestät?«

Die Königin antwortete: »Ja, ich habe eine ermutigende Antwort vom Zaren erhalten. Er teilt meine Sorge und hat zugesagt, unsere Bemühungen für einen Frieden nach Kräften zu unterstützen.«

Salisbury antwortete: »Das sind sehr gute Nachrichten und eine Aussage, auf der wir aufbauen können, Eure Majestät. Ich denke, Russland kann insbesondere helfen, die eine oder andere Blockade zwischen uns und

Deutschland zu beseitigen. Im Verbund der Großmächte konnten wir bisher leider nur den Minimalkonsens erzielen, dass wir einen Krieg zu verhindern gewillt waren, der ja nun leider doch ausgebrochen ist. Was wir jetzt brauchen, ist eine Einigung über die Konditionen für eine Beendigung des Kriegs, vor allem mit Frankreich.«

Victoria sagte: »Präsident Faure hat mir versichert, dass ihm an einem dauerhaften Frieden in der Region sehr gelegen ist. Wovon er allerdings hofft, uns Abstand nehmen zu sehen, sind Pläne, die auf eine Zerschlagung des Osmanischen Reichs hinauslaufen. Er hielte dies nicht für förderlich.«

Salisbury fügte an: »Lassen Sie mich Eure Majestät versichern, dass ich mit dem französischen Präsidenten in dieser Hinsicht vollkommen übereinstimme«, und fuhr nach einer kurzen Pause fort: »Vielleicht haben Eure Majestät gehört, dass die französische Presse von dem Treffen erfahren und die Bedeutung desselben in unangemessener Weise überhöht hat. Sie haben es historisch genannt und mit ähnlichen Attributen versehen.«

Die Queen erwiderte: »Nein, das war mir bisher nicht bekannt. Glauben Sie etwa, dass Monsieur Paoli …?« Salisbury erwiderte: »Das ist unerheblich, Eure Majestät, machen Sie sich deswegen keine Gedanken. Es ist nur so, dass unsere Botschaft aus sicherlich auch für Eure Majestät nachvollziehbaren Gründen eine Gegendarstellung in der Times veranlasst hat, die dem Treffen den Anstrich gibt, der mit unserer Verfassung in Einklang steht. Die offizielle Lesart ist, dass Eure Majestät sich über die Gelegenheit gefreut haben, sich endlich persönlich beim

Staatsoberhaupt Frankreichs dafür bedanken zu können, dass er und sein Land stets ein so ein untadeliger Gastgeber Eurer Majestät sind.«

Die Queen antwortete: »Gegen Ihre Darstellung ist nichts einzuwenden, denn genau so war es, Lord Salisbury.«

Kurz vor ihrer Abreise erhielt die Königin die bittere Nachricht von den ersten schweren Niederlagen der Griechen. Sie waren von einer zahlenmäßig überlegenen, besser organisierten und ausgerüsteten Armee aus vornehmlich kriegserprobten albanischen Söldnern geschlagen worden. Für ein Treffen war keine Zeit mehr, und so telegrafierte die Königin an Salisbury: »Bin sehr unglücklich über die Nachrichten aus Griechenland. Wir müssen etwas tun.«

Salisbury erwiderte das Telegramm: »Ich beabsichtige, eine Konferenz der Botschafter in Paris zu organisieren. Sie sollen die Bedingungen für einen Waffenstillstand verhandeln.« Die Königin sorgte sich sehr um Vicky, Sophie und Alix.

# Winterschwalben

Eigentlich hätten die Reisen der Königin an die Riviera hier enden können. Der Höhepunkt ihrer Regierungszeit und des Landes, das sie repräsentierte, war im vergangenen Jahr mit dem diamantenen Jubiläum gefeiert worden. Was blieb, war ihre Apotheose. Genauso wie von Gladstone prophezeit. Alles, was ihr vor zwanzig Jahren noch zuverlässig als Fehler angekreidet worden wäre, wurde jetzt zuverlässig ignoriert. Die Krone, ebenso wie ihre Trägerin, wurden als Zeichen des Glanzes und der Größe des britischen Weltreichs von der Öffentlichkeit in Besitz genommen. Salisbury machte ihr noch vor der Abreise klar, dass sie der Munshi nicht mehr offiziell begleiten konnte. Die Königin empfand, dass sie Aufregungen wie im letzten Jahr nicht mehr verkraften konnte, und stimmte zu. Der Munshi konnte später nachreisen, aber ohne offiziellen Titel und ohne Bezug zur königlichen Entourage. Er konnte mit seiner eigenen Kutsche reisen.

Von der Verwandlung der Welt, die während ihrer Regierungszeit vonstatten gegangen war, hatte die Queen kaum Notiz genommen. Viel zu sehr war sie mit ihrer Familie, ihren Regierungen und Ministern, den Kolonien und den Kleiderschränken beschäftigt. Ihre Kräfte und ihre Gesundheit schwanden. Was sollte noch kommen? Die Königin machte weiter, wie Melbourne weitergemacht hatte, es blieb ihr nichts anderes übrig. Die frühjährliche Reise war ihr zur Gewohnheit geworden, und daran hielt sie eisern fest. Am Morgen des 8. März 1898 fiel die Börse in London, als bekannt wurde, dass die Queen ihre Reise an die Riviera aus Gesundheitsgründen verschieben musste.

Die Winterschwalben, die ihr Quartier in Nizza und der Umgebung nahmen, wurden immer zahlreicher. So zahlreich, dass Dr. Reid sich über die vielen Behandlungen beschwerte, die er auf Bitten der Queen vornehmen musste. Auf der Fahrt über den Kanal hatte er volle sechs Stunden bei der Queen verbringen müssen, weil sie unter keinen Umständen allein gelassen werden wollte. Die See war rau gewesen, so rau, dass die kalte, salzige Flut des Ärmelkanals sich den Weg in die Kajüte der Queen gebahnt hatte, eine Tür halb zerbrochen, die Stühle schwammen im Wasser. Die Queen wurde nicht krank.

Im Zug von Cherbourg nach Nizza erzählte ihr Monsieur Paoli, was in Frankreich vor sich gegangen war. Der Dichter Victor Hugo hatte dem Präsidenten der Republik einen Brief mit dem Titel J'accuse geschickt. Es war eine Anklage, die der lange schwelenden Dreyfus-Affäre die entscheidende Wendung gab. Die Queen war vom englischen Botschafter in Paris, Sir Edmund Monson, über die Vorgänge informiert worden. Sie war nicht von der Fragilität eines Landes überrascht, dessen Staatsform sie ablehnte, aber sie war alarmiert. Sie kannte Frankreich gut genug. Wie schnell konnten Proteste zu Aufständen und Aufstände zu Umstürzen führen! Paoli beruhigte die Königin mit dem Hinweis, dass der Präsident den Brief sehr ernst nähme und sich persönlich darum kümmerte.

Als der Union Jack am Excelsior Regina aufgezogen wurde, wussten die Leute, dass die Königin angekommen war. Sie konnte sich nicht mehr als Lady Balmoral ausgeben. Sie war endgültig zum Symbol für die Macht des Empires geworden und thronte als solches hoch oben auf dem Berg in Cimiez. Die immer absurder werdenden Protokolle und das Gewicht der immer weiter steigenden Arbeitslast erdrückten die Königin fast.

## Cemenelum

Nachdem Drusus und Tiberius die Trumpiliner, Camunni, Vennoneten, Venosten, Isarken, Breonen, Genaunen, Fokunaten, vier Stämme der Vindeliker, Cosuaneten, Rucinaten, Likatier, Catenaten, Ambisonten, Rugusker, Suaneten, Kalukonen, Brixenten, Lepontier, Uberer, Nantuaten, Seduner, Veragrer, Salasser, Acitavonen, Meduller, Ucenni, Caturiger, Brigianen, Sogiontier, Bodontier, Nemaloner, Edenaten, Vesubianer, Veaminer, Galliter, Ulatter, Ekdiner, Vergunni, Eguituri, Nemeturer, Oratelli, Nerusi, Velauni und Suetri besiegt hatten, war ihr Auftrag erfüllt. Sie gaben dem Imperator und Caesar, Sohn des Göttlichen, Augustus, Oberpriester, Imperator zum 14. Male, Inhaber der tribunizischen

Gewalt zum 17. Male, den Vollzug seines Auftrags bekannt. Augustus war zufrieden, denn jetzt war der Weg für den Bau der Via Julia nach Spanien frei. Auf einem Berg, nicht weit von der Stelle, an der die Römer das weithin sichtbare Denkmal als Zeichen ihres Sieges und der Macht Roms errichtet hatten, legten sie eine Garnisonsstadt an und nannten sie Cemenelum. Der Stamm der Vedischen, die diesen Ort heiliger Wald genannt hatten, unterwarf sich ohne Kampf. Von dort blickten die Römer auf die griechische Stadt Nikaia hinunter. Im Laufe der Zeit wuchs Cemenelum zur Hauptstadt der umliegenden Provinz, mit den üblichen Annehmlichkeiten wie Thermen und Amphitheatern. Die beiden Städte, eine unten am Meer und eine oben auf dem Berg, konkurrierten in den nächsten Jahrhunderten miteinander. Im Jahr 314 entstand das erste Bistum in Nikaia, 125 Jahre später eines in Cemenelum. Christen hatten den Berg erklommen und Basilika, Baptisterium und Nekropole erbaut. Dann aber kamen germanische Horden, das Römische Reich verfiel wie seine eleganten Aquädukte, und die Bewohner Cemenelums verließen ihre Stadt und flüchteten sich auf den kleineren Nikaia-Hügel. Es kehrte Ruhe ein in Cemenelum. Das Brombeergestrüpp fraß sich im Laufe der Jahrhunderte ungestört durch die Kolonnaden und den Marmor der eingestürzten Gebäude. Das Unkraut regierte, hob die Fliesen an und zerstörte die Mosaike. Der Wind blies den Staub in alle Richtungen. Die Menschen in Nikaia vergaßen die Stadt auf dem

Berg. Die römischen Villen und seine Gärten waren nur noch eine vage und ferne Erinnerung.

\*

Der Heilige Patrick hatte sein Werk in Irland so gut vollbracht, dass das ganze Land tiefgläubig war und die Mönche sich gar nicht entscheiden konnten, welche Art des Martyriums sie wählen sollten. Als es noch keine Städte in Irland gab, nur Klöster, erzogen die Mönche das Volk, und die Äbte regierten die Bischöfe. Die Askese war die höchste Form, den Glauben zu leben, und das höchste Opfer war das Verlassen der Heimat um Gottes willen. Die Mönche auf der Insel sahen, als einzige glücklich von der Völkerwanderung verschont, dass die anderen Länder einer Auffrischung des Glaubens bedurften. Gallus und Kilian, Corbinian und Columban, Eriugena und Emmeran kamen mit ihrem Wissen und ihren Büchern, verbreiteten Buße und Beichte. Nachdem das grüne Martyrium, das Umherwandern auf der Insel, beinahe schon ein wenig profan geworden war, entschieden sich immer mehr für das weiße Martyrium und verließen Irland, um zu zeigen, wie groß die Liebe zu ihrem Heiland war. Sie hatten nur Gott im Kopf und Gärten, denn man darf nicht vergessen, dass das altpersische Wort Paradies dafür steht. So zogen sie auf das europäische Festland und noch weiter weg, rechtlos und schutzlos, frohen Mutes und ohne Angst. Manche von ihnen erlitten, unter Heiden geraten, das rote Martyrium, andere gründeten Klöster und lehrten die

Menschen verschüttetes und vergessenes Wissen. Einer von denen, die von Irland aus nach Frankreich segelten, war der Heilige Fiacrius, Beschützer der Gärtner. Der Sohn des Schottenkönigs Eoin IV. war in Begleitung seiner Schwester Sira, als er französischen Boden betrat. Die Königskrone schlug er aus, beackerte stattdessen die Erde und säte. Nur die lokale Legende weiß noch, dass er dereinst aus dem Norden Frankreichs auch auf den Hügel Cemenelums kam und dort grub und pflanzte und die Bewohner Nikaias die vergessene Gartenkunst lehrte. So begannen die Menschen wieder, sich auf dem Hügel anzusiedeln und das Unkraut zu jäten.

\*

Die Königin hatte spontan entschieden, den Klostergarten in Cimiez zu besuchen und darum gebeten, ihn währenddessen abzusperren. Monsieur Paoli hatte dafür gesorgt, dass diesem Wunsch entsprochen worden war. Sie mochte den Klostergarten sehr, und er war nur ein paar Schritte von ihrem Hotel entfernt, sodass der Aufwand für den Spaziergang gering war. Man fand dort vor allem die Bäume, die die Sehnsüchte der Nordländer beflügelten und sie nach Süden hinzogen: Orangen, Zitronen, Oliven. Das Gelände fiel nach Osten und zum Meer hin steil ab.

Die Kirche von Cimiez, wie ein Torwächter vor dem Eingang des Gartens platziert, war der Verehrung der Jungfrau Maria gewidmet. Ihr Portikus im Troubadourstil, ihre Fresken im Chorgewölbe von Trachel und im Kirchenschiff von Giacomelli, das vergoldete Altarbild, die Pieta, die Kreuzigung und die Kreuzabnahme von Louis Bréa im Innern, blieben von den Besuchern unbeachtet.

Für die Mönche war ein Garten unverzichtbar, denn er bot ihnen Nahrung für den Körper und für die Seele, und er erinnerte sie an die Größe und die Schöpferkraft Gottes. Die frommen Männer glaubten fest daran, einen Blick in das lebendige Werk Gottes zu tun und erfreuten sich daran.

Monsieur Paoli erzählte der Königin von der Geschichte des Ortes. Victoria war mehr damit beschäftigt, den Duft der Blumen und den Blick auf das Meer zu genießen, als den Worten Paolis zu folgen. Einmal allerdings merkte sie auf, als Paoli von Albert sprach. Sie fragte nach dem Zusammenhang. Paoli lächelte und erklärte ihr: »Es war Albert der Große im 13. Jahrhundert, der angeordnet hatte, den Garten im Schachbrettmuster anzulegen. Zier- und Nutzpflanzen sollten sich abwechseln, das bot allerlei Vorteile bei der Bewässerung.« Victoria entgegnete: »Oh, sagten Sie 13. Jahrhundert, Monsieur Paoli?« Und Paoli antwortete: »Ja, allerdings, Eure Majestät, man geht davon aus, dass dies hier einer der ältesten Gärten von Nizza ist, der entstanden ist, noch bevor sich die Benediktiner und die Franziskaner hier ansiedelten. Man könnte also mit einigem Recht sagen, dass die Gartenkunst hier oben ihren Anfang nahm, die jetzt an der Riviera beinahe jeden Hügel und jedes Tal mit den exotischsten Pflanzen schmückt.«

Ganz hinten im Garten, vom Aussichtspunkt aus, bot sich ein weites Panorama über die östliche Stadtgrenze und die Bergkette der Seealpen von Nizza: Mont Gros, Mont Vinaigrier, Mont Alban, Mont Boron. Der Ausblick, den die Mönche von hier oben hatten, war eine angemessene Entschädigung für die Askese.

## Amerika

Die Protokolle in England wurden der Queen gewöhnlich auferlegt. Die Ehrungen und Ernennungen waren länger und länger geworden, so wie das Empire größer und größer geworden war, und so ernannte sie, überreichte sie, durchschnitt und schlug sie, bis ihre alten Hände und ihr alter Rücken schmerzten. Es wäre ihr nie in den Sinn gekommen, daran etwas ändern zu wollen, so anstrengend es auch war. Vielleicht sogar deswegen.

Hier an der Riviera bestand Victoria selbst auf Protokollen, die sogar die Mitglieder ihres Haushalts gelegentlich ermüdeten. Bei dem Treffen mit der holländischen Königin Wilhelmina und der spanischen Königin Maria Christina wurde Kartenexzessen gefrönt, die Sir Ponsonby ins Grübeln brachten. Warum musste jeder Besucher jede Karte der gastgebenden Partei erhalten? Das Treffen mit der blutjungen Wilhelmina war eine überflüssige Farce. Victoria kannte die spanische Königin, seit sie sich vor Jahren in San Sebastian getroffen hatten, und fand sie sehr sympathisch. Maria Christina war österreichischer Abstammung, weshalb sich die englische und die spanische Königin auf Deutsch unterhalten konnten. Das österreichisch gefärbte Deutsch der spanischen Königin gefiel Victoria. Maria Christina hatte sich im Auftrag ihrer Regierung bei Victoria bitterlich über die Vereinigten Staaten von Amerika beklagt, aber Victoria hatte ihr nicht helfen können. Natürlich nicht. Ihr Sohn Alfred, Herzog von Edinburgh und Sachsen-Coburg, der mit seiner Tochter Marie, Kronprinzessin von Rumänien, kam, machte ihr mit seiner Trunksucht und seinen Krankheiten Sorgen. Dr. Reid bekam alle Hände voll zu tun. In Villefranche traf die Königin Leopold von Belgien auf seiner Yacht. Am selben Abend kam er ins Hotel der Königin für ein Dinner. Die Prinzessin von Battenberg ließ sich entschuldigen. So vergingen die Tage.

*

Den Präsidenten der Republik, Félix Faure, den die Königin im letzten Jahr so freundlich gefunden hatte, konnte sie dennoch nicht als Staatsoberhaupt Frankreichs anerkennen. Er war kein Monarch und in ihrer Sicht auf die Welt bedurfte es eines Königs oder einer Königin, um ein Land wie Frankreich angemessen repräsentieren zu können. Sie hielt nichts von der neuartigen Regierungsform der Republik. Für sie war es ein Irrtum der Geschichte, der früher oder später korrigiert gehörte.

Die Vorbereitungen des Besuchs des Präsidenten bei der Queen im Excelsior Regina waren aufwändig. Sie ließ den Prinzen von Wales aus Cannes kommen, um mit ihm und den anderen Personen ihres Haushalts den Empfang so zu gestalten, wie sie glaubte, dass es einem Präsidenten, nicht aber einem Staatsoberhaupt, zukam. Sie diskutierten und probten verschiedene Aufstellungen und Abläufe. Bertie spielte darin die Hauptrolle, denn ihm war es zugedacht, den Präsidenten als Erster zu begrüßen. Die Queen würde nur ein Staatsoberhaupt selbst als Erste empfangen. Es waren kleine Unterschiede, aber es waren wichtige Unterschiede in den Augen der Königin. Deren Missachtung führte zu ärgerlichen protokollarischen Fehlern, ungefähr von der Qualität und Schwere wie der, den die Königin einst bei einer Äußerung der kleinen Ena, Tochter der Prinzessin von Battenberg, hatte korrigieren müssen, nachdem diese gesagt hatte: »Ich bin müde und gehe ins Bett«, indem sie darauf hinwies, dass es von einer Prinzessin heißen müsse: »Ich bin müde und ziehe mich zurück.« Dieser Vergleich leuchtete jedem Mitglied einer königlichen Familie ein.

Der Besuch des französischen Präsidenten warf viele knifflige Fragen auf. Sollte der Prinz direkt am Eingang oder auf der Treppe stehen? Sollte die Queen sich sofort zeigen oder erst etwas später? Wer sollte den Präsidenten noch vor ihr präsentiert bekommen, die Prinzessin von Battenberg, Ponsonby, Mitglieder des Militärs? Sollte er zu ihr hochgeführt werden oder sie zum ihm hinunterkommen?

Präsident Félix Faure war sehr irritiert, dass bei seinem Eintreten weder die Königin noch der Prinz von Wales zu sehen waren. Er behielt folgerichtig seinen Hut auf und begrüßte drei anwesende Hofdamen à la anglaise, ein äußerst ungewöhnlicher Vorgang, der alle Anwesenden überraschte und ihn selbst wohl auch. Er war kurz davor, wieder zu gehen, als der Prinz von Wales doch noch die Treppe hinunterstürzte, als ob er sich verspätet hätte. Der Präsident konnte den Hut nun abnehmen. Er blieb fünfzehn Minuten, die Proben hatten bedeutend länger gedauert. Die Reaktionen aus dem politischen Paris fielen entsprechend harsch aus, und man betrachtete die Angelegenheit als einen Affront. Zum Glück für die Queen sah die lokale Presse über alles hinweg und bezeugte ein herzliches Treffen mit dem kurzerhand erfundenen Umstand, dass die Königin den Präsidenten protokollgemäß an der Treppe erwartet hatte. Der L'Eclaireur berichtete geschmeichelt von der freundschaftlichen Atmosphäre eines in der Landessprache gehaltenen Gesprächs. Am nächsten Tag ließ die Königin der französischen Ehrengarde Wein schicken, mit der Empfehlung, diesen auf die Gesundheit des Präsidenten zu trinken.

*

Daneben waren es die Treffen mit Salisbury, die die Queen beschäftigten. Sie empfing den Premierminister im französischen Salon. Die Königin sagte: »Setzen Sie sich doch, bitte, Lord Salisbury, wir sind ja beide nicht mehr so gut zu Fuß.«

Er sagte: »Vielen Dank. Das Thema, das ich heute mit Eurer Majestät besprechen muss, ist der Konflikt zwischen Spanien und Amerika.«

Die Queen erwiderte: »Ich habe mit Königin Maria Christina darüber gesprochen. Sie war in sehr gedrückter Stimmung, was man verstehen kann. Ich finde das Verhalten der Amerikaner monströs!«

Salisbury erwiderte: »Nun, Eure Majestät. Lassen Sie uns die Fakten ansehen. Die wirtschaftliche Verflechtung Amerikas mit Kuba ist ungefähr zehn Mal so stark wie die von Spanien mit Kuba.«

Victoria fuhr dazwischen: »Lord Salisbury, ich rede von anderen Dingen, von diesem barbarischen Bürgerkrieg, der noch nicht lange zurückliegt. Davon, dass sie die Sklaverei formal abgeschafft haben, aber so hört man, anderswo immer noch dulden. Es ist eine Republik der besonders fürchterlichen Art, ein rohes Volk, ohne Adel, ohne Kultur, mit einer Sprache, die man kaum Englisch nennen kann. Sie drohen uns bei jeder Gelegenheit vor einer Einmischung. Aber Sie kennen ja meine Vorbehalte.«

Der Premierminister erwiderte: »Ja, aber von Ihrer Regierung, Eure Majestät, dürfen Sie erwarten, dass sie die Situation nüchtern und realistisch beurteilt. Wir lassen uns nicht von Emotionen oder persönlichen Vorlieben leiten. Ja, die Amerikaner haben gedroht, aber nicht nur uns, sondern allen europäischen Mächten. Man kann es nachvollziehen, wenn sie Nordamerika und die Karibik als ihre Einflusssphäre betrachten. Monroe hatte im Übrigen seinerzeit zugesagt, die bestehenden Kolonien anzuerkennen. Wir müssen uns, so glaube ich, mit dieser Machtkonstellation abfinden.«

Victoria sagte: »Sie haben vollkommen recht. Ich bin sehr stolz auf unsere großartige Regierung, die von einem ebensolchen Premierminister geleitet wird. Bitte fahren Sie fort mit der Schilderung der Lage.«

Salisbury sagte: »Danke, Eure Majestät. Die Presse in Amerika legt die Explosion auf der USS Maine im Februar, die im Hafen von Havanna lag, den Spaniern zur Last. Bei dem Vorfall starben mehr als 250 Mann, eine Tragödie für die Amerikaner. Präsident McKinley will den Krieg eigentlich vermeiden. Die Konjunktur in den Vereinigten Staaten ist nach der Zahlungsunfähigkeit Argentiniens im Zusammenhang mit der Baring Bank gerade erst wieder auf dem Weg, sich zu erholen. Wir hören von einer starken Lobbyarbeit wirtschaftlicher Kreise gegen einen Krieg.«

Die Königin fragte: »Was also ist das Problem, Lord Salisbury?«

Der Premierminister erwiderte: »Das Problem ist die sogenannte Yellow Press, Eure Majestät. Sie kümmert sich wenig um die Fakten und steigert mit Übertreibungen und Erfindungen ihre Auflage. Diese Zeitungen bedienen die Emotionen der Bevölkerung und heizen so die anti-spanische Stimmung an. Es ist ein Phänomen, das wir in England nicht kennen, Eure Majestät.«

Die Queen fragte: »Ich bin entsetzt über solch eine Entwicklung. Wo soll das am Ende hinführen, wenn Unwahrheiten einfach als Wahrheiten verkauft werden? Aber es ist wenigstens noch kein Krieg erklärt worden?«

Salisbury antwortete: »Nein, Eure Majestät, der Krieg ist noch nicht erklärt worden, aber wir befürchten, dass die öffentliche Stimmung in diese Richtung kippen wird. Die amerikanischen Streitkräfte sind den spanischen deutlich überlegen, und die Organisation des Nachschubs ist für die Vereinigten Staaten, direkt vor ihrer Haustür, auch viel leichter. Wir gehen davon aus, dass Spanien keine Chance in einer Auseinandersetzung haben wird.«

Die Königin sagte: »Das ist auch die Befürchtung von Königin Maria Christina. Sie tut mir leid, denn ihr Land steht ganz allein gegen einen übermächtigen Gegner, und sie haben keinerlei Verbündete. Dabei haben die Spanier, wie wir auch, den christlichen Glauben und die Zivilisation gebracht. Die Amerikaner bringen nur ihre Dollars und ihre Schusswaffen!«

Salisbury ignorierte die letzte Bemerkung der Königin und erwiderte: »Wer sollte den Spaniern beistehen, und aus welchem Grund? Wir sind beileibe nicht die einzigen, die das so sehen. Spanien hat versucht, eine europäische Allianz zu schmieden, um den Krieg zu vermeiden, aber außer bei Deutschland, das am Ende auch nur Lippenbekenntnisse hervorbrachte, sind sie damit überall auf taube Ohren gestoßen. Bei allen Bedenken Eurer Majestät gegenüber den Amerikanern, der Regierung Ihrer Majestät ist es am Ende lieber, wenn ein Land, das immerhin unsere Sprache spricht, dort für Ordnung sorgt, als Spanien, das auch viel zu schwach geworden ist, Eure Majestät.«

Victoria sagte: »Ja, das verstehe ich, und ich gebe Ihnen

recht, Herr Premierminister. Es ist nur traurig und es macht Angst, wenn man sieht, dass sich Spanien von Kuba nach 400 Jahren verabschieden muss, denn das ist es, was die Königin Spaniens befürchtet. Kuba sei eher eine spanische Provinz als eine Kolonie für sie.«

Salisbury fügte an: »Wir haben tatsächlich Hinweise darauf, dass es die Vereinigten Staaten am Ende nicht mit der Besetzung Kubas belassen, sondern Spanien auch Costa Rica und die Philippinen abnehmen werden. Sie scheinen allerdings bereit, darüber in Verhandlungen zu treten, um einen weiteren Krieg in Asien zu vermeiden. Und lassen Sie mich das noch anfügen, wir müssen damit rechnen, dass wir selbst demnächst Verbündete gegen Deutschland benötigen. Amerika ist eine weitere Option, die wir uns offenhalten wollen, falls die Annäherung an Frankreich und Russland sich als schwierig erweisen sollte. Die Regierung Ihrer Majestät wird sich daher an die Seite der Vereinigten Staaten stellen und diese in der Auseinandersetzung gegen Spanien unterstützen.«

Victoria fragte: »Wird es uns demnächst auch so ergehen mit unseren Kolonien, Lord Salisbury?«

Der Premierminister antwortete: »Lassen Sie uns, Eure Majestät, bedenken, dass es Spanien war, das die Fehler in der Vergangenheit gemacht hat. Die Kubaner kämpfen schon seit Jahren dafür, in die Unabhängigkeit entlassen zu werden. Die einzige Antwort Spaniens war stets Repression. Wir wissen aus eigener Erfahrung, dass das heute nicht mehr funktioniert, Eure Majestät. Wir haben daraus gelernt und machen diese Fehler nicht mehr.«

# Le soleil c'est tout

Die Königin war alt geworden, die Vergnügungen weniger, das Augenlicht schwach und der Rollstuhl ihr
ständiger Begleiter, wie die indischen Diener, die ihn
schoben und zogen.

Sie besuchte Bertie auf seiner Yacht und ließ sich von den
Preisen erzählen, die er bei Regatten gewonnen hatte.
Sie tauschte Bemerkungen mit den Bettlern, die zuverlässig ihren Weg säumten, und sie gab ebenso zuverlässig
ein paar Francs. An den Vormittagen lauschte sie den
Garten-Carusos und an den Abenden den Konzerten
im Salon. Sie besuchte den Umzug am Gründonnerstag
und notierte sorgsam, wie viele Kreuze, wie viele Männer
und Frauen, welche Gewänder.

Was jedoch das Lächeln auf ihr Gesicht zauberte, war die
Sonne, deren Lauf man hier gewohnheitsgemäß feierte.
Dieses Wunder der Natur, das rund um die Burgen und
Schlösser Englands oder über den Fabriken Manchesters
nie zu sehen war. Nie in dieser Art, triumphierend, sie-
gesgewiss, grell, selbstverständlich. Sie schien für Könige
und Bettler und alles Leben, und sie allein würde nie
vergehen. Wenn es an zwei aufeinanderfolgenden Tagen
regnete, verfinsterten sich die Gesichter der Einheimischen, und man konnte ihnen ihre Tristesse ansehen.
Wenn dann die Sonne wieder schien, vergaßen sie sofort
den Regen und waren wieder gestimmt, als würde es nie
wieder vorkommen. Sie waren wie Kinder, die in den Tag

hineinlebten. Dieser Einfluss hatte auch die Queen langsam verändert, sie war freundlicher geworden, milder. Sie passte sich den Einheimischen an, wurde für kurze Zeit im Jahr eine von ihnen. Die Menschen an der Südküste Frankreichs hatten sich so an sie gewöhnt, dass sie sie als ihre Königin bezeichneten.

Dazu das ewige, unabänderliche Blau des Himmels und des Meeres, in dem man versinken konnte. Was sollte ein alter Mensch, der nicht mehr von der Liebe träumte, mehr verlangen? Die Königin genoss es, für einen Moment alles zu vergessen, sich nur der Sonne mit geschlossenen Augen anzuvertrauen und auf den Rhythmus des Meeres zu lauschen wie auf den Pulsschlag der Welt, ja, sie war alles.

# China

Die Königin begab sich nach Beaulieu, um mit ihrem Premierminister zu sprechen. Sie ließ sich in ihrem Rollstuhl auf die Terrasse fahren. Der Premierminister begrüßte sie: »Herzlichen Dank, Eure Majestät, dass Sie meiner Bitte nachgekommen sind.«

Victoria antwortete: »Hier haben wir mehr Ruhe für ein Gespräch als bei mir in Cimiez.«

Salisbury erwiderte: »Ja, das ist wahr. Ich würde gern mit Eurer Majestät über die Situation in Asien reden.«

Die Königin sagte: »Nur zu, Lord Salisbury, ich habe Zeit mitgebracht.«

Der Premierminister sagte: »Sehr gut, Eure Majestät. Lassen Sie mich also die Lage rekapitulieren und mit dem Aufstieg Japans beginnen, denn irgendwo muss ich ja anfangen. Die Meiji-Restauration, die vor dreißig Jahren in Japan ihren Anfang nahm, hat die Machtbalance in Asien grundlegend verändert. Ich halte das Verständnis dessen, was damals begonnen hat, für sehr wichtig. Japan ist, wie Eure Majestät wissen, eine Insel wie Großbritannien. Nur deswegen war es den Japanern möglich, sich ungestört von äußeren Einflüssen für mehr als zwei Jahrhunderte von der Welt abzuschließen. Unter den Führern dieser sogenannten Edo-Periode war es friedlich, wohlhabend, mit Kunst und Kultur beschäftigt und genügte sich selbst. Schon zu Anfang der Edo-Zeit hatten die Japaner bedauerlicherweise alle Jesuiten ermordet und jegliches Christentum in ihrem Land beseitigt. Wer ohne Genehmigung japanischen Boden betrat, wurde umstandslos hingerichtet. Zu dieser Zeit waren die Außenbeziehungen auf den Handel mit China und die holländische Ostindien-Kompanie beschränkt. Nun, um es kurz zu machen, amerikanische Kanonenbootpolitik hatte Mitte unseres Jahrhunderts die Japaner schließlich gezwungen, ihr Land für den Handel und die amerikanische Wirtschaft zu öffnen. Wir stehen, Eure Majestät, in Asien zunehmend in Konkurrenz mit den Amerikanern. Auf der anderen Seite teilen wir mit ihnen dieselben Vorstellungen über den Freihandel, und in diesem Sinne hat Amerika mit der Öffnung Japans auch unseren Interessen gedient.«

Die Queen fragte: »Was überwiegt Ihrer Meinung nach, Lord Salisbury?«

Er antwortete: »Wir werden Amerika weder aufhalten können noch wollen, wenn sie mit anderen Ländern Handel treiben. Wir betrachten das vielmehr als eine faire Konkurrenzsituation.«

Victoria sagte: »Gut. Wollen Sie mit der Situation der japanischen Restauration fortfahren, Lord Salisbury?«

Er sagte: »Ja sicher, Eure Majestät. Die Meiji-Restauration war so etwas wie eine plötzliche Übereinkunft aller relevanten Schichten und Bevölkerungsgruppen, das Land zu modernisieren, sich auf eine Aufholjagd mit den Amerikanern und uns zu begeben. Die Samurai, die bis dahin die Macht gehabt hatten, schafften sich zugunsten eines offeneren, fortschrittlicheren Japans selbst ab. Neben dem amerikanischen Impuls hatten die Japaner wohl auch die Befürchtung, eines Tages dasselbe Schicksal wie das große, mächtige China zu erleiden und zum Spielball europäischer Mächte zu werden. Was wir in China vollbracht haben, war nicht das glanzvollste Stück britischer Geschichte, wie Eure Majestät wissen. Wir haben dort gravierende Fehler gemacht.«

Die Queen fügte ein: »Ja, die beiden Opiumkriege waren grausam und ungerecht. Ich war erst ein paar Monate auf dem Thron, als der erste Opiumkrieg ausbrach. Was wusste ich damals schon? Beim zweiten bin ich den Empfehlungen von Palmerston und Derby gefolgt. Heute würde ich so etwas nicht mehr zulassen, das können Sie mir glauben.«

Salisbury sagte: »In diesen Kriegen verloren Millionen

von Chinesen ihr Leben. Allein bei der Taiping-Revolution, die Gordon niederzuschlagen half, waren es wohl zwanzig bis dreißig Millionen Tote. Und wir müssen ehrlich zugeben, Eure Majestät, dass wir den Chinesen nicht die Zivilisation gebracht haben. Sie hatten einen Handelsüberschuss mit Europa, lieferten Porzellan, Seide, Tee, und Europa hatte im Gegenzug nichts anzubieten, an dem die Chinesen interessiert gewesen wären, außer Silber.«

Victoria erwiderte: »Ja, die Chinesen sind keine Wilden. Es war ein sinnloses Gemetzel zwischen uns, das sich niemals wiederholen darf.«

Salisbury antwortete: »Ich stimme Eurer Majestät vollkommen zu. So etwas müssen wir unbedingt vermeiden. Das ist einer der Gründe, warum ich mit Ihnen reden wollte, Eure Majestät. China ist von der Niederlage gegen Japan so geschwächt, dass wir zu seinen Gunsten einzugreifen bereit sind.«

Victoria fragte: »Wie konnte Japan so schnell so groß werden, Lord Salisbury?«

Der Premierminister fuhr fort: »Man muss sagen, dass Reformbemühungen überall in Asien stattgefunden haben, auch in Korea und in China. Alle waren darauf aus, vor allem beim Militär, zum Westen aufzuschließen. Die Besonderheit bei Japans Erneuerungen waren die Konsequenz und der Umfang. Anders als Korea und China, die insbesondere gesellschaftliche Traditionen erhalten wollten, ging Japan einen besonders radikalen Weg. Der Ausgangspunkt für die Japaner war eine Charta aus nur fünf simplen Punkten, deren Ausarbeitung allerdings einige Zeit in Anspruch genommen hat. Sie mussten die richtige Balance zwischen den traditionellen Institutionen, die ihren Widerstand nicht überall sofort aufgeben würden, und einem raschen Tempo finden, mit dem das gesamte Fundament der Gesellschaft geändert werden sollte, denn sie ahnten, dass es der Änderung aller Bereiche bedurfte, um zum Westen aufzuschließen, gesellschaftlich, technisch und militärisch. Die Kernpunkte dieser Charta waren, dass alle Japaner ab sofort frei waren, ihren Beruf und ihren Lebensmittelpunkt zu wählen. Beides war vorher nicht möglich in einem starren feudalen System. Eine Folge dieser neuen Freiheit war eine rasche Urbanisierung, in deren Verlauf viele Menschen vom Land in die Städte zogen. Ein weiterer Punkt in der Charta war, dass Menschen aller sozialen Stände dafür zuständig und verantwortlich waren, die Staatsangelegenheiten in einer offenen Diskussion auszuhandeln. Das war zwar vage, aber als Orientierung für die generelle Richtung der Entwicklung der japanischen Gesellschaft sehr hilfreich. Der fünfte und letzte Punkt der Charta war konkreter, nämlich die Aufforderung an alle Japaner, in die Welt hinauszugehen, und alles nötige Wissen zu sammeln, um die Geschicke des Landes optimal zu regeln. Die Regierung schickte entsprechend Delegationen und Studenten in alle größeren westlichen Länder. Die Japaner studierten und analysierten die Details unserer westlichen Gesellschaften und brachten das, was sie für die besten Lösungen hielten, zurück nach Japan. Sie schufen ihr Heer zunächst nach französischen, später nach preußischen Vorbildern, kopierten die Prinzipien einer schlagkräftigen Marine von uns und bauten ihre Polizei so auf, wie sie es bei den Franzosen gesehen hatten. Daneben haben sie angefangen, Industrien aller Arten aufzubauen, wiederum nach dem Vorbild europäischer Staaten und Amerikas. Das Resultat ist ein Land, das sich von einer landwirtschaftlich geprägten Gesellschaft in einen modernen Staat westlicher Prägung katapultiert hat, ein Land, das zum jetzigen Zeitpunkt technologisch und militärisch auf einer Höhe mit einer europäischen Macht wie Frankreich oder Deutschland liegt. Die Japaner fingen an, ihre neuen Fertigkeiten und Kapazitäten in der Praxis zu erproben, und haben die gleiche Strategie der Kanonenbootpolitik, die Amerika bei ihnen angewandt hat, mit Erfolg in Korea angewandt und im Ergebnis sehr vorteilhafte Handelskonditionen erlangt.«

Victoria fragte: »Das klingt beängstigend. Was ist das für ein Volk, das beschließt, alles zu erneuern, und damit keine Revolten und Revolutionen auslöst, sondern Erfolg hat?«

Salisbury erwiderte: »Ich bin ehrlich, Eure Majestät, ich kann es Ihnen nicht erklären. Wir wissen, dass die Fakten so sind, wie ich es schildere. Japan ist ein rätselhaftes Land mit einer Kultur, die wir nicht besonders gut verstehen, Eure Majestät. Es ist aber ein Land, das wir ab sofort zur Kenntnis nehmen müssen, denn es hat bewiesen, dass es zu vielem fähig und zum Handeln bereit ist.«

Victoria fragte: »Warum haben die Japaner den Krieg gegen China geführt?«

Salisbury antwortete: »Im Kern ging es um den Einfluss in Korea, seit Jahrhunderten ein Vasallenstaat Chinas, der sich allerdings in den letzten Jahrzehnten mehr und mehr bemüht hat, sich aus der Unselbstständigkeit zu befreien. Innere Aufstände und Hungersnöte in Korea hatten dabei sowohl China als auch Japan immer wieder Vorwände für Einmischungen gegeben und die alten Abhängigkeiten durch neue ersetzt. Die öffentliche Meinung in Korea war durchaus gespalten, die eine Seite wollte sich weiterhin an China orientieren, die andere eher an Japan, dessen Aufstieg gerade bei jüngeren Koreanern Anklang gefunden hatte. Alle westlichen Mächte waren davon überzeugt, dass China einen möglichen Krieg gewinnen würde. Zu groß erschien die Überlegenheit, und auch China hatte ja seine Armee und seine Marine aufgerüstet und versucht, nach westlichen Prinzipien zu strukturieren. Wir, genauso wie die die anderen, hatten unsere Berater vor Ort und bildeten chinesische Offiziere aus. Die Kriegserklärungen der beiden Parteien ließen erkennen, dass China noch in alten Denkmustern behaftet war und mit dem Tributstatus Koreas argumentierte, während die Japaner bewiesen, dass sie die neuen Spielregeln internationalen Rechts verstanden hatten und zu ihrem Nutzen zu gebrauchen wussten. Man muss deswegen annehmen, dass die Japaner den Krieg geführt haben, um auch diesen Teil der Nachahmung des Westens zu üben. Ihr Sieg gegen China hat ihnen den Respekt in Asien und darüber hinaus verschafft, den sie offenbar gesucht haben.«

Victoria fragte: »Was ist jetzt die Aufgabe für uns,

wenn Sie sagen, wir seien bereit, die Chinesen zu unterstützen? Sie werden Hongkong nicht aufgeben, Lord Salisbury?«

Der Premierminister antwortete: »Selbstverständlich nicht, Eure Majestät. Den Menschen in Hongkong geht es deutlich besser als denen in China. Das bezeugen uns selbst politische Berater des chinesischen Kaisers. Wie wir erfahren haben, ist der Wohlstand Hongkongs am Hof mit großem Erstaunen und großem Widerwillen zur Kenntnis genommen worden. Deswegen wäre die Aufgabe Hongkongs eine absurde Schlussfolgerung. Nein, was wir befürchten, ist ein Zusammenbruch Chinas, wenn wir Japan freie Hand lassen. Dies ist das erste Mal in der Geschichte Asiens, dass China nicht mehr die bestimmende Macht ist. Bei einer Implosion dieses gewaltigen Reichs muss man Zustände befürchten, die den Taiping-Bürgerkrieg noch übertreffen könnten. Es brodelt gewaltig in der chinesischen Öffentlichkeit, die den Verlust Koreas nicht einfach hinnehmen will und sich zudem gedemütigt fühlen muss von der Art und Weise der Niederlage gegen Japan.«

Victoria fragte: »Wer hat in China die Macht?«

Salisbury antwortete: »Das ist eine sehr gute Frage, Eure Majestät. Der Form halber ist es der Kaiser Guangxu. Tatsächlich aber gibt es viele Hinweise darauf, dass es eine Frau im Hintergrund ist, die die wirkliche Macht schon seit Jahrzehnten ausübt. Eine berüchtigte, von zahlreichen Geheimnissen umgebene Frau, die Kaiserinwitwe Cixi.«

Victoria sagte: »Das ist interessant, eine Kaiserinwitwe!

Man könnte glauben, dass China uns gar nicht so fremd ist, wie es manchmal scheint.«

Salisbury sagte: »Ja, die Kaiserinwitwe Cixi könnte man sich auch in Europa vorstellen, insbesondere in Frankreich, wenn ich mir diese Anmerkung erlauben darf, Eure Majestät. Sie hat es geschafft, vom Status einer Konkubine des früheren Kaisers Yizhu heraus ihrem unehelichen Sohn die Anerkennung zur Thronfolge zu verschaffen. Während der Sohn als Kaiser Zaichun auf den Thron kam, führte sie zusammen mit der Witwe von Yizhu den Titel einer Ko-Kaiserinwitwe. Man stelle sich das vor, die Ehefrau in Ko-Regentschaft mit der Konkubine. So regierten sie eine Weile zusammen, denn Zaichun war mit fünf Jahren auf den Thron gekommen. Dann aber kam die rechtmäßige Kaiserinwitwe unter mysteriösen Umständen ums Leben, und auch Kaiser Zaichun starb mit achtzehn Jahren. Daraufhin machte Cixi ihren Neffen, den erwähnten Kaiser Guangxu, entgegen seit Jahrhunderten geltenden Nachfolgeregelungen zum Kaiser von China und regiert, so glauben wir zu wissen, im Hintergrund weiter. Das sind aktuell die Verhältnisse, und es ist leicht, sich vorzustellen, dass die Reformen, die Cixi durchaus zwischendurch versuchte, um China gegen Angriffe von innen und außen zu wappnen, alle scheiterten.«

Victoria sagte: »Wissen Sie, Lord Salisbury, ich glaube, wir müssen unser Land glücklich schätzen. Solche Zustände sind in England völlig undenkbar. Wir achten unsere Verfassung und unsere Gesetze, und wie man immer wieder sieht, aus gutem Grund.«

Salisbury erwiderte: »Ich kann Eurer Majestät nur zustimmen. Aber, um auf die ursprüngliche Frage Eurer Majestät zurückzukommen, was tun wir, damit China nicht zerfällt? In Absprache mit Russland und Deutschland haben wir einen Teil des Friedensvertrags zwischen China und Japan revidieren können und Japan die Kontrolle über die strategisch wichtige Halbinsel Liaodong, nordwestlich von Korea, entzogen. Russland hat soeben einen Pachtvertrag über Liaodong mit China unterzeichnet. Korea ist unabhängig und Formosa Japan zugesprochen worden. Die Verluste Japans bei der Besetzung von Formosa übersteigen die des gesamten vorangegangenen Kriegs. Man muss damit rechnen, dass uns die Probleme mit einem schwachen China auch weiterhin beschäftigen werden. Nach der Ermordung zweier katholischer Missionare haben die Deutschen Ende letzten Jahres die Stadt Qingdao in der Provinz Shandong besetzt. Wir und vermutlich auch die Franzosen haben die Absicht, weitere Häfen von China in Pacht zu nehmen.«

## Auszeichnungen

Wie es ihre Gewohnheit war, verlieh die Königin vor ihrer Abreise von der Riviera Orden und Geschenke an Personen, die ihren Aufenthalt begleitet hatten. Monsieur Paoli erhielt in diesem Jahr den Königlichen Victoria-Orden dritter Klasse, nachdem er im Vorjahr den der vierten Klasse erhalten hatte. Monsieur Le Roux, Präfekt des Départements Alpes-Maritimes, erhielt den

Königlichen Victoria-Orden zweiter Klasse. Monsieur Sauvan, Bürgermeister von Nizza: Königlicher Victoria-Orden dritter Klasse. Monsieur Gambart, Kunsthändler, der die Königin mit dem Werk Rosa Bonheurs bekannt gemacht hatte: den Königlichen Victoria-Orden vierter Klasse, und General Gebhart, Gouverneur von Nizza, erhielt den Königlichen Victoria-Orden zweiter Klasse.

Ein mindestens ebenso großes Vergnügen für die Königin war es, Geschenke zu verteilen. Sie hatte einen großen Koffer mit Uhren, Ketten, Anstecknadeln, kleinen Statuen, Fotos, Stiften, Tintenfässern und Zigarettenspitzen, aus dem sie auch den kleinsten Hotelboten bedachte. Die Queen ließ minutiös Buch darüber führen, wer wann welches Geschenk erhalten hatte, um peinliche Situationen bei zukünftigen Besuchen zu vermeiden.

# Transformation

Alle hatten sie gebeten, ermuntert, angefleht, trotzdem zu kommen oder jetzt erst recht oder so wie immer. Der Premierminister, Lord Salisbury, hatte ihr klargemacht, dass es gerade jetzt wichtig sei, die Faschoda-Krise mit Frankreich nicht noch größer zu machen, als sie ohnehin schon war. Er sprach sogar von einer Panik, die es zu vermeiden galt. Der britische Botschafter in Paris, Sir Edmund Monson, hatte im Januar mit dem Präsidenten der Republik Félix Faure gesprochen, der sich vehement für die Reise der Königin stark gemacht hatte. Monsieur Paoli hatte versucht, ihre Befürchtungen auszuräumen, dass die lokale Bevölkerung Vorbehalte gegen sie hegen könnte: »Aber nein, Eure Majestät, die Leute lieben Sie genau wie im letzten Jahr und in den Jahren davor.« Paoli hatte auch das Wohlergehen der Riviera in touristischer Hinsicht im Auge. Wie viel Glanz würde fehlen, wenn die Königin von England dieses Jahr nicht reisen würde!

Eigentlich musste man sich fragen, welchen Grund es hätte geben sollen, nicht zu fahren. Warum war Faschoda überhaupt als Krise bezeichnet worden? War es nur die Hysterie der französischen und englischen Presse? Hatte Kitchener nicht mit Marchand und seinen Kameraden im Süden des Sudans Champagner getrunken? Die Handvoll von Franzosen, die sich in zwei Jahren von West nach Ost durch die Wildnis Afrikas geschlagen hatten, waren ganz offensichtlich mit ihren grünen Bohnen und dem Piano nicht als Eroberer gekommen, sondern als Abenteurer, für die alles nur ein großer Spaß gewesen war. Dass sie in Faschoda die französische Flagge gehisst und das Territorium für ihr Land reklamiert hatten, hatte zum Spaß dazugehört, gerade weil dies manchen humorlosen Lord in England erzürnen würde. Während Frankreich von einer Ost-West-Eisenbahnstrecke durch Afrika träumte, hatte Kitchener in der Schlacht von Omdurman gesiegt, die letzten Reste des Mahdi-Reiches zerstört und die Herrschaft der Briten im Sudan befestigt. Die Königin hatte Kitchener den Titel eines Barons verliehen. Als sie allerdings erfuhr, dass das Grab des Mahdi geschändet worden sei, belehrte sie den Oberbefehlshaber der ägyptischen Armee, dass man auch die Gräber seiner Feinde ehren müsse. Die Faschoda-Krise war jedoch der Beginn einer herzlichen Beziehung zwischen Frankreich und England, weil jeder für sich entdeckt hatte, dass Deutschland der gemeinsame Feind war.

Was die Königin und die englische Regierung mehr beunruhigen musste, war der Tod des französischen Präsidenten Félix Faure. Er starb am 16. Februar 1899 im Élysée-Palast in den Armen seiner Mätresse Marguerite Steinheil, angeblich, aber glaubhaft, an den Folgen eines zu stark dosierten Aphrodisiakums. Victoria schrieb Madame Faure drei Tage später und sprach der Witwe ihr Beileid aus. In der Folge des Todes des Präsidenten fühlte sich die extreme Rechte in Frankreich ermuntert, einen

Staatsstreich vorzunehmen. Paul Déroulède, der auch im politischen Tiefschlaf seinen antisemitischen Träumen weiter nachgehangen hatte, war durch die Dreyfus-Affäre geweckt und durch den Tod Félix Faures elektrisiert worden. Erfolglos versuchte er, das französische Militär zu einem Putsch zu bewegen. Die Lage in Frankreich war unsicher. Dennoch hielt Salisbury an seiner Empfehlung für den Besuch der Königin fest. Er besprach mit Bigge den Notfallplan. Wenn Unruhen ausbrechen und die Sicherheit der Königin gefährden sollten, wäre sie zu Pferd in zwei Stunden über die italienische Grenze in Sicherheit zu bringen. Die beiden Männer beschlossen, unter dem Namen einer der Hofdamen in Bordighera ein Hotelzimmer zu mieten, um kein Aufsehen zu erregen.

Der Brief von Lady Mallet fasste die Stimmung am Hof und der Königin bei der Ankunft sehr gut zusammen: »Der Prinz von Wales und die Prinzessin Louise erwarten uns auf dem Bahnsteig in Cannes, beide sehen fantastisch aus. Das Wetter ist großartig, perfekter Sommer, alle Menschen in weißen Gewändern und Blumenhüten! Im Vergleich dazu fühle ich mich wie ein hässlicher kleiner Maulwurf. Dies hier ist eleganter als Paris.«

Vor dem Hintergrund der Eifersüchteleien, die sich hauptsächlich als inszenierte kleine Krisen zwischen englischer und französischer Presse aufführten, konnte die Königin einen umso ungetrübteren Aufenthalt verbringen. Bismarck war im Juli gestorben, Gladstone schon im Mai. In der königlichen Familie gab es keinen Trauerfall. Der Munshi war ruhiggestellt. Alles war für einen unbeschwerten Aufenthalt vorbereitet.

Die Lethargie des letzten Jahres war gewichen, und die Königin war voller Energie. Sie fand Zeit, alles zu tun, wofür sie die Riviera so liebte. Das Bild, wie sie mit ihrem Esel zwischen zwei Ex-Kaiserinnen, ihrer Tochter Vicky und Eugénie, ritt, erregte das Aufsehen der Passanten. Eine Postkarte an der Riviera zeigte die Queen, wie sie auf einer Flasche Gin reitet. Die täglichen Ausritte zur Villa Liserb fanden wieder regelmäßig statt, und das Wohlgefühl geliebter Routinen erfüllte die Königin. Selbst die Treffen mit ihrem Premierminister waren von unüblicher Leichtigkeit. Auf einem Zoobesuch bekamen sie von der Besitzerin, der Gräfin de la Grange, ein Straußenei geschenkt. Die Queen ließ es von ihrem Koch zubereiten und fand es köstlich. Sie machte sich nur darüber lustig, dass die Gräfin ihren Namen auf das Ei geschrieben hatte: »Als ob sie es selbst gelegt hätte!« Am Geburtstag der Prinzessin von Battenberg erschienen nicht nur die üblichen italienischen Sänger, sondern sechs Bands und der Chor von Nizza traten auf, um ihre Ständchen vorzutragen. Victoria und Beatrice hörten ihnen vom Balkon aus zu. Abends wurden im Renaissancesalon italienische Opern und Klavierkonzerte aufgeführt. Die Fischweiber, die Victoria schon häufiger ihre Aufwartung gemacht hatten, traten auch dieses Jahr wieder vor ihr auf und verschreckten das Militär der Königin, weil sie sich nicht vor den Küssen der hässlichen

Frauen in Sicherheit bringen konnten. Marie Mallet las der Königin aus deren Lieblingsbüchern vor. Sonntags wurde in der kleinen Kapelle im Westflügel die Messe gelesen, und Beatrice spielte die Orgel dazu.

Die Königin verlängerte ihren Aufenthalt an der Riviera bis in den Mai hinein. Es war ihr längster Aufenthalt – und ihr letzter. Sie schrieb in ihr Journal: »Fuhren nach Beaulieu. Hatten unseren Tee in St. Jean, wo Lenchen und Beatrice zu uns stießen. Ach! Meine letzte bezaubernde Fahrt in diesem Paradies der Natur, das ich nur ungern verlasse, da es mir von Jahr zu Jahr mehr ans Herz gewachsen ist. Es wird mir schwerfallen, in den sonnenlosen Norden zurückzukehren, aber ich bin so dankbar für alles, was ich hier genossen habe.«